九萬兆／劉兆玄武俠精神文人風骨

幫古龍代筆是金庸上賓

政治中心／綜合報導

準總統馬英九上任後，將要擔任第一任行政院長的劉兆玄，其實政治資歷相當豐富，當過行政院副院長、國科會主委、交通部長，在教育界資歷則當過清華大學和目前

上官鼎與武俠小說

在台灣武俠小說發展史上，「上官鼎」是一個很特殊的名字。「上官」複姓，在百家姓中居於「司馬」和「歐陽」之間，並不
但卻是武俠小說世界中顯赫的世家，饒具古典、俠義
上官爲姓，是非常符合武俠小說情味的。

新內閣報到 「武林高手」登閣揆

如同武俠小說過關斬將，將扛下行政院長的劉兆玄面前，橫擺著重重關卡，大陸開放的尺度拿捏、國家財政的破碎、國庫嚴重的虧損……，一身傲骨的他將祭出什麼蓋世絕招，改變台灣？

三十幾年前拿到博士後回清華大學教書，在保守的校園裡，他是第一個教授穿著喇叭褲站上講台，學生稱他「喇叭褲」教授；進交通部，他堅持電信自由化，打破中華電信壟斷；接任華人科技界組成的玉山科技協會，他第一個率團訪問中國大陸；進入外雙溪東吳大學，他不從流俗，把東吳定位為「教學性」大學，而不是熱門的「研究型」大學……。

五二〇後接任行政院長，大陸諸多政策開放多少？產業政策如何？政府管多管少？不得而知，但從劉兆玄過去經歷看來，可以知道劉兆玄會創意不斷，帶出嶄新局面。不管你同不同意他。

有人批評這次內閣年齡過大，老面孔過多。但六十五歲的他，健康佳。而有豐富部會首長經驗，熟悉行政程序，對開創新局，應該是正，而非負。劉兆玄在交通部長任內，規劃亞太營運中心，主導中正機場第二航廈興建。愛台十二項建設，他也參與甚深。在野期間，劉兆玄更與華人科技界建立深厚關係，除了開放與中國經貿、政治關係，很多人期盼他能以台灣高科技和基礎建設，為台灣未來展開新局。

劉兆玄和大多數的武俠作家一樣，
他喜愛武俠文學，
也投入武俠創作的行列，
或者，他只是將武俠視為他的「少年英雄夢」，
而成長之後，還有更重要的夢想該去達成。
上官鼎的「鼎」，另有一個「調和鼎鼐」的功能，
這與他目前所擔任的「行政院長」職位，
或可密合無間了。

林保淳

長干行

上官鼎
精品集

(三) 步步驚魂

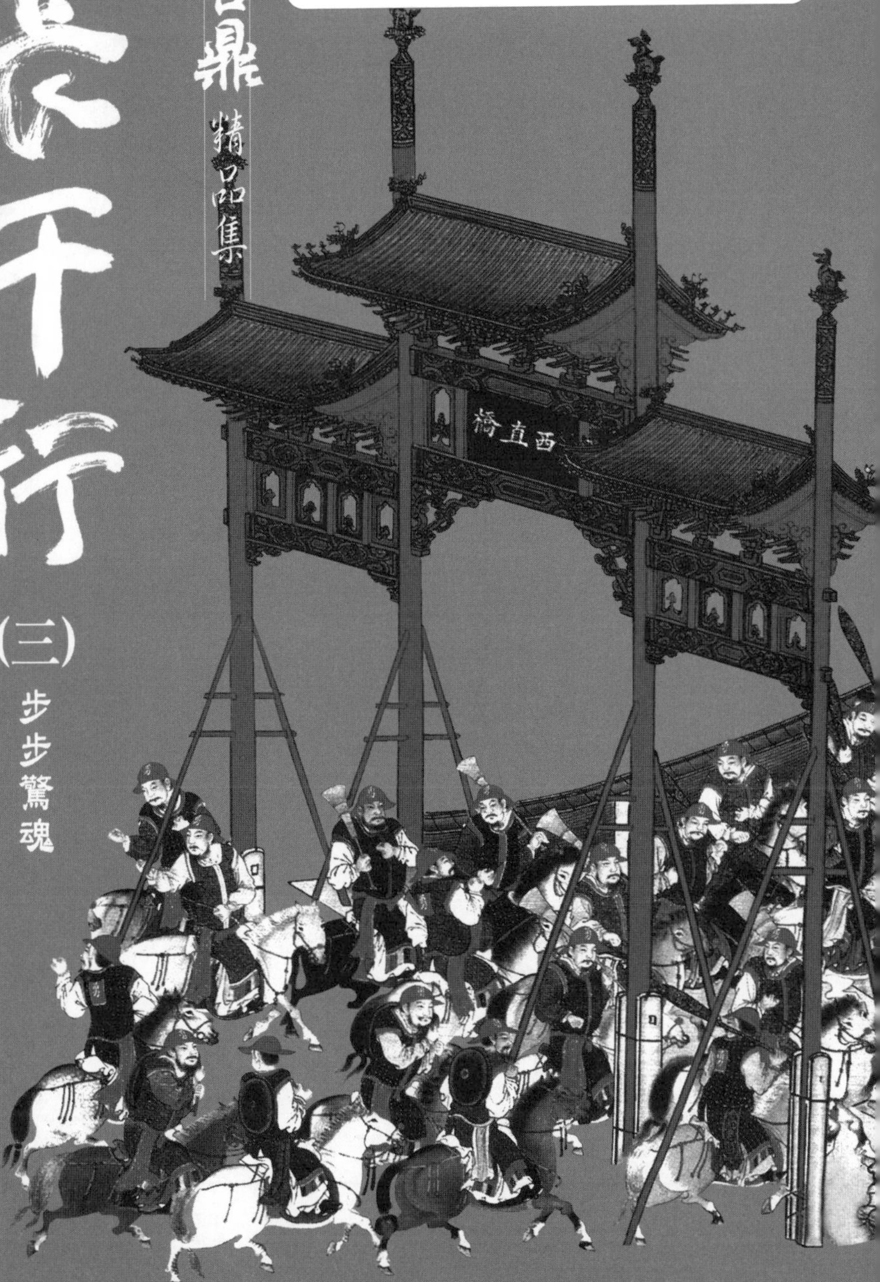

長干行(三)

步步驚魂

目錄

廿五　毒中之王

山嶺上一片灰色，禿的岩石光的山壁形成一副奇特的景色。遠遠有個衣著襤褸的漢子走來，雖緩步細行，速度卻異常迅快。

「砰！砰！」

不知何方傳來碰擊之聲，這漢子似是吃了一驚，朝那聲源處張望了會，仍是極其悠閒地往聲源處行去。只見他步子迅捷，轉眼間已來至一山頭，呈現在他眼前的卻是一幅千古難見的場面。

「好身手！」這漢子低讚著，在離一里之遠處正是高戰被困的山壁，壁下一碧清潭，四周圍繞著南荒三奇。

這時只見南荒三奇排成個三角形，牢牢阻住那泉水出口，而高戰不時從洞中飛出去，每次都被三奇在空中擊回洞去。高戰似乎費盡了心機要想脫困而出，一時之間在凌空轉瞬之間奇招迭出，好幾回幾乎都被他攻了出來。

遠處的漢子眼看這千古奇觀，不自覺移步行去，漸漸離得近了，只聽南荒三奇似發了瘋般狂笑不停，高戰每次衝出都被三人用極強的內勁加上數十年苦練的怪招阻了回去，這種遊戲對他們來說是太夠味了。

原來當姬蕾玉殞後，高戰自然哀痛欲絕，爲了好好安葬姬蕾，自然先得脫出三奇的圍困，然而三奇好似有意要貓抓耗子，每次高戰衝出都被三人擋回，三人也不傷他也不進洞，這樣乾耗著也有兩天了。

在這兩天之中，高戰想盡了一切方法，也用盡了一切武學，但南荒三奇聯手的功力自非同小可。兩天中高戰苦苦思索著，武功也進步不知多少，但要想出洞亦不太可能。

南荒三奇守著洞口，洞下潭水深不見底，高戰除了憑硬功夫脫困外，別無他法。南荒三奇對高戰也甚是佩服，在他們所會過的人之中，年紀有這麼年輕，功夫有這麼高的，大約也只有高戰一人了。

洞中的高戰此刻顯得憔悴異常，兩天的苦思煞費他太多心神，何況姬蕾的遺體正急需掩埋，而他連洞倘出不去。這兩天他在連番的衝突中，領悟學習了許多，但仍是痛苦難名。

洞外三奇的嘩笑不時傳人耳內，更深深地刺激著他，生性本來豪氣的他，只覺血脈賁張，然也無可奈何。

洞外老三道：「今天打得真過癮，這小子武功可真是不差呢！」

老二接道：「再熬上個七、八天後，這小子變成了乾骨頭，咱們再捉他去見平凡老兒！」

「對！」又是一陣哈哈大笑。

高戰在洞中聽得難受，一起身又衝到洞口，眼見三奇嘲笑地望著自己，又猶豫地退下。

「哈哈！這小子快沒膽了呢！」老二暴笑著道：「咱口乾了，去喝點水去吧！」隨著老二，老三也跟著行至潭邊飲著潭水。

「啊！不好！」兩人同時驚呼跌坐在地，雙頰突地變得火紅，看得出都在用著本身功力抗拒著什麼。

大魔驚呆了，忙問道：「什麼事！你們怎樣了！」

突然山壁上響起一陣豪笑，道：「南荒三奇也不過爾爾，今日老夫也算開了眼界。」

大魔勃然大怒，尚未待他出聲，壁頂已躍下一人來，正是先前那襤褸漢子。

高戰也被暴笑聲所吸引，才一到洞口即喜得叫道：「前輩是你！」

那漢子碧綠道袍，也喜道：「小老弟，想不到老哥正適逢其會，二魔、三魔俱中了我無影之毒……」

「前輩小心！」高戰見大魔趁機偷襲，開口呼時整個身子也平撲而下。

來人正是北君金一鵬，此人不但用毒高明，身手也不含糊，仗著滿身毒物，竟一掌從大魔迎去，只聞一聲「砰」然巨響，大魔鬚髮俱揚，毒君金一鵬卻一連退後三步。

原來大魔因老二、老三俱中毒手，一出掌已是全力，毒君內力本就差人一等，又因禍起倉猝，登時吃了大虧。

高戰及時趕到，一見毒君敗勢現出，立刻不顧一切發瘋般朝大魔攻出，也是高戰連日來進步神速，再加上怨憤所積，一時間兩人竟戰得難分難解。一個勝在功力深厚招式怪異，一個強在精力充沛，所學博大無窮。

毒君金一鵬見數月不見，這小老弟的功夫竟精進如斯，不禁連連搖頭讚嘆，心中忖道：「只怕今日我已非其敵手了！」這毒君也是偏激性格，見二魔、三魔被自己下毒陷害，不禁樂不可支。

那大魔生怕他會趁機再下毒手，不時要分心注意金一鵬，因這緣故可給高戰佔了不少便宜去。

高戰兩日來被他悟出不少精妙絕學，這一刻逢到百年難求的活靶子，更是鬥得起勁，只見他動如脫兔靜如處子，無一招不是經驗與智慧的結合。平凡上人的博大，天池派的強勁，天竺的邪惡及梅香劍的刁奇被他一一得去，是以大魔這一般好功夫，也被他一連攻打得節節後退。

大魔被攻得暴跳如雷，他再怎麼也想不到這毛頭小子一出洞就變得這般厲害。這時兩人都是赤手相搏，高戰正一招「雷動萬物」，左手含藏「峰迴路轉」朝大魔擊去。

老大心知今日很難討了好去，何況老二、老三吉凶未卜，時間上是再也拖延不得，高戰武功雖進步神速，但要纏住大魔卻還不能夠。大魔趁那「雷動萬物」才過，左掌「峰迴路轉」尚未發之際，一連上中下攻出三掌，一晃身即往二魔、三魔處撲去。

北君金一鵬在旁大喝道：「有這等便宜的事，接招！」

大魔突覺一股狂風從體側襲來，趕緊右掌一拂，那曉掌心一麻，心知上了大當，氣得怒喝一聲，也不顧中了什麼暗器，挾起老二、老三落荒而去。

高戰心存厚道，也不打算追那三奇，倒是金一鵬在旁笑道：「這三個傢伙中了老夫的毒，能活得過三日就命大了。」

苦戰終了，高戰反覺得一種從未有的疲睏。金一鵬見這小老弟臉色有些不太對勁，笑容陡地一斂，關切問道：「小老弟怎會到了此地？想不到功夫進步得連老哥都要自嘆不如了！」

他怎會想得到高戰在這數月間的連番奇遇，是以驚異得很。

高戰苦笑道：「前輩來得正合時宜，再遲些在下可能就被三個怪物困死洞中了。唉！小弟的朋友被這三個怪物重傷不治，現在停在洞內還得趕緊安葬呢！」

高戰說這話時，臉上落魄的神色甚是哀傷，大異於他平日的正氣凜然，這點可使北君金一鵬更覺奇怪了，他小心問道：「是哪一位朋友，老夫可識得？」

高戰搖了搖頭，一轉身撲進了洞，金一鵬沒有跟去，不一刻只見高戰抱著一個人走出來。姬蕾那如花的面容已顯得煞白，高戰將她輕放在地上，默默道：「蕾妹，大哥不能保護妳真是罪孽深重，妳的心願大哥一一替妳辦好，請妳放心安息吧！」說完兩粒豆大的淚珠已悄悄湧到眼角。

毒君金一鵬已動手在潭邊掘了一個深坑，武林中人素來不太重視生死大事，何況此地距中原遙途千里，高戰也只得將她就葬此地。

一個千嬌百媚的佳人，就在江湖上兩位一老一少的高手觀禮中，被覆蓋上黃土。高戰手中一直握著那顆風雷水火寶珠，臉上的表情哀傷之極。

毒君金一鵬在旁嘆息著，他當然能明白是什麼一回事，但即使他本領再大，也無法幫得上忙的。

高戰在這新墳前憑祭了半天，終於只得又重新上道，金一鵬爲了怕他憂出病來，有時講些好玩驚險的事給他聽。這時已快出了山，金一鵬道：「老弟得了蘭九果，那無影之毒自然解了，老夫那日去龍門毒丐處，可趕上一場好戲！」

高戰心思也聰明無比，知他故意找些話題來分散自己的憂愁，也著實感激，因此裝出有興致的樣子，答道：「前輩這次再度出山，江湖上自然又得有一番傳說了！」

金一鵬微微一笑，道：「這倒不是，咱到龍門時正逢到青龍會在那兒聚會，想不到竟被一個後生小子給挑了，這後生小子以往和我還有一番淵源呢！」

毒君金一鵬平日瘋瘋顛顛，這時受高戰感染竟回復一些正常，許多年前的記憶有些像靈光般在腦海中一道道閃過，他見高戰沒有言語，又道：「這小子是辛捷呢，十幾年不見，真練得一身好本領，連老夫也要自嘆不如了！」

高戰聽得是辛捷，詫道：「是辛叔叔，他怎麼去挑龍門毒丐呢？」

毒君金一鵬見引起高戰興趣，也喜道：「你識得他？」

高戰點點頭，帶著有些沉思的味道說：「晚輩的虬枝劍法就是辛叔叔傳授的，月餘前曾見他同東海三仙中無極島主、平凡上人及我恩師與前日那南荒三奇大戰。」

金一鵬對這三人除了無恨生曾有一面之緣外，其他都只是耳聞，他道：「這辛捷與我倒有些淵源，前日見他劍挑龍門實是一大快事……」接著聽得金一鵬說出一樁豪壯事情來。

月影半掩，萬里山中陰森無比，山腰處一點星火像引路燈般閃爍著，細銳的蟲鳴突然沉寂，象徵著某種不尋常的事情發生。

樹林裡沙沙一陣輕脆足步聲，黑暗中一人喊道：「誰！」語聲才落，跟著又是一聲：「啊！」

這聲音好不奇怪，像被人扼著喉嚨硬給逼出來的。

「告訴我們龍門毒丐可在山中？」一個渾濁粗啞的語音問道，但話語裡充滿著威脅和恐嚇的味道。

一個顫抖的聲音答道：「莊主老人家在……在莊中養傷！」

「嘿！」那粗啞的聲音又道：「還有些什麼人？」

「還有些別的人，小的只知道有一位叫天煞星君的，其餘的都不識得了！」

接著一聲悶哼，樹梢響動中一條黑色人影直往山腰撲去。

山腰中倒是個不太小的莊院，正是龍門毒丐平日藏身之處。這毒丐是龍門五傑中的頭一位，師弟長醉酒僧、壺口歸農、天稽秀士、逍遙道人，也是因方家牧場而與高戰結的仇。

這時正廳裡高高矮矮坐立著數人，上首一個褐衣老者正是天下聞名喪膽的天煞星君，身旁是文倫師兄妹，接著順序下來是萎頓的龍門毒丐兄弟五人。

「三更已到，辛小子還未來？」坐在下首的天稽秀士道：「可是覺得膽寒了？」

龍門毒丐被高戰一拳受傷甚重，幸喜救治及時，只保了性命但一身功力全失。只見他面色陰沉，一雙暗無光彩的眼睛牢牢盯著門外，憤恨著，憤恨著世上的一切。

文倫面上仍掛著他那種特有的傲笑，這次他師父在旁，心中再也不覺得什麼敵人可怕了，倒是他那溫柔的師妹，臉上不時閃過一絲憂慮。

突然天煞星君從座中站起，沉聲道：「來了！」

語音才落，大門口已踱進兩人，先頭一位白衫儒巾，神采真個飛揚至極，後面一位體態魁偉，劍眉虎目，氣態軒昂至極，正是梅香劍辛捷和丐幫幫主李鵬兒。

天煞星君見辛捷兩人氣閒神定踱了進來，當下臉一變，強打個哈哈道：「辛少俠多年不見，此刻更見英風超然了，這位是誰？恕老夫眼拙！」

辛捷知天煞星君必是不忘年前一劍之仇，笑笑道：「這位丐幫幫主李鵬兒便是！」

天煞星君冷笑一聲，道：「久仰！久仰！只是丐幫幫主幾時改了姓李的？老夫倒是少了見識。」

李鵬兒聽得劍眉一掀就要發作，辛捷趕忙止住，反問道：「這幾位是何方英雄，也請前輩替在下引見引見？」

天煞星君沒奈何，一一為辛捷引見完畢，辛捷道：「幸會諸位英雄，今日辛某來此，除了向前輩問好之外，尚有丐幫幫主之事尚待解決。」

天煞星君道：「不錯，今日倫兒與李英雄都在此，這事也該有個了結了。」

辛捷微微一笑道：「在下認為解決之法不外乎兩種，一種是由丐幫幫眾自行決定願意由誰出任全幫幫主，另外一法就是……」

文倫冷笑一聲，插口道：「另外的就是看各人的本領了！」

李鵬兒不甘示弱，切齒道：「文兄快人快語，看來文兄是決定採用第二種了！」

文倫傲氣畢露，哈哈笑道：「這還用講，今日少爺得再接接你『百結掌法』，看你得到我家祖多少恩賜！」

李鵬兒聽得大怒，如不是辛捷止住，幾乎立時要拔劍動手。

天煞星君對這徒兒甚是驕縱，聞言也不叱責，沉聲道：「兩位是準備用兵刃呢？還是空手。」

辛捷道：「隨前輩選擇！」李鵬兒卻道：「兵刃！」

「嚓！」地一聲，文倫與李鵬兒同時拔出長劍，李鵬兒一眼又瞥見文倫師妹，那張姑娘的眼神，是那麼關懷與柔情，他暗暗嘆口氣，望了辛捷一眼，道：「請叔叔爲鵬兒掠陣！」

辛捷知他是不要自己幫手的意思，含笑點頭退立一旁，那邊天煞星君也回歸座椅，只那張姑娘焦急叮囑道：「師兄要小心啊！」

文倫驕傲地將長劍一擺，冷然道：「妳該叫他小心呀！哈哈！」

李鵬兒聽得火冒，他噴著怒火的眼睛瞪著文倫，卻不敢偷看張姑娘一眼，因爲很可能只要看得她哀怨的神光，一切勇氣憤怒都要化爲烏有了。

文倫與李鵬兒是曾交過手的，當時兩敗俱傷誰也沒有討到便宜，現在年歲增加，兩人的武藝造詣都今非昔比，何況彼此有個估計，對對方都不敢輕視，是以一番苦戰是難免的。

場中像死一般寂，除文倫、李鵬兒繞著圈子的腳步聲外，就只有廳外的蟲鳴了，兩人俱不敢大意，仔細地觀察著對方弱點，不敢先行下手。

文倫年紀較輕，首先沉不住氣，大喝道：「接招！」

劍子走偏鋒，本攻左突改向右往李鵬兒手肩削去，這一虛招如何騙得過李鵬兒，只見他看也不看來劍一眼，舉劍就往文倫面門刺去。

兩人俱是一般火爆脾氣，才一上手就是以快打快，場中立時響起一片劍氣破空之聲。

文倫上回吃了他虧，回到師父身邊著實又苦練一番，這時長劍上下翻騰，一幕劍影將對方牢牢裹住，猛然看來似佔了上風。

李鵬兒身兼兩家之長，一路上又得了辛捷許多教益，辛捷近來劍術由豪飛而沉穩，由凌厲而淵深，李鵬兒受了他影響，也才定了靜觀其變的主意。

天煞星君一代梟雄，所調教出來的徒兒也深似他的習性，不出手則已，一出手必定要傷人，是以招招俱狠辣霸道，絲毫不留餘地。

這時李鵬兒右手長劍像扛著座山般緩慢轉動，左手使出「百結掌法」以補縫隙，無論文倫再強的攻勢都被化爲烏有。

晃眼已是七、八十招過去，文倫見久攻不果，不免有些心焦氣浮，李鵬兒覷準機會，右手陡地一招「橫掃千軍」將那文倫阻得一阻，左掌陡地攻出三招，先天氣功從掌心湧出，分襲對方左右中。

文倫見對方突地改變打法，方呆得一呆，三股強勁力道壓體逼臨。

「好！」文倫大喝一聲，長劍當胸一掄，發出陣刺耳錐心的銳叫，雖將危困化解了，用招卻顯得太過邪惡霸道。李鵬兒師出名門，出手間隱隱有正大風度，與文倫專走偏鋒斜門的氣度大相逕庭，形成強烈對比。

李鵬兒抓住機會，劍子突交左手，右手又是一連三掌打出，這三掌好不古怪，只因他先天氣功的特性發後能收，前兩掌竟是虛招，文倫連接兩掌只覺虛空無物，心中正在奇怪，微微分神間李鵬兒第三掌已至。

「轟」然一聲響，先天氣功的確不凡，李鵬兒如天神下降鬢髮暴漲，反觀文倫只見他臉色大變，一連退三步。

看來兩人內力竟是相若，雖文倫不小心輸了一著，卻沒受多重內傷，只看文倫臉泛憤容，一揚手……

「打！」

語氣方落，兩點寒星直奔李鵬兒雙目。

李鵬兒毫不在意，長劍一攔「叮！叮！」聲中兩粒鐵芒已跌落塵埃，文倫並未能打傷得李鵬兒，趁打暗器之時，陡地無聲無息地向李鵬兒下腹撩去。

這招下得好不惡毒，李鵬兒劍在左手，挽救已是不及，叱罵聲中身子已自騰起，文倫眼見這大好機會怎肯放過，「打」字尚未喊出，又是十數粒鐵芒破空朝李鵬兒射去，這次手法高明之極，三粒打上左右，其餘的打全身下穴，右手劍更向對方雙足削去。

辛捷眉頭一皺，天煞星君卻面帶笑容，似乎在讚賞徒兒學得自己惡毒與趁人不備的手段。

李鵬兒身陷危境，鐵芒發著銳嘯破空而至，趕緊將長劍舞個密不透風，雖見機得快，左肩仍被一粒鐵芒擦過，立刻覺得一陣火辣辣的感覺。

「好卑鄙的小子！」李鵬兒在空中大喝，身子陡地一翻，在空中頭上足下朝文倫撲去，似打出了真火。

文倫一招得勢好不快活，長劍使出「舉火燒天」，這招本是平凡的招式，卻因他向左稍偏三寸，而右掌出「武松打虎」硬往李鵬兒右肩碰去，這兩招一配合之下真是凶險絕倫。

李鵬兒連番受挫，心神反定了下來，真氣一提身形陡慢了慢，剛好避過左邊「武松打虎」，長劍一架、一絞，借力翻出一丈外。

這次李鵬兒雖沒有被傷著，卻落了下風，文倫驕傲至極，叫道：「丐幫幫主怎會如此稀鬆！」

李鵬兒此刻反冷靜下來，應道：「未必見得！姓文的，李某還要領教！」

文倫將長劍斜向上舉，擺出個極端藐視的姿勢，道：「請便！」

這番李鵬兒謹慎小心，一點也不敢再大意，指尖在劍身一彈發出聲金鐵交鳴，豪笑道：「姓文的小心了！」一招「雷動萬物」夾著雷霆萬鈞之勢攻到。

方纔李鵬兒使的多半是丐幫獨傳心法，這一下使出天池一脈師門絕藝，氣象大是不同。

天煞星君見李鵬兒陡地變式，只覺他出招大是恢宏博大，口中大喝聲：「好個天池『狂飆拳』！」其實是暗中提醒徒兒要小心留意。

文倫如何看不出對方厲害？立刻就用上師門最上乘「萬流歸宗」劍法，這萬流歸宗劍法花費了天煞星君一生心血，確有奪天下劍術精華大成之優點。

這兩人再度生死相搏，心知這真是決定命運最後一戰了，無論誰只要敗了就再無臉在江湖上混下去，是以都凝目而待，緊張萬分。

辛捷和天煞星君氣度都顯得很輕鬆，那張姑娘可急得什麼似的，她不希望自己師兄敗了，因爲這樣會影響他一生的幸福及連帶著自己一生的幸福，但師兄勝了呢？那是不是真能就做丐幫幫主？芳心忐忑，真不知如何是好。

李鵬兒輕嘯一聲，劍刃輪迴急轉像狂風暴雨般朝文倫攻去，看來似狂亂無章，卻招招包含無窮神妙絕學，看得辛捷同天煞星君不住點頭。

文倫無論在功力上、劍術上都差上一籌，被李鵬兒一陣急攻，立刻有束手縛腳的感覺，他生性高傲，這口氣如何忍得，幾招硬碰硬打竟想搶得先機。

李鵬兒「先天氣功」已自劍身發出，除非功力較他高上許多，否則天下任何門派，在他前十招未完前，都無法搶攻，文倫這一氣浮立時空門大露，給李鵬兒極好的制敵機會。

「師父！師父！」張姑娘一陣急喊，將李鵬兒叫得心一軟。

「唉！」他暗自嘆口氣，幾次殺手已出竟半途而廢，天煞星君、辛捷是行家，自然看得出李鵬兒該勝未勝，心中卻只猜想李鵬兒顧慮文倫是先幫祖之嫡孫，其實除了李鵬兒外，誰也猜不出是何原因。

文倫也發覺自己先前所犯的大錯，正在心沁冷汗之時，那曉辛捷與天煞星君同時喝道：「住手，外面是什麼人？」

兩人一呆都一齊住手，只見窗外大笑聲裡飛進一人來，碧綠道袍滿臉亂髮，姿態瘋瘋顛顛的。

天煞星君見來人目露精光，氣魄大是不凡，喝問道：「閣下來此何為？」

這不速之客狂笑道：「你們打你們的吧！我要找的主兒可不是你！」

天煞星君何曾受過別人如此張狂，怒道：「老夫見你活到這大把年紀實在不易，才敬你三分，如要不識好歹，我天煞星君立叫你濺血當場！」

天煞星君以為亮出自己名號，對方不吃驚也得恭順些，誰知那綠袍老者理也不理，大剌剌尋了把椅子坐下，道：「兩位少年英雄請繼續比劃，老朽事情等會兒再辦不遲！」

天煞星君因辛捷在旁，不好意思當場發作，正在拉不下臉之時，辛捷已起立，恭敬地向那老者抱揖道：「前輩尊姓可是金？」

這老頭目中神光大放，牢牢看住辛捷道：「你這小子如何識得老夫？啊！你是……」

辛捷趕緊上前一步行了重禮，溫聲道：「晚生辛捷，十年前曾與北君前輩在江上會過。」

這老者北君金一鵬哈哈狂笑，像是高興之極道：「你就是那梅老兒的傳人，嘿！我還記得，我那女兒你將她帶到哪去了？」

北君的名頭才一說出，即使天煞星君也大吃一驚，當年北君名頭之盛不在南君七妙神君之下，何況北君以毒出名，任誰也得畏懼他三分。

辛捷與他才一見面就碰上這問題，不禁有些尷尬，道：「這正是晚輩想請詢前輩的。」

金一鵬道：「你也不知道麼，唉！我那女兒也真命苦……」

辛捷已多年不復記憶那溫順的金梅齡，這一被提起不禁有些心酸黯然，那天煞星君見兩人竟敘舊起來，氣得喝道：「辛大俠，咱們的過節可免了？」

辛捷也有些怒意，氣道：「前輩如等不及，晚輩這就放肆！」

天煞星君大喝聲——「好！」一掌朝辛捷劈來，那邊文倫與李鵬兒也又鬥上了，一時間聽中劍氣與掌風之聲大作。

辛捷與天煞星君也是交過手的，天煞星君曾吃了點虧，想天煞星君名頭何等響亮，這一敗真可說是他奇恥大辱。

「叮！」辛捷的劍尖連閃兩次工整的七朵梅花，與天煞星君搶攻起來。「虬枝劍法」所走的完全是偏激路子，辛捷的梅香劍幾乎全是走偏鋒，出人意料之外。

文倫那方已快到結束階段，李鵬兒奮起神威，將對方殺得幾乎沒回手之力，只見文倫節節後退。

天煞星君有些焦急，雙掌運足了真力，沉重的掌風將辛捷衣衫刮得「獵！獵！」直響。

辛捷也知道這次可沒上次那般好易與，虬枝劍法使到極處，只聞嘶風之聲漸小，劍尖所湧出的內力，卻似隻隻利刃突破氣牆直往天煞星君刺去。

天煞星君這次出山連番受挫，雖面上狂態不改，其實心中早對這些後進英才懷了戒心。此時長聲大笑，身形閃動中，左手直取對方雙目，右腿舉處卻也蹴辛捷手腕。

這招好不張狂，妙在敵人除後退外，幾乎沒法解救，辛捷腦海中才想起一招能攻敵反救之法，但時間已不容許他施出，只好往後猛退一步。

天煞星君長聲大笑，不待辛捷立穩，立刻放掌攻出三招……

辛捷見天煞星君這番打得精明至極，再不像上次那般輕敵猛進，招招俱是厲害殺著，只要自己稍一疏神就要斃死對方掌下。當下心神一凝，手中長劍驀地化成一幕劍網，先用守勢再伺機搶攻。

金一鵬多年不見這般高手搏鬥，只看得他眉飛色舞，喝道：「好個梅香神劍，梅老兒也該得意有這麼好一個傳人！」說完他想起自己那徒兒金欹，不禁有些想念。

天煞星君連攻數十招，雖把對方迫得不住後退，但對方退而不亂，絲毫不露敗象，心神不覺稍一鬆馳。

辛捷戰鬥經驗豐富已極，這稍縱即逝的機會被他利用得分釐不差，只聞劍幕中「吱」聲大起，辛捷手中梅香劍已勢若閃電斜刺而至，迫得天煞星君往左一閃，讓辛捷搶得先機。

「好一招『冷梅拂面』！」天煞星君恨聲喝道，想不到自己竟兩次在這招上吃了小虧。

這一番輪到辛捷主攻，只見辛捷將那「虬枝劍法」使了開來，當中夾著「大衍十式」，場中二丈方圓盡是梅香劍影。

天煞星君知道辛捷厲害，如待辛捷再將那「大衍十式」全使出來，只怕自己難逃一敗，當下身形突然倒拔而起，東閃西避打算脫出辛捷劍網。

辛捷胸中豪氣大奮，招式連綿不絕，更展開「詰摩步法」與天煞星君搶佔有利方位。這兩位都是絕頂高手，彼此將輕功使到極處，只顯得一片極淡灰影。

天煞星君的身姿快若閃電，而辛捷不但從容不迫更瀟灑至極。天煞星君見無法脫出對方糾纏，長劍總不離己身左右。這時梅香劍正斜掠而舉，從辛捷持劍的架式上，他已知對方要用什麼招式。立時不敢怠慢，上半身猛地一傾，身形忽射前半丈，左掌向後斜拍而去。

兩人的動作幾乎連在一起，天煞星君的身形才起，辛捷的長劍已跟著刺了過去。天煞星君暴叱一聲，腳下滴溜一轉，身子已疾若飄風撲了回來，左掌改拍為持，右手聚指如戟，疾點辛捷右手「曲池」。

辛捷不顧敵人如此變招，口中喝道：「好身手！」知道天煞星君左手這拳是畢生功力所聚，威力極大，仗著自己絕頂輕功，右足稍提將身形硬往左橫移三尺，長劍原式不變仍直刺對方。

天煞星君不料對方只一變式，只差一髮竟避過自己致命兩擊，不禁老羞成怒，只見他身形動也不動，待那劍鋒距身尚不足半尺，陡地大喊一聲，左掌三指硬插對方胸際，右手卻抓向劍柄。

這一招完全是拚命打法，雖有失天煞星君大宗師風度，也逼得辛捷手足一亂，趕緊撤劍後退。

天煞星君危困一解，「唰」地一聲已是拔出長劍，只看他面露煞氣，沉著臉道：「辛少俠武功的確高明，老夫得動用兵刃了！」要知天煞星君成名在辛捷三十年前，這一動用兵刃已是大大辱了自己身分，是以語氣中有徵詢之意，也可知道辛捷功力之高了。

辛捷謙沖一笑，道：「晚輩何幸能領教前輩絕藝，這是晚輩莫大光榮！」

這邊文倫與李鵬兒已到結束階段，李鵬兒本可早下殺手，只因兩種原故遲遲不肯下手，而文倫又執迷不悟，兀自奮勇不肯認敗。

天煞星君偷眼一瞥徒兒，知他是敗定了。此刻自身面對強敵，再也不能分心照顧徒兒，內心不覺甚為焦急——

辛捷知道天煞星君進退兩難，微微一笑不進反退了三步。就在此時文倫大喊一聲，捧著左手退了下來，鮮血從破袖間一滴滴淌出，面色煞白得嚇人。

「謝謝李幫主手下留情，此恩文某沒齒不忘！」文倫說著，拂袖將師妹推在一旁，自個兒料理傷勢，留下李鵬兒怔怔站在場中，雙目茫然地注意張姑娘柔情地照顧她師兄。

毒君金一鵬哈哈笑道：「天煞老兒，別讓人久等你了！」

天煞星君臉一紅，再也顧不得徒兒，舉劍朝辛捷一豎。辛捷知他仍自恃前輩身分，必然是要讓自己三招，也不打話，「唰！唰！唰！」一連攻出三劍，雖皆迅若奔雷，卻毫無傷人之意。

天煞星君暗讚對方風度絕佳，手中劍不閒著，劍尖一領疾奔辛捷頸間。

辛捷動也不動，心知敵人這招必是虛著，果然劍鋒離身子還有半尺，突地「嗡」一聲，劍尖震出三點寒芒罩向中盤。

這天煞星君數十年不用兵器，這番全為辛捷過於厲害，才不惜再動用長劍，心中可是又怒又懼。

辛捷待敵人這招「梅花三點」將及體之際，驀地運劍向上猛撩，劍上真力一湧而出，身形也在此刻向左移開。

天煞星君只覺對方身形閃動間，劍光繞體而生，這一擊卻是落了空，立刻展開自己精研多年的「萬流歸宗」劍法，腳下如風一下子攻出七八劍。

這一交手聲勢更見洶湧，滿場劍光四射，冷電閃爍，動人心魄至極。辛捷面逢強敵，他多年漸漸隱晦的偏激性格，又不期然被激起，尤其當他想到毒君金一鵬在旁，此戰也該早些解決，好向金一鵬探些消息。

李鵬兒此時心神若失，突然場中一聲清亮的金鐵交鳴，兩道銀亮光華驀地碰在一起！只見辛捷，天煞星君倏然分了開來，兩人都面色紅如火薰。

「看劍！」辛捷大喝著，劍身劃出三道圓弧急飛向敵人。天煞星君知道敵人這次出招又自不同，不但飄忽而且勁道大得出奇。

場中每人都想不通辛捷何來這多絕藝，尤其天煞星君幾是愈打愈心寒。辛捷這次先聲奪人，身劍合一化成一道匹短光華，猛地朝對方射去。

天煞星君不知這正是聞名天下的大衍十式，手中劍連連揮動，眼看兩道劍尖一觸，竟連金鐵交擊聲也沒有，辛捷的劍尖已直探入對方劍幕，點上天煞星君胸脅。天煞星君大駭，剛要退身，哪曉辛捷長劍驀地改撩手腕，這番天煞星君再要讓已來不及，只好長嘆一聲，手腕一痲，劍已「叮噹」落地。

「好！好！」毒君金一鵬拍掌大喊，天煞星君更沒了臉，一退身拉起文倫及張麗彤從廳門飛奔而去。

辛捷雖再次贏得勝利，心神已感極端疲困，這時座上龍門五傑早已開溜，辛捷與李鵬兒懶得攔截，倒是毒君金一鵬急了，一晃身擋住門戶，喝道：「慢走，誰是龍門毒丐？」

龍門五傑見毒君攔著去路，心中都陡地一緊。毒丐怪目一睜道：「在下便是，前輩有何指教？」

毒君也不怒，笑哈哈道：「你就是龍門毒丐麼，天下使毒的都是老夫的徒子徒孫，你這手毒功老夫也著實該讚許。快將你那無影之毒的解藥拿來！」

龍門毒丐見最後的竟是這話，心中不禁暗暗叫苦，道：「前輩要解藥晚輩自當雙手奉上，只是晚輩此時也沒得解藥！」

毒君金一鵬心智時亂時醒，只要稍不如意凶殘之性立刻大發，他大喝道：「少說廢話，解藥你拿是不拿！」

龍門五傑雖心知差人太遠，但也忍不下這口氣，毒丐見金一鵬簡直不將自己放在眼裡，也氣道：「莫說沒有，就是有現在也不給了！」

毒君陰惻惻一笑：「好！」突地一掌往毒丐拍去。毒丐武功已失，兩邊兄弟打算來救，但金一鵬出手何等迅捷，只見毒丐大吼一聲，倒地吐血而亡。

龍門五傑雖俱凶殘之輩，但也手足情深，毒丐一亡，另四位都拔出兵刃準備報仇。辛捷見戰端又起，喝道：「四位不得對北君無禮！」

毒君一掌擊斃毒丐也十分懊悔，心想：「解藥未要到，主兒卻死了，小老弟生死命重，咱還是趕快去尋烏風草吧！」想到這裡，竟腔也不開驀地反身奔去。

辛捷見毒君突然離去，急得什麼似的大喊：「老伯慢走，小侄還有話得請教！」

毒君哪管這些，一路上足不停步直趕到北方來尋烏風草，想不到卻及時解了高戰的圍困。

高戰聽完毒君一番生花妙言，心胸也著實輕鬆不少，尤其當他想到吳凌風，那位出家少林的慧空大師——

「吳叔叔的遭遇比我還慘！」高戰忖道：「他說的『真即是假，假即是真』，到現在我才稍許明白啊！」

暮色中一老一少翻山越嶺直向南去。

少女執拗的臉色與陰晦的天氣一般，看來總有令人窒息的感覺，武漢地方官道上正有一老一少騎驢行著，老的白髮蒼蒼，少的嬌艷如花。

這少女此時繃緊著臉，一雙明麗的大眼中射出隱晦的煞氣注視著來往行人。

「師父咱們走山路吧！這些人眼睛真討厭！」少女滿臉不屑地說著。

白髮老婆婆像鬆了口氣，笑道：「妳要走那就走那吧！再別一聲不理我啊！」

少女突地一笑，道：「誰叫師父不要我去沙龍坪呢？」

老婆婆嘆口氣，無可奈何地道：「師父看得多了，姓高那小子哪是什麼好人，妳此時到他家中，只怕看到他家藏的三妻四妾也說不定呢！」

少女有些惱怒，嬌嗔道：「師父，不許妳這樣說！」完後又自言自語道：「大哥絕不是這種人！」

暮色又籠罩了下來，兩匹健驢載著一老一少踏上了山路，人跡是漸漸少了，荒涼野暮的景色卻愈來愈濃。

「師父！」少女嬌聲道：「快看那下面閃著金光的是什麼？」

白髮老婦笑道：「這山名龜山，那湖自然是月湖了，咱們再上到頂可看見長江全景，那才好玩呢！」

少女嘆息一聲，帶著夢幻的語氣道：「高大哥也能在此有多好！」

風有些勁疾，吹得那少女寬大紗裙飄曳不定，黑而油亮的秀髮蕩在頸後，更若凌波仙子嫵媚生姿，夕陽留戀地跳躍著，終於沉下了西方，大地上立刻湧起寒意和驟然的黑暗。

「師父，那竹林子裡像有座寺廟，咱們去那兒住宿一宵如何？」

白婆婆道：「還不都依妳的，咱們快些去吧！」

浩渺的鐘聲清越地傳來，像指引著兩人順利達到目的。兩驢很快的來到竹林，只見那建築物甚是簡陋，門上的橫匾上寫著三個字：「水月庵」。

「啊！是尼姑庵呢！」少女帶著喜悅的聲音說道：「不知是什麼高人選得這好地方？」

白婆婆將門環拉起，「篤！篤！」的打擊聲，在這寂靜的山野中傳得格外悠遠。

「依呀！」

門打了開來，露出張秀麗的面孔，似乎有些驚奇這一老一少的來臨，問道：「兩位施主可是要投宿？」望了白婆婆一眼，神色卻是一怔。

少女點點頭，道：「小師父是否能方便一晚？」

門開得更大，一位衣著樸素，然而卻有一種說不出高貴肅然的尼姑帶笑的立在兩人身前，道：「敝院簡陋，施主憩此貧尼自當方便！」

「好美啊！」少女心中暗忖道：「怎會出家呢？」她幾乎忘記了身在何處，只眼睜睜地看著身前尼姑。

這尼姑顯得很年輕，素額幾乎還察覺不出一絲皺紋。她微一笑，著手讓了讓，輕道：「請！」

白婆婆與少女將驢拴在門外樹上，隨著年輕女尼步進庵來。這庵子小得很，除了供佛像的一廳堂外，就兩間臥房，一間炊房。

「大師是……」白婆婆才想問，佛堂中已走出位老尼，顫巍的軀體拄著根枴杖。

「師父，有客來投宿呢！」女尼趕緊迎上去，對那老尼說著。

老尼點點頭，向兩人打了個問訊，笑道：「難得兩位貴施主光臨，淨蓮妳就趕緊燒些茶水吧！」

淨蓮含笑領命去了，白婆婆有些過意不去，正在要客套一番時，誰知庵門又是大響。

少女望了白婆婆一眼，自動跑去開門。門打開了，外面一個童子聲音劈口就問：「大師，可否暫借住一晚！」話出口才發覺面前站的是個長髮少女，不禁吶吶說不出話來。

「小施主，是什麼人呀？」老尼揚聲問道，白婆婆也有些緊張道：「英兒，是誰？」

少女巧笑一聲，道：「是個小孩呢！小弟弟你要幹什麼呀？」說著將那童子帶了進來。

老尼此時已將眾人讓至廳堂坐下，見著童子進來，笑問道：「孩子，你也是來投宿的嗎？」

這童子生得好俊秀，聞言答道：「哦！我母親同姐姐都在山腰，差我來問一聲能不能允許憩宿一夜，香火錢自不會缺少的！」

老尼見這小童口齒伶俐，裝得一腔大人樣，不覺笑了，道：「出家人一切方便，有什麼不可以呢？孩子你叫什麼名字？說敝庵去請你母親姐姐來！」

這時淨蓮從後面托著茶盤出來，一眼瞥見這小孩，那手不知怎的一抖——

「啪！」的一聲，杯子竟跌下一個。

少女眼明手快，一把將杯子在空中抓住，將杯子重新放在盤中，奇怪地看著淨蓮眼睜睜注視那童子。

這少女不經意顯露了一手，卻被那童子發覺，笑道：「姑娘好身手，我……我金童辛平，現在就去接母親姐姐上來！」說完飛跑而去。

淨蓮臉色突然變得異於奇特，她像故意掩飾般溫文地將茶重斟上，端給了白婆婆和少女，但卻沒有逃過一雙少女的眼睛。

這少女正是金英，她與高戰分別才兩月，即忍不住纏著師父來蜀地尋他。今在這庵裡她卻感覺得到有種不尋常的變故在醞釀著，一種本能的直覺，這童子辛平似和那淨蓮有莫大關係。世上一切事都冥冥中註定，白婆婆與金英竟同辛平等同一天來到這水月庵，這豈不是上天的安排麼？

不一刻庵門外已傳來馬蹄「的得」聲，一個嬌柔的女音道：「伯母，今晚咱們就在這兒憩息嗎？」

老尼已扶著杖步了出來，笑道：「各位施主請進，貧尼悟法，這是小徒淨蓮！」

進來的正是辛平和他的母親張菁及林汶。

張菁對兩師徒行了一禮，與那淨蓮目光相觸時卻同時一怔。

這一間小小的庵子突然變得熱鬧起來，但氣氛中卻有不調和的感覺。

分賓主坐後，張菁目光一轉，已看出對方除老尼外個個俱身負絕世武功，尤其對那年輕女尼，總想不起在什麼地方見過，但又不好問得，但她可認得那白婆婆。

辛平同金英很快笑成一處，張菁卻向白婆婆道：「前輩可是江湖上尊稱的白婆婆？」

白婆婆吃了一驚，忖道：「我從來在關外不過長城，這女子如何曉得是我？」詫道：「娘子是誰？怎生識得我老婆子？」

張菁笑道：「小女子張菁，有緣得識前輩仙顏實在三生有幸，外子辛捷曾屢次提及前輩稱謂，尊崇備至！」

白婆婆、金英同淨蓮聽得同時驚嘆一聲，金英歡叫起來道：「啊！妳就是辛夫人，沙龍坪的辛夫人？」

張菁也詫了下，笑著點頭。

「啊！」金英喜得什麼似的，拉著白婆婆笑道：「師父，想不到會在此碰到她們。辛夫人，高大哥是否在沙龍坪？」

張菁一怔，辛平卻搶著問道：「妳是說高戰高大哥？」

金英喜著說是，辛平還未答話，張菁面色卻是一整，道：「姑娘要找戰兒有何事務？」

金英快活著，根本不會發覺別人的語氣和臉色，答道：「我答應過大哥要去看他的，能告訴我此刻他在何處嗎？」

白婆婆覺出張菁神色有些不妙，陡地問道：「高戰與妳有何種關係？」

這話倒使張菁甚難回答，如要以人倫大法來講，高戰與她們似乎毫無關係可言，但事實上高戰與她們都很有關係。

張菁從金英的臉色上，就看出她對高戰是懷著那種感情，雖然張菁是極喜愛高戰的，但今天她卻不能愛烏及屋了。只聽她冷冷道：「這位林姑娘是我的義女……」下面的話無須再說下去，白婆婆已是明白了整個意思。

金英還不明白，問道：「高大哥在哪兒呀？妳還沒講呢！」

白婆婆火氣陡然冒起，拉起金英似旋風般朝大門衝去，一面喝叱道：「妳這丫頭真是瞎眼極了，人家家中不是藏著三妻四妾還是怎的！」

語音落時，人早不知跑到那兒，只留下一聲聲金英的哭喊。

張菁搖頭嘆息，如果不是因為林汶，或許她會極喜愛金英的，但先入為主的成見到底牢牢的拴住人們的心智。

林汶冰雪聰明，自然明白張菁氣走白婆婆的苦心，她低垂著頭，心中有淡淡的憂慮，卻不能向那睜大著眼睛，帶著問訊眼光的辛平解釋。

那老尼悟法雖只能猜出點端兒，卻也不能明白白婆婆為何會突生這大的火氣。天已黑了，老尼告辭返屋，淨蓮將房子讓出與張菁等，自己卻到師父那廂去了。

夜深得不能再深，淨蓮一直睡不著，十餘年的苦修在今晚完全是白費。窗戶輕輕被她推開，一條雪白影子如箭般射了出來。

「唉！辛夫人！」她自言自語，卻發覺自己心情激動得多可笑。

「捷哥的孩子也這般大了，這位夫人爲何總想不起在什麼地方見過的！」思潮將她帶回往昔，一條幾乎強制遺忘的身影又漸漸在她面前重顯出來。

這院子很小，張菁等的廂房燈火雖熄，但還有細小的語聲傳來。

「媽，明兒到家爸會在家嗎？」是辛平的聲音道。

張菁似乎有些不耐煩，答道：「你爸聽說高大哥中了無影之毒，已去尋他去了。」

辛平又道：「妳說那怪老頭救了高大哥，那怪老頭叫什麼毒中之王，真的有那麼厲害？」

這原只是小孩的無知發問，卻使得窗外那淨蓮聽得血脈沸騰。

又聽張菁答道：「那怪老頭十幾年前是與梅公公齊名的北君，梅公公的劍同北君的毒皆是江湖上聞名喪膽的，你外祖父當年遭遇那玉骨魔，尙是毒君一杯酒解圍……」說完即將北君遇玉骨魔之事講述一遍。

晚風吹得樹林著響！也慢慢將夜幕吹去，天光方曉，張菁等即整裝上道，然而她絕沒有想到，會在如此情況下得見一故人。

廿六　暗香疏影

前面是一望無垠的大海，高高的山頭站立著兩人，一位褸衣百結正是北君金一鵬，旁邊一位自不用說就是高戰了。

「小老弟！」毒君金一鵬道：「你獨個兒到那大戢島去吧，那平凡上人是世外仙人，我這樣去可能招得他不高興！」

這狂名滿天下的毒君與高戰相處十餘日，爲了要安慰高戰既喪恩師又失情侶的悲哀，他變得極其理智起來。

高戰的思想早有些麻木，他沒有置可否，只無言地朝海濱走去，毒君望著他寬健修長的背影漸漸遠去。

海，高戰已多少日子不見海了，尋了條小船，乘風破浪朝那大戢島而去。此時他內力充沛，加上帆風助力，小船似箭般破浪而去。白色的浪花連綿不斷地在船尾後劃出一條水痕。

風很大，浪很高，這不是「去年天氣」？一抹淡淡的島影在浪峰中時顯時隱，他似乎看得到，在島的邊上斜撐出的那顆大樹，和大樹上曾經玉人居住的小房子。

「唉！那小房子也該被雨打風吹去，蕾妹不是也被雨打風吹去？」高戰感嘆的想著。見景生悲，他似乎清楚地看見，海中、空中滿是姬蕾的笑聲、哭聲、嬌叱聲，接著是師父嚴厲教訓聲。一路行來有毒君爲伴，的確使他解懷不少，但此刻一人獨在，景色又是這般打擊著他，怎不使他悲不能抑。

高戰本是英雄個性，任何事情也難使他流淚和捨卻求生的慾望，但這次上天所給他的打擊是這般大，一個被自己視爲父母的恩師，一個是自己情投意鐘的伴侶，在短短兩日中同時亡去，這豈是常人能忍受的？

海水中浮顯出姬蕾、風柏楊的倒影，高戰狂呼著幾乎要投身下去。風疾船速，兩三個時辰後，船已是到達大戢島。

島上亂石如昔，支屋的大樹早已倒了，在高戰的眼中這些都是充滿著枯灰色。他從懷中摸出那桃核兒，這些還是那日他與姬蕾在山中分別時，她說要拿回大戢島來的，但這都成了舊話。

「等會見著平凡上人不知要怎麼說？」高戰心中暗忖：「大師從來討厭女子，現在居然答應收蕾妹爲徒，可見大師是何等喜愛蕾妹……」

這確是一個極難差事，但如要說世上還有姬蕾另外的親人，也只有這才做了幾天師父的平凡上人。

平凡上人的小屋就在不遠，高戰腳步沉重得連自己也不敢相信，愈是接近那小屋，他愈發覺得自己是寸步難移，他來到小屋的門口。

「依呀！」

門被他推開，屋內傳出平凡上人重濁的聲音，道：「小子進來！」語音中卻缺乏往日的安詳。

高戰心中忐忑的進了去，內裡的情景卻使他呆了，只見平凡上人、無恨生都在屋內，兩人都是全身冒汗在為一個躺在榻上的男子療傷，再一細看，那受傷的男子竟是才分別不久的辛叔叔。

屋內的空氣有些沉悶，平凡上人及無恨生都寒著臉，辛捷卻似死了般躺著不動。

「辛叔叔怎的……」高戰才問著已被平凡上人打斷話道：「輕點，你辛叔叔中了南荒三奇一掌，絕毒侵肺恐生命不保！」

「南荒三奇！」高戰幾乎不相信自己耳朵，訛道：「那南荒三奇的二魔、三魔不是都中了劇毒？」

平凡十人眼光突地一閃，奇道：「你如何得知？」

高戰囁嚅地從姬蕾受傷，毒君來救的一段仔仔細細說了出來。

平凡上人聽得時怒時喜，但當他聽得姬蕾身亡時，卻幾乎落下淚來。

「我一生不喜女子，卻只對這小姑娘投緣，這該是天意吧！」說完平凡上人變得默默然不語，像是哀嘆姬蕾。

無恨生也嘆口氣道：「也是你們放過南荒三奇，才引得捷兒得這場禍事……」無恨生口述中，高戰才得知辛捷受傷的原因。

原來辛捷一得知高戰中無影之毒的消息後，立刻就動身北上打算尋高戰好助一臂之力，那曉半路上卻正好碰上了南荒三奇。

這時南荒三奇中的老二、老三已做了毒君手下之鬼，被大魔挾著竟發了臭。

大魔也是師兄弟情深，本已失常的理智更如瘋狂，辛捷與他是搏鬥過的，在他印象中是絕對的敵人，此刻他心神俱失，這一與辛捷窄路相逢，立刻像遇見生死大仇般拚鬥起來。

辛捷功力本是差了大魔一籌，但大魔一瘋癲，兩人一時卻戰成平手，然而大魔對死已不再知道是什麼，最後竟拚成了兩敗俱傷，大魔中了辛捷一劍重創，辛捷也中了大魔一掌，傷重垂危。

幸好平凡上人正打那兒經過，趕緊將辛捷救了回來找無恨生幫忙，但南荒三奇「腐石陰」絕毒無比，兩人竟都束手無策。

突然無恨生像想起了什麼，呼道：「對！咱們怎不去尋那毒君金一鵬，大概也只有他才能解得捷兒身上的毒。戰兒，你知那毒君現在何處？」

高戰才說得：「他在對海等我……」無恨生已像風般消失了蹤影。

兩個時辰過去，無恨生駕著小舟返回島來，從他面上沮喪的表情上也知，必是沒有尋得那毒君。

「他到哪兒去了？」高戰焦急地問道，無恨生搖了搖頭。

「看來捷兒這一命也救治無望！」平凡上人痛惜著說，「難道我們只能呆呆看這一代中最具英才的捷兒如此死去？」他口中說著這話，心中的悲痛卻可想而知。

要知辛捷天縱之才，平凡上人對其的看重從他傳辛捷「大衍十式」中就看得出，是以辛捷如此，他自然悲痛不過了。

無恨生素來高傲不群，尤其是在情感方面總是令人莫測高深，這時見辛捷傷成這模樣，內心的焦急莫名也溢於言表。

平凡上人平時雖然狂放不羈、瘋瘋癲癲，到這危急時卻顯得鎮靜無比。辛捷所受「腐石陰」之毒，在他同無恨生合力用內功抵擋之下，雖暫時阻礙了毒性的發作，但這樣最多支持不了一月，在這一月中如想不出方法來解救，那麼縱有更高深的內功也是徒然。

「戰兒！」平凡上人問道：「那毒中之王是怎生個模樣？」

高戰將金一鵬的模樣描述一遍，又補充道：「他說了等我回岸一塊走的，除非發生了什麼事情，不然他不會獨個兒走的！」

無恨生望著昏迷不醒的辛捷，不禁痛惜地長嘆了口氣，道：「不如意的事總湊合到一塊兒！」

平凡上人沒理會，道：「這腐石陰功無人清楚它的毒性，當今天下除了毒中之王金一鵬可能有希望能解救外，可還有其他人選？」

無恨生搖搖頭，高戰心中卻想起金英的父親，不知他天竺一派可能救得這毒。

高戰將心中意思講出來後，無恨生大搖其頭，道：「此去天竺怕不有萬里，帶著病人起碼也得走上一個半月，捷兒的生命尚延續得了三十日不到，這樣怕走不到半途就亡了！」

平凡上人將頭點了點笑道：「這樣吧！張兄請你去追尋那毒中之王，天竺這一趟由我趕去，戰兒護送捷兒回沙龍坪，無論如何在三十日內咱們必須在沙龍坪會合。」

三人將工作詳細計劃一番，當下無恨生同平凡上人分頭而去，各追尋所要找的人，留下高戰一人在此照料辛捷。

曉色初露，驕陽發散著它柔媚的光芒，此刻天氣已入了秋，寒意已悄悄由北方傳延過來。

「劈啪！」

馬鞭的抽擊聲清脆而響亮，一輛大而寬敞的馬車緩慢地在大道上行著，車前座上坐著青年，手中的馬鞭在空中打出優美的弧線。

陽光灑在他樸厚的面上，一種形容不出的憂鬱在他臉顏罩著，這兒剛出了閩省山區，蜿蜒的道上，幾乎看不到人跡。

這駕車之人從頂窗向裡看了看車內躺著的病人，長長嘆口氣，自語道：「命運之神也著實太殘酷了，不出一月內恩師仙去，蕾妹亡故，現今辛叔叔的生命又旦夕難保！」說時樸實的面上浮現一種憤懣的表情。

車內躺著的是昏迷不醒的辛捷，生命的泉源正從他軀體中一點一滴流去，看他臉色是如此蒼白，俊秀的面龐上透出一種病態的安詳。

高戰負起了護送辛捷回沙龍坪的重擔，辛捷體內靠著平凡上人及無恨生兩人的絕頂內功，才能抵制住「腐石陰功」的蔓延，然而卻需處在極端的寧靜當中，稍微嚴重的打擾，也會使他體內尚僅存的一點心智紊亂，那麼即使神仙也難施回生之術了。

是以高戰一路行來莫不小心謹慎，那拉車的雙馬也是千中選一的良駒，不但久經訓練更善識人意，這一路上倒行得甚是安穩。

爲了路途遙遠，車又需走得慢，因此高戰兼程上道，這時已是出了閩省。

勁風刮起了塵土，使他臉上、衣上佈滿一層黃沙，但仍掩飾不了他那憂戚的神色。

馬車單調的輪聲及蹄聲，使高戰的心地顯得麻木，他雖知辛捷的仇家太多，路上只要不小心露出了他的身分及所受傷勢，那麼麻煩就大了，但連日來所受感情的壓力太重了，對四周竟絲毫不能提起精神。

回到沙龍坪，以此時的車行速度最少也得十數日，對這漫長又單調的旅途，他再也打不起往昔雄飛騰躍的豪氣。

「嗚！嗚！」遠遠有號角響，高戰不由抬起頭，黃塵在遠處揚起，高戰心一緊，將長戟摸了摸。這時，在遙遠的另一處……

仍是武漢龜山山頭，星辰稀落月色如水，那危巖峻崖的絕壁下，竹篁中，水月庵的燈火還有一盞在黯淡地閃著光，微小的木魚聲隨風飄來。

一個嬌小的身影立在竹梢上，身形隨著竹枝起伏，看起來飄渺出塵，令人悠然無邊。

「她們還會在那兒嗎？」這嬌小的女子望著那明滅燈火怔怔出神，悅耳的聲音低微得只有她自己聽得見，其實她也是對自己說的啊！

突然一股較為急勁的晚風吹來，將她身形晃得幾乎跌落，也震醒了她，看她將頭一點，像作了什麼決定，立刻輕悄悄地朝水月庵掩去。

小小的庵子在這大山浩水旁顯得渺小可憐，這女子將近庵門，正待舉手敲門，突然又改變了主意——

「呼！」

她極輕巧地翻上牆頭，內心黑壓壓的，先前那盞燈火也熄滅了——

「咦！奇怪了！」她望了望黑沉沉的院落，有些遲疑不決起來，晚風將她長髮撩起，在腦後飄飄蕩著與她苗條的身姿合成一幅美妙的圖畫。

突然一條黑影從庵中電射而出，這女子雖看來缺乏江湖經驗，但立刻機警地伏下身去，眼看著那黑影，直向竹林飄去。

這女子想也未想立刻跟了上去，那前行人足下好快，這女子幾乎放出全力才勉強跟上。

兩人漸漸來至絕壁下，前行的黑衣人也陡地轉過身來，一雙眼睛在黑夜裡炯炯發著光芒！

道：「金姑娘怎生又到此地？」

追來那女子見前人已發覺自己，也自動停下步來，帶著疑惑的語氣問道：「你是誰？怎會跑到庵子裡去的？」

黑衣人清脆一笑，將那蒙面黑巾掀了開來，竟是張清秀絕倫的面孔——

「啊！是淨蓮師父，我……」這女子正是金英，道：「我是回來尋前晚那位辛夫人，她們還在貴庵中嗎？」

淨蓮再將身外罩的披風也取下，露出全身玄裝，笑道：「辛夫人已於今晨離去，姑娘師父沒有同來吧？」

金英將頭一低，神色間有股哀怨氣質，咬著唇道：「師父老人家到大戢島尋那平凡上人去了，我……我想問那辛夫人……師父可知道川省的沙龍坪嗎？」

這淨蓮是有心將金英引來，笑吟吟道：「蜀地沙龍坪貧尼未曾去過，姑娘去那兒有何貴幹嗎？」

金英覺得淨蓮對她有不能形容的親切感，她自幼被嬌寵溺愛，平時頤指氣使慣了，唯有最近為著高戰受了不知多少委屈，雖她自己尚不覺得，其實心中早滋長了一種無形的苦惱。

金英慣常地好像無所謂似地聳聳肩，道：「去尋一個人，他是邊寨大俠風柏楊的徒兒，姓高名戰，師父曾聽說過此人嗎？」

淨蓮臉上掠過一絲淒涼神色，茫然道：「我有十餘年未曾出此一步……」突然她發覺自己犯了多大錯誤，暗暗罵了一聲糊塗，又道：「邊寨大俠的徒兒怎會到了蜀地？」

金英也不嫌對方太多問，此刻她最需要的就是有人談談，能將胸中煩悶之氣吐個痛快。

「我也不太清楚，只是他告訴我經常住在沙龍坪辛大俠處，即使不在，辛大俠也知他行蹤！」

「辛大俠！」淨蓮幽幽地說，「可是十年前名滿江湖的梅香神劍辛捷？」

金英發覺對方面上那種黯然神傷的表情，心中有種說不出的難過，自從與高戰一番交往以後，漸漸對男女間的種種，再也不似以前般朦朧不明，她能很銳敏地感覺出，這清麗出塵的尼姑，必然與梅香神劍辛捷有某種不尋常的關係。

「師父識得辛大俠嗎？」金英有些怯怯的問，她也明白拿這種話去問一個尼姑是有些不妥的。

淨蓮才一點頭，又趕緊搖頭道：「我只聽說過他，卻不曾識得他！」但這連小孩也騙不過呀！

金英眨眨大眼，她像發覺了某一種好玩的遊戲。望著有些靦腆的淨蓮道：「師父與辛大俠大約是知交吧？」

淨蓮聽得臉一紅，但卻毫沒有怪罪的神色，仍和顏道：「姑娘此去巴蜀，就只因那高戰的緣故嗎？」

金英純潔無邪，對男女間之事並無多少顧忌，心中所想的自自然然就說了出來，她巧笑道：「那當然是爲了高大哥啦，妳沒看過高大哥人有多好呢！」

淨蓮輕微地嘆息一聲，她從未看過高戰，但多年潛心修道，對世事變化似乎都能有個預感，她總覺身前這可愛的姑娘，會走上與她已走上的同一條路，而且她對金英也確喜歡。

「大師這麼晚出來是……」金英問道。淨蓮將蒙在身上的黑巾往地上一丟，笑道：「我雖是出家人一了百了，唯獨這武功卻棄之不下，今天月色可愛，正打算練習一番，不想卻遇見你。」

「師父是出身哪一派的呢？」金英無忌地問道，立刻她也覺出這句話的不妥，但淨蓮並未顯得有什麼顧忌隱晦。

「我功夫得自我……我養父傳授，並沒有什麼派別，姑娘妳呢？」淨蓮笑笑問道。

金英對她本門是深深感到驕傲的，她帶著一種飛揚的語氣大聲道：「我師父是天竺一脈白婆婆就是，三位師伯被你們中原稱爲南荒三奇……」

突然淨蓮一揮手止住金英，向不遠處樹叢中問道：「是何方朋友？」

金英正覺奇怪，樹林中已哈哈發出兩聲怪笑。月光下步出一對裝束容貌怪異至極的高大漢子。

「姑娘要到沙龍坪，咱們可正好同路呢！」其中一位面色枯黃，容顏慘淡之極的說道。

淨蓮兩目中陡地閃過一道晶瑩光芒，神色更是一變，像是有根針突地刺激了她一下。

金英小嘴一撇，不屑道：「你們是誰？敢偷聽我們說話！」

仍是先前那人笑道：「我們兩老兒江湖上也有個稱呼，翠木、黃木便是，姑娘……」

一直未開口的老者突地插口道：「現在已是枯木、黃木了！」說話的聲調萎靡至極，加上臉色的焦枯憔悴，真如形將入土的枯木。

金英臉色陡地一變，叱道：「翠木、黃木，就是你們將高大哥打傷的，那我可要替高大哥出氣！」說完就要撲身上去。

那面色青黃，原先的翠木老人先是一怔，隨即笑著問道：「可是你先前提到的高戰？」

金英面色微一紅，仍叱道：「是你將他打傷了嗎？」

翠木老人，該是黃木老人了，道：「咱們怎會打他呀？他可是咱們恩人呢，不是他，咱們還不能從毒君手中取得『枯木神功秘笈』呢！」

這回可是淨蓮大吃一驚，大聲問道：「毒君！十餘年前與七妙神君抗衡的北君金……」

枯木老人突地目露精光，冷冷道：「不錯，正是北君金一鵬，妳這姑娘是何名稱，怎生認得北君？」

枯木老人語氣太過托大，連金英聽得心中也不高興，哼道：「你這老頭兒要死不活的樣子，少管些閒事，還是去做自己的棺材吧！」

那枯木老人也不氣，笑道：「妳可是南荒三奇的師姪？」

金英傲然點點頭——

「哈哈！」枯木老人突地狂笑，枯萎的神色一掃而空，指著金英大笑道：「南荒三奇的師姪倒得意得緊，可惜呀！可惜呀……」下面卻未說下去。

金英覺得大奇，也預感到一些不妙，問道：「你在說什麼？」

黃木老人接口道：「怎麼武林間盛傳得天翻地覆的事你們竟然不曉得！一日之內南荒三奇相繼斃命的大事，你們都沒有個耳聞嗎？」

金英大吃一驚，她雖對南荒三奇沒有什麼感情，但到底有些師門淵源，立刻追問道：「中原武林道上有誰能勝得了師伯們，你們可是在胡說！」

金英這話說得稚氣得緊，淨蓮聽罷眉頭不覺一皺，果然枯木老人面色又恢復敗疲神態，冷冷道：「南荒一脈武藝素來出眾，但如說中原無人能勝只怕未必見得！」

金英根本不懂江湖習性，還以爲枯木黃木是真的不信，氣道：「你們沒見識極了，當今中原世上第一高手屬平凡上人，師父說，如果師伯們能聯手，即使平凡上人也不能敵得過呢！」

黃木聽得哈哈大笑，道：「平凡上人只得一人啊！像老夫兄弟倆則又當別論啦！告訴妳，南荒三奇的老二、老三被妳那寶貴的高大哥同毒君金一鵬聯手除了，老大被梅香神劍辛捷給宰了，信不信由妳！」

淨蓮與金英同時驚呼一聲，金英失聲呼道：「高大哥，他怎麼……」

枯木老人那半開半閉的眼睛牢牢地看住淨蓮，在他大行家眼中，能很清楚地估計出她武功的深淺，他有些駭然，因爲他估計的結果是，她幾乎與月餘前自己尚是黃木階段時的功力相當。

淨蓮當然看得出枯木在注意自己，她心中也急欲知道某些事情，但苦於須掩飾身分不能發問，幸喜有金英替她代勞。

金英一時間真不知是仇是恨，她心想：「如果真的是高大哥殺了師伯，那師父誓必尋仇……師伯雖然與我毫無感情，但卻是我師伯，高大哥雖然成了師門仇人，但……但高大哥……我怎能向他報仇啊……」但她想到了辛捷——「兩位還知道些什麼？關於……關於……」金英說話仍帶著公主式的口吻，但卻毫不顯得勉強，道：「關於梅香神劍的！」

枯木、黃木雖覺金英的問話有點大剌剌的，但見她的確生得太可愛了，心中雖不太好受，卻一些脾氣也發不起來，兩人相對作個苦笑，仍是黃木道：「辛捷那小子也未得著好去，他中了大奇的『腐石陰』，此刻尚不知生死存亡，多少黑道人物正在打探他下落，如他死訊一經證實，武林又將魑魅橫行了！」這話一說出口，連黃木都感覺奇怪自己怎會同情起辛捷來。

金英眉頭深深鎖起，她心中只覺亂糟糟的不知該如何好，她轉頭向淨蓮問道：「師父，我該去沙龍坪嗎？」語氣直似個無助的小孩求訊於母親般。

淨蓮不知要如何回答好，她真希望自己還能說：「我願意陪妳去！」這句話，但十年的青燈古佛所鍛煉成的道心，更深深譴責自己生了這份心。

「這兩位前輩不正是要到沙龍坪去，妳可同他們一塊兒去，但世事難測，去與不去該取決於妳自己！」淨蓮說出這番話，正深深表現出她潛意識中，是多麼希望能獲得辛捷的生死消息。

枯木老人還未待淨蓮說完，不耐地道：「誰有閒心帶小孩子，老二，咱們被兩個小輩打擾了練功，還耽擱了這半天，走罷！」

黃木老人點點頭，兩人仍像來時般大踏步走去，但在內心都有些奇怪，好似有某種奇異的情愫在心裡滋長，似乎覺得世界比以往要較可愛些了……

淨蓮、金英望著奇特的兩個老人消失在叢林中，金英突地作了什麼決定，對淨蓮一點頭，道：「師父，我得趕緊去尋高大哥，現在師父必然已在找他了，我得通知他一聲……」說完如飛而去。

淨蓮呆呆地立在月夜裡，四周這般靜寂，但茫茫黑暗裡，像有一個俊秀、高傲的面容在向她微笑著，同時另一個淡淡的，碧袍濃鬢老者的影子，也在向她投下愛憐的目光。

「唉！」多年向道之心幾乎崩潰，只聽她喃喃地道：「金梅齡啊！這兒離蜀地太近了，明日同師父說聲，不如到北方遊歷一番……」只見她披上黑巾，緩緩地朝尼姑庵回去，步子卻那麼沉重……

高戰將無神的眼睛注視著那漸近的黃塵，他看得清是一匹白色駿駒正駝著位黑衣漢子飛奔著。

從身形上，高戰覺得那人有些熟悉，但對一切已喪失興趣的他，根本就未想到仔細打量。

一股黃塵朝他迎面撲來，內中夾著「咦！」的一聲，突然煙霧消失了，一騎一人穩立在高戰車前。

「嘿！」高戰將韁繩一扯，車子立刻停了下來，他看著身前這異常熟悉的人影默默無言，他只等待著對方開口。

馬上的黑衣騎士一身勁裝打扮，面孔雖生得俊秀豐朗，但雙目中卻射出冷然寒氣，姿態更是孤高自傲。

「你可是天池一派？」那人大剌剌問道。

高戰已失去了爭強好勝之心，聞言居然毫不在意，茫然答道：「在下姓高名戰，確是天池一派，兄台攔著去路有何指教？」

那人冷冷一笑，道：「你大概記不起我了，李鵬兒可是你師兄？」

高戰雖沒有用心去想，但腦海中自然已憶起一人，他隨答道：「李幫主正是在下師兄，閣下是……」

黑衣騎士張狂一笑，對坐騎一圈，馬鞭陡地「刺」一聲向高戰抽來，口中叱喝連聲道：「小爺姓文名倫，這口氣要在你身上出了！」

高戰想不到對方會暴起發難，眼看鞭梢距面頰不足三寸，只見他突地頭猛一仰，間不容髮間避開對方鞭子，右手反合掌爲抓，閃電般抓向文倫鞭柄。

文倫哪曉得高戰武功已能與辛捷等抗衡，還以爲仍是年前的低手，這時鞭被奪去，直臊得滿臉通紅。

高戰並不以為自己勝得太過容易，他將鞭朝文倫一扔，道：「拿去吧！恕在下尚有要事不能耽延！」

說者無意，聽者卻只覺字字椎心，文倫料不到對方武功高強若斯，手將馬鞭接住，立刻調轉馬頭，如飛而去，臨行時朝高戰投下惡毒的一瞥。

高戰將馬車重新趕起，經過文倫的打擾，他只覺心頭一陣煩悶。將車帷拉開，看內中辛捷仍是面紅如火，毫無變化。

天色有些昏暗，一種孤單的感覺在他心頭滋長，但他有些喜歡這種感覺。

遠處炊煙裊裊，一個不算小的市鎮在他眼裡出現，高戰將轠繩鬆了鬆，馬兒拉著車直往鎮上跑去。

鎮雖不小，街道卻不算寬，高戰的車子為了要使辛捷躺得舒服，特別選擇了大的，這一來可使得街道上行人一陣子紊亂。

「嘿！請留心點，朋友！」一位老者喊道。

高戰漫不經心朝那說話的人一瞧，只見那人白髮斑斑，一副清瞿之貌。

「啊！高少俠，想不到會在此地碰到你，這一向少俠行蹤何處？」那古稀老頭突然揚聲呼叫起來。

高戰先是一驚，隨即也記了起來，答道：「原來是魯老伯，這一向晚輩都在江湖上流浪。

不知魯老伯傷勢可完全好了？」

這老頭正是終南一鶴魯道生，他遇著了高戰心中甚覺高興，喜道：「兩次受老弟大恩都未曾報答，前次洞中承老弟賜下靈藥，又殺退強敵，才挽救得老夫一命，如非方家牧場主人，我可至今還不知是老弟的恩德呢？只是老弟也太見外了，難道自己人也分個彼此？」

高戰當然明白魯道生決不瞭解當時自己的心情，但也無法明言，望著魯道生苦笑一聲，道：「晚輩當時的確也太糊塗了，只好現在向老伯陪禮。老伯肯接受嗎？」

這一著可使魯道生有些爲難起來，只得打個哈哈混了過去。他也看出高戰臉上神色有些不對，不覺關懷之情大露，問道：「老弟可有什麼事爲難嗎？老夫雖才藝低薄，如用得著這老朽之身，也請老弟定得通知一聲！」

高戰感激一笑，接著又「唉」地嘆口氣，他這車子一停在路口，立刻使行人極爲不方便。高戰也發覺這情形，道：「老伯請上車來坐吧，此事說來話長！」

終南一鶴魯道生欣然地坐在高戰身旁，高戰道：「老伯是要往哪兒去，晚輩可先送老伯一程。」

魯道生兩次受高戰恩惠，心中確是喜愛高戰的樸實敦厚，他見高戰一直愁雲濃布，知道他必然有什麼難言之隱，但魯道生也多想能分擔他一些憂愁。

「我就住在那街盡頭的悅來客棧，老弟打算繼續前行嗎？」

高戰因有辛捷在車上，任何行動都不敢離開座車，聞言點點頭道：「晚輩有急事在身，不能久留，待會兒替馬兒進進飼料就得立時上道。」

終南一鶴的確是有些擔心高戰，又道：「老弟是向西行，打算到何處呢？」

高戰雖不願明言，也不認為對秦嶺大俠有隱瞞的必要，便誠實道：「晚輩打算往蜀地一行，有點急事需短期內到達……」

正說間，魯道生所住客棧已到，終南一鶴聽高戰要往蜀地，心中立刻有了計較。他知道高戰必不願接受別人幫助，故道：「老弟可在此為馬兒進飼料，我尚有位朋友在棧中，也正欲往雲貴一行，我這就去喊他一聲與老弟同行，路上也好有個伴兒！」說時立刻奔進店去。

高戰連拒絕的餘地都沒有，看來辛捷的行藏就得被宣洩了，幸喜終南一鶴也是正道人士，只不知他那朋友是何人，高戰心想。

這時自有店小二過來替馬兒加食料，高戰隨身帶得有乾糧，他不放心任何時刻離開這輛車子，是以就坐在車上吃了起來。

大約一盞茶時間，終南一鶴已從門內奔出，夥計也從馬廄中牽出兩匹馬來。終南一鶴將簡單行裝一併綁在馬後，笑道：「我那朋友聽說是老弟來了，正高興得緊呢！說前次洞中蒙你救助，正找不到機會報答呢。」

高戰立刻想起了那人是誰，定是那曾被自己一時以為「情敵」的「小余」，自然現在他對小余是再不會有什麼成見。但想起了「小余」，又禁不住使他想起了香消玉殞的姬蕾，不覺一陣傷感。

小余隨後也從客棧中出來了，傷勢已完全癒好如初，只是面色尚是蒼白失血，在他那俊秀的面孔下，隱隱透出一種屬於自卑的畏怯。

魯道生將那小余一拉，道：「這位是余樂天，你就叫他『小余』吧！這位即是常向你提到的高少俠高戰，你倆年紀相當，該好生親熱親熱。」

兩人都浮起了一種不自然的微笑，高戰的是由於姬蕾的緣故，而余樂天卻是由於面對高手的自卑。

小余同魯道生都跨上了坐騎，一揚鞭三人立刻並駕西行，這時後面街道的盡頭卻悄悄跟上匹馬來。

小余甚是沉默寡言，他對那大而寬敞的篷車疑惑地一瞥，卻並沒有發問。

終南一鶴魯道生人倒隨和得緊，見那高戰一直愁眉不展，不覺有心要挑逗他講話，魯道生道：「老弟，你可知最近江湖上所發生的大事？」

高戰搖搖頭，但並沒有被提起興趣。

「兩月來江湖上有三件重大事情——」魯道生接著說道：「第一件是十數年前，名震大江之北的毒君金一鵬重現江湖！」

高戰突然道：「你知他此刻在哪兒嗎？」

魯道生奇怪他怎會突然發此問，但隨即又想了想，搖了搖頭，又道：「十日前有人在閩省海邊見他追蹤一小舟，以後就再無人見他了！」

高戰「唉！」地嘆口氣，十日前正是他與金一鵬分手的日子，這麼說來毒君是因追一小舟而失蹤，那麼小舟上會是啥樣人呢？他不禁沉思道。

魯道生見高戰似被吸引，說得更較有勁，又道：「另二件事可與你老弟有些關係呢！」

「跟我有關係？」高戰奇道：「會是什麼事情呢？」

終南一鶴同小余都笑了起來，魯道生微笑地看著高戰，帶著佩服的目光說道：「江湖上傳言，有一位年輕高手，一夜之間力斃長白三雄等數十名綠林豪傑，與毒君合力擊斃南荒三魔中的兩魔，現下這年輕高手已被稱爲『定天一戟』！」

高戰覺得心情有些激動，這是多年來自己的宿願，但此刻卻並不怎麼強烈了。他感觸地一嘆，輕輕道：「一將成名萬骨枯！」對自己爭名之心又打了個折扣。

「那第三件呢？」高戰問道。

魯道生神色突地變得嚴肅，很鄭重道：「第三件是梅香神劍辛大俠的受傷。辛大俠刺斃南荒三奇的大魔，自己也中了大魔的『腐石陰』，近幾年來憑辛大俠威名，才能將中原一群妖魔鎮得消聲匿跡，現在辛大俠重傷的風聲傳出，多少黑道上及大俠往昔仇家都紛紛出山搜尋，一些人是想得知辛大俠確實消息，一些人卻打算乘機報仇！」
高戰只覺心頭一緊，暗中將那長戟摸了摸，問道：「這些人中有哪些是高手？」
魯道生道：「我所知的有天煞星君師徒……」
高戰「哦」一聲，道：「天煞星君徒兒是叫文倫的嗎？先前我已會著！」
魯道生點點頭，表示他知道，說：「還有青龍會眾——但這些不足爲懼，倒是南荒三奇的師妹白婆婆聽說棘手得很！」
高戰聽得白婆婆，心中又吃了一驚，這幾日來他幾乎已把金英給忘記，現在一下子想了起來，在內心不覺對金英也生出一絲歉意。
「老弟！」魯道生仍是鄭重地說道：「咱們相交雖淺，但老朽一絲熱誠想老弟必然會接受吧！」
高戰有點猜得到他下面的話，聞言答道：「老伯俠風義膽，我高戰怎敢如此不識抬舉，老伯有教訓儘管講吧！」
魯道生心中一喜，說道：「老弟與辛大俠交往甚篤，老朽斗膽請問一聲，這車中可是負傷之辛大俠！」
高戰戒備地朝余樂天看了看，終南一鶴趕緊道：「小余也是血性中人，他也正想能有機會向老弟報大恩呢！」

高戰釋然一笑，道：「這在下可不敢當，車中確是梅香神劍辛大俠，在下打算將他送回沙龍坪，世外三仙中的平凡上人及無恨生俱爲辛大俠尋找能救治之人。」

魯道生嘆了口氣，有些警告的口氣道：「老弟的擔子可重了，先前天煞星君師徒曾在那小鎮上出現過，如被他倆師徒得知免不了又是一番流血戰鬥，而且前途險阻，不知有多少綠林惡徒，正在搜尋辛大俠蹤跡呢！」

高戰嘴唇合得緊緊的，他也清楚了此時情勢對他的不利，能多終南一鶴和余樂天兩位幫手，總比單獨一人照顧辛捷要好得多。

余樂天一直不曾言語，他只默默地注視著蒼天，不知在想些什麼，但不時卻欣羨地看高戰一眼。

廿七　梅凋劍殘

風沙如故，炎日當空，三人一路行來不覺又是十天，這一日車過武漢，再二日即可到達沙龍坪了，辛捷的傷勢雖沒有變化，但三人已逐漸緊張，只因幾日來四周的情況，已隱隱顯出被注意上了。

天已漸黑，馬兒也疲了，從大戢島一路而來，高戰一直是野宿在外，一因欲避人多眼雜，二也是辛捷如果被驚動對傷勢甚爲不利。

遠處一片樹林出現，終南一鶴道：「那兒倒是隱蔽的一處好所在，今日似乎咱們已被盯上了，早些準備也容易防備萬一。」

高戰也有些同感，他將馬繩輕輕一拉，馬兒掉了個轉，直往那林木最濃密處馳去。

這地帶因水源豐盛，草木都生得繁茂蕭森，車鑽入草內，幾乎整個車身都掩入草中。高戰見這草生得這般高茂，心中著實放心不少。

三人合作數日，工作已分配停當，車在一草一木最深處停了下來，終南一鶴去四周巡視，余樂天用綠草紮在車頂，高戰卻細細省視辛捷傷勢有無變化。

陽光終於完全沒入大地，深林中光線顯得特別黑暗，蟲鳴與夜梟「咕咕」之聲不絕傳來，別的什麼聲音也沒有。

三人在車旁圍著坐下，各以隨身乾糧充饑，月與星今夜特別明亮，樹影婆娑中，一道道淡薄的月光從縫隙中透射在地上。

「這兒真是塊隱密的好所在！」魯道生似很滿意地道：「即使有人來，在這麼多亂草中要不發出聲息也不可能！」

余樂天與高戰一般，臉上總是帶著憂鬱的神色。當然高戰明白他心中哀傷爲的什麼，但又能如何安慰他呢？

夜半了，三人毫無睡意，六隻耳朵仔細地聽著週遭的一切。

「呼呼——」一陣微風刮來，高戰突地打了個手勢，道：「好像有人來了！」

立刻終南一鶴同余樂天似被針扎了般跳了起來，每人的兵刃都已握到了手中。高戰仔細聽了會，又道：「像只有一人！」

這時魯道生倆尚未聽到一點兒聲息，高戰又道：「來人輕功不太高，施展草上飛功夫每騰空十步須落地換氣……」

高戰娓娓說來似親眼看見般，不禁使兩人佩服之至。

突然高戰「啊」地一聲，呼道：「竟會是英弟，她來此尋我幹什麼？」說時整個身子從草中站起。

余樂天、魯道生兩人也聽得隱隱約約有人在喊著：「高大哥，高大哥！」

高戰轉身對兩人道：「我去去就來，你們小心守在這兒，一遇警趕快通知我！」

終南一鶴正喊：「小心！」高戰已失去了蹤影。

亂草上一條黑線似箭般急射，但卻一絲聲息也無，晃眼間已來至先前發聲處。

「高大哥！高大哥！」一位體態嬌小，氣息喘喘的女子正焦急的喊著，步履因輕身功力不足，在草上行走顯得甚吃力。

「英弟，妳怎麼會來這兒？」冷不防一個渾厚的聲音在她身後發出。只見她似吃了一驚，但隨後欣喜若狂，一轉身朝後面猛撲過去。

「高大哥，真想死我了！」金英一下子撲在高戰懷中，似哭似笑地道：「我找得你好苦啊！」

高戰眉頭皺了皺，無可奈何地將金英擁在懷中，但卻感覺不太好受，他道：「妳不是在天竺嗎？怎麼又跑到中原來了？」

金英將整個身子倒在高戰懷裡，撒嬌道：「還不是找你！」

高戰突然心中一緊，問道：「妳怎知我在這兒？」

金英像想起了一件重大事情，急道：「我幾乎忘了，高大哥，那位梅香神劍是否在你車中？」

高戰疑惑地看著金英，急得金英又道：「馬上就有人要來搜這樹林，如果梅香神劍辛大俠與你在一塊，你可得趕緊逃啊……」

高戰哼了一聲，咬牙道：「辛叔叔確在我車內，是些什麼人想要乘人之危？」

金英被高戰一推出胸懷，道：「有青龍會，有天煞星君師徒，有龍門五傑，有些我不知道……還有……還有……」下面卻沒有接下去。

高戰冷冷道：「還有誰？可是妳師父？」

金英哀怨地點點頭，淒涼道：「師父知道大師伯死在梅香神劍手中後，氣得幾乎瘋了！我兩次從師父身旁逃脫去找你，這次回去一定要受重責了，高大哥，我不回去了，我要跟你一塊兒。」

高戰無心再多想，拉起金英立刻向停車處奔回，終南一鶴、余樂天兩人見他帶著一個女子回來，都不禁吃了一驚。

「這是白婆婆的弟子金英。」高戰向雙方介紹道：「這兩位是終南一鶴魯前輩及余少俠！」

金英對兩人並沒多大興趣，但有生人在旁她也收斂了許多。

高戰將有敵人要來犯的消息告訴了兩人，立刻空氣中緊張的氣氛大增。魯道生沉思一會，道：「老弟，對方這麼多人，而高手至少有兩位，咱們這方只有你一人能與兩人中之一抗衡。如果不先將辛大俠安置好，只要其中另一人發覺了他，咱們中任誰也無法救得。」

高戰點點頭，臉上卻有種爲難的神色，金英急道：「高大哥，這怎麼辦呢？在這林中被他們一圍總會搜到我們的！」

高戰道：「英弟，妳出來時可有人知道？」

金英搖著頭，道：「我是偷偷溜掉的，沒有人知道。」

高戰像有了決定，有些勉強地問道：「英弟，如妳師父發覺妳竟是助我，會對妳如何？」

金英想了想，道：「師父很疼我，這樣雖會使她很生氣，但最多罰我回家關個兩三月。」

高戰又露出很爲難的表情，終南一鶴魯道生明白那是爲的什麼，笑道：「老弟，別擔心我們，我們這條命即使爲辛大俠死去也是値得的。」

高戰對他投下感激一瞥，續道：「這森林草原寬敞，要在其中尋找我們必然不易，我想他們必然隱藏在四周，只等我們車子一出即要圍攻……」

三人聽得點頭，高戰又道：「辛大俠有毒傷在身受不得顛簸，如果爭鬥一起，任誰也不能分身照顧到他，除非能逃過對方耳目！」三人又點點頭！

「如今之計，只好要英弟委屈一下……」高戰說著，對金英露出徵詢的目光。

金英不解道：「要我做什麼呢？」

高戰立刻從車中拿出套男子長衫，道：「妳如果像以前扮男裝，駕著車子與兩位衝出去，一時間對方必有大部分會因天黑而誤會妳是我，這邊至少能打開許多缺口，我即乘機背負辛叔叔尋隙逃走。而且如果情勢危迫，妳可抖出身分，他們必不敢傷害妳，只是老伯與余兄卻無法兼顧了！」

魯道生同小余同時道：「就這麼辦，咱們自己會照顧自己！」

金英立刻將男裝著上，高戰已將辛捷從車中托出，用一襲毛氈合身包著。魯道生兩人俱已打點停當，兵刃也已出鞘。

「高大哥！」金英喚道：「這一分別不知要多久才能再見你，答應我……你……你得到天竺來看我！」

高戰黯然點頭，道：「妳放心去吧，總有一日我會去看妳！」

金英將馬鞭一揮，兩馬一車如奔雷般穿草而出。高戰仍隱在草中，良久……良久……果然胡哨與喝叱聲隱隱傳來。

且說金英駕著馬車，隨著余樂天，魯道生兩人一鼓勁衝出了草原，果然大道人影一閃，跳出兩名大漢。

「停車！」兩人喊道：「趕緊將姓辛的交出！」

金英理也不理，順手一鞭向兩人劈去。這兩人身手也自不弱，一左一右同時閃過，竟來砍那馬首。

魯道生與余樂天此刻已趕了過來，大喊道：「賊子找死！」一人一劍往對方砍去。魯道生華山高手，余樂天身手也不弱，那兩人措手不及被逼得閃了開去，金英呼喝一聲，將那鞭子抽得「劈拍」著響，一晃眼已如奔雷般衝了過去。

那兩人見被對方衝了過去，竟也不急，每人胡哨連聲，一時間，「吱！吱！」之聲響過不絕。

魯道生三人聽那胡哨聲才一響起，四處立刻人影幢幢，喝叱聲裡不少武林中人朝此方掩來。

金英靈機一動，叫道：「兩位也分開逃吧，或許他們不會攔截你們！」

魯道生尚未答應，金英駕著車子竟又往另一方深草中衝去，余樂天兩人知此刻倒是自己唯一能脫身的機會，馬上兩人也轉個方向分別散開。

果然一時間來人都被這局面弄得一呆，只有少數幾個來追趕終南一鶴兩人，其餘的都加緊足力朝那大篷車追去。

金英見自己狡計得逞，直揀那草最深處鑽，追趕的人有許多武功並不甚高，一進入深草即不辨天南地北，立刻被拋得遠遠的。但金英發覺有十數位武功高得出奇的武林健者，正飛馳電掣般踏草而來，並且她也看到內中有她的師父白婆婆。

「嘿！」她將馬用力一抽，自己趁那些深草蓋住車身一下子也鑽進草裡。馬兒受痛拉著車子仍一個勁兒朝前狂奔。

金英在草中閉著氣，只聽得頭頂「颼」「颼」的破空聲，一晃而過。

就在金英跳離車子不久，十數人已追上馬車，那兩匹馬被人攔住，驚得長嘶躍起。接著一位蒼老口音傳來：「好小子！咱們中了金蟬脫殼之計！」

接著是白婆婆的聲音道：「我早說過，這車決不會有那姓辛的小子，『腐石陰』的性子我是曉得的，傷者如果功力深厚可支持一月不死，但一受波動可就失去效用，反而會發作得更快，先前尚有人在車上，此刻必躲入草內，咱們大夥兒搜！」

另一位年輕口音的道：「我找著那姓高的小子必將他碎屍萬段，姓高的，有種的出來！」

又一位蒼老的口音道：「據小弟手下們報告，方才逃出的共是三人，如果車中沒有辛捷那小子，那他竟被丟在車中？這事有些蹊蹺。」

金英只覺語音愈來愈近，一顆心幾乎跳出了胸腔，突然那長草被一分，一個虬髯大漢猛撲下來，喊著：「看你能藏到幾時！」

金英知道行藏已露，連忙攻出三掌，一下子躍到草上，呼道：「師父，是我！」

這時十數人已如風電般聚攏了來，白婆婆一見竟是金英，氣得身形打顫，怒道：「必然又是妳這丫頭敗事，快講姓高的那小子逃到哪兒去了？」

旁人見洩露風聲的竟是白婆婆的弟子，雖心中憤怒也不便多言，倒是最先發覺金英的濃髯大漢冷冷道：「難怪妳早料到車中必沒有人！」

白婆婆也是偏激性格，將金英拉了過來，也冷冷道：「妳以爲是我老婆子有意放生嗎？英兒，快說那姓高的同那辛捷往哪去了？」

金英從未看師父這樣嚴厲過，她確知如再說謊言來瞞師父必然行不通，只好道：「他兩人已從另一方逃了！」

十數人聽得這話，同時大喝一聲齊向西面追去，金英被白婆婆拉著，不由自主也跟著奔去。

濃密的草被輕輕的分了開來，月光下一顆面孔不清的頭偷偷伸了出來。

「真不知那計成功與否！」這人自然是高戰了，他悄悄自問：「如果碰到兩位高手，必然辛叔叔是無救了！」他現在突然有些厭惡武林生涯。「若辛叔叔不是聲名赫赫的梅香神劍，怎會有這多人要攔截他！」

相了相地形，高戰背著辛捷像隻大鳥般平飛而起，往那月影黯淡處直衝而去。

「嘿！出來了！」草叢中立刻湧出數人，但從速度上，高戰知他們必是庸手，或者只擔任瞭望職責的。

「讓我者生，擋我者死！」高戰狠聲道，手中長戟立刻似毒蛇般刺出。

這數人功力與他相差太遠，高戰手下已是不肯留情，只聽得數聲慘叫，倒有一半被斃在地上。

這幾人見高戰神勇如此，早嚇得退立一旁。只見高戰似箭般逸去，半晌才握起哨子，大聲吹起來。

不多時白婆婆等已趕了來，看到地上情形俱連連頓足。

「這小子倒機警得緊，咱們趕緊追！」

十數人得知了高戰逸去方向，立刻分頭追捕，金英隨著白婆婆猛力追趕，心中卻不知是什麼滋味，她希望師父永不要追著他，但又多麼希望能追著他啊！

且說高戰像支箭般往那茫茫黑暗中射去，高戰自幼得食千年參王，體內蘊藏著無窮的潛力，尤其武功最近突飛猛進，更使體內潛力明顯地引發出來，只見他雖是背負著辛捷，但步履間仍是輕鬆而從容。

月亮已超過了頭頂，光線稍斜地射向大地，照著高戰在群山中飛馳，高戰害怕被後面追上，腳力已施到極點，如果以他此刻速度不停地奔跑，不消十個時辰就能跑到沙龍坪，然而

……

就在高戰尚未跑出十里。突地發覺背後有人跟蹤而來——

「先解決這傢伙再說！」高戰心想，此時他對自己的武功有了很深的自信。眼看前面是一塊林中空地，明月灑落得柔和清亮。高戰陡地將身子停住，「刷」地一聲轉過身來。

「是朋友還是敵人，在下高戰等候賜教！」高戰朗聲說道。經過一陣奔跑，滿腔積壓的豪氣又被激發出來，這時他看來是如此豐朗英氣，真是一派大宗師氣度。

林中緩緩踱出一條黑影，寬長的衣衫將整個身子包住竟分不出是男是女，只有那雙眸子在黑暗中閃動著奪人光芒。

「你就是高戰！」是個女子口音，但語氣中卻充滿了驚奇，道：「那麼你背上的人就是……就是……」

高戰冷冷道：「不錯！就是你們這批賊子想攔截的辛大俠。朋友，妳也太沒眼了！」高戰說完，將那長戟一掄猛地撲了過去。

那人對高戰的身手似乎意想不到，足尖一點突地閃開一丈，道：「且慢，我可不是你的敵人！」

這時來人已立於月光之下，高戰見她面巾一直從頭頂罩到頸項，只露出一個面孔，疑惑道：「那妳是誰？請別耽誤我時間！」

來人將頭頸露出，竟是一頭戴僧帽的女尼，只是長得清秀絕倫，一股莊嚴清麗的神態很使高戰肅然起敬。

「貧尼法號淨蓮，今日聽得江湖胡哨連響才趕來探看，見你背著一人急急跳跑，還以爲你是什麼人呢！」淨蓮說著，臉上突然湧現一層哀怨，自言自語道：「真是天涯一線牽啊！」

高戰奇怪一個女尼怎會一下子說出這句充滿感情的句子，呆了一會道：「大師還有事吩咐嗎？在下急於趕路呢！」

淨蓮像突然被驚醒，笑道：「你可是要趕回沙龍坪？你可知辛夫人與家人都已外出尋你們了！」

高戰只覺她笑容親切至極，說的話也不容他不相信，急道：「那怎辦呢？」說完又覺得自己這樣問別人是多麼可笑。

淨蓮突然一招手，道：「這兒不是你說話的地方，追你的人可能任何時候會搜到這兒來！」

立刻高戰隨著她往東飛奔，那女尼腳程好不迅速，高戰幾乎用了七成力才與她並駕而馳，不多久竟來至一絕崖之上。

高戰隨她來至崖頂，只見遠處水光反映，心知是長江，淨蓮已道：「告訴我，辛大俠可是中了叫做『腐石陰』之毒？」

高戰點點頭，他簡直摸不清對方的底細是什麼？只是在對方親切甚至有些嫵媚的笑容裡，他總覺對方是極可信任的。

「唉！」那女尼嘆口氣，道：「腐石陰並非極難治之毒，只是現在手中卻無可救之物，對了，辛大俠以前曾獲得一本叫『毒經』的書，你可知他帶在身邊？」

高戰並不知道辛捷有沒有什麼叫毒經的書，淨蓮又接道：「是一位被尊稱為北君所作的！」

高戰恍然大悟，道：「你是指毒君金前輩麼，平凡上人及無恨生兩位老前輩都去尋他去了，我想毒經不會在辛叔叔身上吧！」

淨蓮面上有股不自然的表情一閃而過，但高戰已著手搜辛捷的荷包。

東西一件件被拿出來，有鐵彈，有刀劍藥末，但卻沒有什麼毒經，突然高戰掏出一方手絹，內中圓鼓鼓地包著一物。

「這是什麼？」高戰奇道。將那手絹緩緩打了開來，赫然上面繡著七朵梅花，這使得淨蓮容色一變，但隨即更為絹內所包之物驚呼起來。

「啊！這是風雷水火珠！」淨蓮將絹中的一粒明珠握在手中，一閃一閃的光華使她清秀的臉龐更顯美麗。

淨蓮將那珠子仔細看著，隨即哀怨無比地看著辛捷，她幾乎喊出「捷哥」，但終於忍住了，只冷冷道：「可惜只是雌珠，腐石陰毒需雙珠合用才能有用！」

高戰奇怪這女尼似乎對辛叔叔有極大的感情，但他不便問，聽得淨蓮話後，有些不相信問道：「妳是說，只要有雌雄二珠辛叔叔就有救了嗎？」

淨蓮望著他憂鬱一笑，道：「是啊！腐石陰的功夫必需靠內家真力才能使用，所以中毒之人必是毒傷與內傷兼有，而治療之法必須兩傷同治，只治其一會傷者立死，風雷水火珠雌的是專為療毒，雄的專為療傷，所以必須兩珠合用才行。」

高戰有些不相信自己耳朵，趕緊從懷中拿出另一粒珠子，問道：「妳看這是雄珠嗎？」

淨蓮將高戰手中明珠接過，她簡直有些不相信，怎會世上最珍貴之物都在此出現，她暗呼：「捷哥啊！我佛當沒有遺棄你，這兩粒明珠來得正合其時！」

高戰看著淨蓮嘴唇喃喃自語，臉上卻佈滿屬於一種少女的光輝，這多使他迷茫不解啊！

「你趕緊將他前胸敞開！」淨蓮吩咐道。高戰很快地將辛捷前襟剝開，他並未對淨蓮如此親暱地稱呼一個男子感到奇怪。

辛捷強健的胸脯露了出來，黑色的掌印赫然入目，整個胸腹已青紫浮腫，淨蓮痛心地喊了聲，很快從懷中取出枚金針，一揚手「軋！軋！」兩下，辛捷的胸乳各被刺一小孔，立刻紫黑的膿水流了出來。

淨蓮雙手更不閒著，各握著一粒珠子在辛捷胸上滾動，這兩粒風雷水火寶珠，確是不凡聖品，才與辛捷傷口一接觸，潤滑的珠面，立刻洩出油脂似的液體，與傷口流出的毒水融合在一起。

「你趕緊用內力幫助他驅毒！」淨蓮向高戰吩咐道：「一掌打通他氣海穴，一掌衝破他泉機穴。」

高戰低頭看見辛捷的呼吸已經愈來愈急促，胸脯劇起劇落，似乎十分痛苦，連忙依言運起內功，將那先天氣功源源注入辛捷體內！

他心裡對於這位陌生的女尼，卻含蘊著許多解不透的疑團，她是誰？爲什麼肯替辛叔叔解毒療傷呢？看她眼中充滿了關切和真摯，難道她跟辛叔叔更有過什麼不平凡的往事……？

高戰心涉旁鶩，突覺辛捷體內有一股極強的勁力，在跟自己灌注進去的真氣相抗，而且那抗拒之力，還相當強猛！

他趕忙收斂起心裡雜念，運功催力，源源將先天氣功順穴打進辛捷氣脈之中。

過了約有盞茶時間，辛捷汗出如漿，呼吸更愈來愈短促，不時昏迷地左右搖擺著頭部，彷彿不勝痛楚，已到了性命交關之境。

高戰大吃一驚，方要開口，那女尼卻沉聲叱道：「此時千萬不可停止，務必要催力打通他的紫府玄關，如果一停，不但無法療好傷勢，他這一身武功，便算廢了。」

高戰聽得心神一震，連忙五心聚頂，潛運足十二成先天真氣，勢若滾滾大河，猛然注入辛捷體內，漸漸寶相莊嚴，竟已入定。

微風緩緩吹過，飄起高戰身上衣襟和頭上髮絲，也飄起淨蓮心中那難以抹滅的回憶。

她慢慢停了手，將兩粒風雷水火珠按在辛捷的傷口上，兩眼癡癡地望著辛捷那英姿依舊的面龐，許多難忘往事，又像小蟲一般啃食著她的心房……

十餘年了，她雖然靜靜地伴著木魚青燈，儘量使自己痲木在經書和梵唱裡，然而，這英爽的面孔，卻仍是那麼清晰地刻印在腦際，像一根揮不去掙不脫的蛛絲，縈繞在她腦中。

如今，這面孔又呈現在她眼前，揚起的劍眉，高聳的鼻樑，以及那象徵智慧的前額，代表堅毅的薄薄嘴唇……所有這些，她熟悉得閉上眼睛，也能一些不差的繪在紙上，十年了，他竟一些兒沒有變，只是偶在鬢角之中，閃出半截灰色髮尖。

「唉！」淨蓮輕輕嘆了一口氣，眼角已盈含著兩粒晶瑩的淚珠：「老了！十年雖然不算太長，但在一個熬受感情折磨的人來說，卻何異百年千載！捷哥！我們都老了。」

其實她不過才三十歲的華年，生命正像一朵盛開的花朵，但十年來青燈古佛，寂寞深院，已將她那燦爛的生命之花折磨得枯萎了，難怪盛年之際，便已生出蒼老之感。

驀地，一聲長嘯，破空傳進她的耳中。

淨蓮猛然一震，幻情盡斂，凝神傾聽，發覺那嘯聲入耳清晰萬分，音韻平衡，正是從一位絕頂高手口中所發出來的。

嘯聲移行極快，不多一會已到左近，淨蓮身軀微微一抖，側目見高戰和辛捷都正在療傷緊要關頭，於是纖腰一挺，從地上一躍而起。

她剛剛站起身子，人影晃處，一個老人已立在三丈以外。

那老人一雙陰森的眼神向高戰和辛捷掃了一眼，臉上立即露出無限欣喜之色，放聲哈哈笑道：「辛捷，辛捷，老夫只當你長了翅膀，原來你並沒逃出老夫的手掌！一劍之仇，今天要好好算一算了。」

他好像根本沒有把旁邊的淨蓮放在眼中，話聲才落，肩頭一晃，已向辛捷撲了上去。

「站住！」一聲叱喝，那老人吃了一驚，側頭過來，才看見是個秀麗的女尼，正怒目瞪著自己。

「妳是什麼人？」那老人沉著臉問。

淨蓮緩緩向側走了兩步，身子恰巧擋在辛捷和高戰前面，冷漠地答道：「施主身手不凡，想必是武林中有身分的人，難道會卑鄙得向一個負了重傷的人下手嗎？」

老人怒目叱道：「妳是誰？敢來橫架老夫的樑子？」

淨蓮冷冷笑道：「貧尼淨蓮，出家人原來與人無爭，但這位辛施主已負重傷，你跟他縱有仇怨，也該等他傷勢痊癒之後，再找他了結，這般趁人之危，貧尼深爲施主不恥！」

那老人氣極反笑，指著淨蓮說道：「年紀輕輕，膽量倒很不小，妳知道老夫是誰嗎？」

淨蓮淡漠地搖搖頭，道：「正要請教施主大號。」

老人傲然道：「老夫宇文彤，諒妳也該有個耳聞吧？」

天煞星君宇文彤自以爲名揚四海，暗忖這女尼聽了自己名號，縱有天大本事，也不敢再管這件閒事，哪知他得意洋洋報出姓名，淨蓮卻不屑地搖頭道：「貧尼從未聽過施主大名！」

原來金梅齡（淨蓮）當年隨著毒君金一鵬出道之際，天煞星君正當隱居潛修，及至他二次重現江湖，淨蓮已身入空門，十餘年來淨蓮孤身伴佛，倒是的確沒有聽過這份稱號，自然搖頭不知了。

天煞星君氣得老臉上紅一陣白一陣，好半天才吐出一句話：「這麼說，妳是決心護衛這姓辛的了？」

淨蓮點頭道：「如果施主決心出手，貧尼只得開罪。」

天煞星君勃然大怒，厲叱一聲：「那妳就接老夫一掌試試！」

話聲才落，大袖一揚，捲起一股強勁無比的勁風，迎面飛捲過來。

他估計這女尼勢必不敢硬接自力雄厚的掌力，一掌拍出，左手暗隱袖中，已準備好第二手殺著，務要一舉將淨蓮制住，方好對辛捷下手。

哪知事實卻大出他意料之外，淨蓮非但不避不讓，同時冷笑一聲，也自揚手推出一掌，竟是存心跟他硬接。

天煞星君大怒，掌力疾擊，又加上二成真力，嘿地吐氣開聲，全力猛擊！

兩掌虛空一接，暴起一聲悶響，淨蓮雙肩微晃，登時拿樁不穩，腳下連退三步。

天煞星君卻暗暗駭詫不已，心想自己向來自恃內力深厚，從前在雁蕩大俠六十大壽會上，連辛捷也不敢逕攖自己拳風，這女尼是什麼人？居然接了自己七成真力一掌，僅只後退了三步？

他方在暗詫，驀地掃目一瞥，望見那並放在辛捷胸前的一對風雷水火寶珠。

淨蓮在對掌之際，已知道自己絕非這天煞星君的對手，十餘年來，她雖然從未將武功放下，但終難勝得有數十年內功修爲的天煞星君，但這時辛捷傷勢未癒，高戰又全神在替辛捷療傷，她要是不能拚死擋住宇文彤，三人勢將全傷在這老魔手中。

生死之事，她原不放在心上，但她卻無論如何也不能讓辛捷和高戰喪命在宇文彤掌下！那十餘年與世無爭的心境陡然激盪起來，她身上未攜兵刃，急忙翻掌疾攻三招，將天煞星君的身子擋得一擋，俯腰一探，將辛捷的梅香神劍拔到手中，厲聲道：「施主再要進逼，貧尼只好重開殺戒了。」

天煞星君滿臉獰笑說道：「妳有多大能爲？趁早棄劍閃開，老夫看妳佛門弟子，放妳一條生路！」

淨蓮知不能善罷，銀牙狠挫，長劍一翻，劈面刺了過去！

梅香寶劍挾著尺許長一道毫芒，閃電般遞到天煞星君面門，天煞星君冷笑一聲，猛一側身子，左腳忽的欺近一步，並指如戟，暴點淨蓮握劍的手腕「大陵」穴。

淨蓮沉劍換式，變點爲削，刷刷刷一連三劍，漫天劍影緊守門戶，她自知對劍術造詣不足，只盼能拖延一些時間，使高戰能從容將辛捷體內餘毒驅除乾淨。

但天煞星君是何等高手，豈肯讓她拖延時間，只見他雙拳如風，一輪搶攻下來，淨蓮又被迫退了四五步，堪堪已退到高戰身邊。

天煞星君忽然大喝一聲，左拳疾伸，擊向淨蓮肘下，右掌豎掌如刀，猛砍淨蓮左肩。

淨蓮身後已無處可退，只得狠狠一咬牙，拚著左肩硬挨一掌，右手振劍如虹，揮向宇文彤手肘，存心兩敗俱傷，也換他一隻左手！

哪知天煞星君武功確有過人之處，但見他眼中暴射出森森殺機，疾沉右掌，閃電般砍在淨蓮左肩頭上，同時左掌忽的一旋，竟用中食二指「錚」然一聲響，牢牢將梅香神劍劍身挾住！

淨蓮只覺左肩痛如刀切，哼了一聲響，緊接著右腕上一陣痛麻，長劍已被奪去，她痛得渾身一陣抖，眼中淚珠，已奪眶而出，側目看看仍舊昏迷不醒的辛捷，更壓不住熱淚滾滾而落，悽聲說道：「捷哥哥，我就是捨命一死，也不能讓你傷在這魔頭手中，唉！只可惜十年修爲，全都白費了，孽！孽！這就是孽障！」

她怨毒地抬起頭來，天煞星君正得意地把玩著梅香神劍，口裡連連道：「好劍！好劍！想不到老夫今日竟一舉得到兩件稀世之寶……」

淨蓮左臂已斷，咬著牙從斷臂上取下一隻戒子，旋開戒頂寶石，顫巍巍將那寶石下暗藏的一小撮粉末舉了起來，拚著剩餘的一口真氣，曲指一彈，向天煞星君飛擲過去！

天煞星君聞風聲襲到，本能地翻掌疾操，那知卻撈了一個空，但覺空氣裡散發著一股淡淡的幽香，他駭然大驚，振腕揮劍，劃起一道燦爛的劍弧，人也暴退丈餘，驚駭地問道：「妳……妳是……？」

「貧尼俗家姓金……宇文施主，你總該知道我是誰了吧？」

天煞星君臉色大變，訥訥地說道：「啊！妳是毒君金一鵬的……」

說到這裡，心中一陣氣窒，胸腹之間，突然發出一陣劇痛，天煞星君知道體內已中了天下至毒，連忙住口，深深納了一口真氣，利用數十年內功修爲，暫時將毒性凝聚在心窩邊緣「陰都」穴上。

他素知毒君金一鵬乃天下萬毒之王，這尼姑也姓金，自然與金一鵬有著關聯，自己內功縱然精純，至多也只能維護心臟要害三個時辰，三個時辰之後，難免毒發慘死。

一絲恐怖的念頭，在他腦海中運轉數轉，天煞星君成名在數十年前，要是送命在一個年輕尼姑手中，一世英名，豈不就付諸流水了嗎？

宇文彤手提著梅香寶劍，心念疾轉，緩緩說道：「好小輩，妳雖然仗著毒物暗算了老夫，但老夫臨死之前，誓必將你們三人一個個斃在掌下，以一換三，老夫也不吃虧了。」

淨蓮這時左臂奇痛難忍，額上汗珠淋淋，實在無力再與他鬥口，但她知道自己此時萬不能倒下，只要自己一倒，三條性命便死定了。

她咬牙提起身體中殘餘功力，全都貫注在右掌上，低聲答道：「好！你就試試看……！」

天煞星君利用劍尖拄著地，慢慢向前欺近兩步，兩眼中射出無限怨毒的光芒，但行了兩步，胸中一陣隱痛，忙又止步。

淨蓮也是全神凝注對方，絲毫不敢稍瞬，她一面凝神戒備，一面卻在心裡暗暗盤算，應該如何應付這老魔頭突發的一擊。

她此時左臂已斷，重傷在身，手上又無寸鐵，雖然用父親金一鵬特煉的「奪魂香」打中了宇文彤，但如果他真的能夠凝氣護心暫時不死，只要再度出手，自己是萬萬抵擋不住的。

冷汗一粒粒順著面頰向下滾落，她雙腿牢牢釘立在地上，肩上鮮血，已將僧衣染成血紅一片，但她傲然而立，威武得宛如一夫當關的大將，準備著為自己愛過的人付出寶貴的生命。

其實天煞星君自吸入「奪魂香」毒素，真氣已不能凝聚，勢如強弩之末，功力最多還有四成，以淨蓮這時尚餘的功力，支撐數十招，應該是毫無疑問的事，只是他們彼此都心懷疑懼，雖然虎視眈眈，竟誰也不敢先行發動。

驀地，天煞星君目光一掃，又瞥見辛捷胸脯上那兩粒雌雄風雷水火珠。

風雷珠能解百毒，他真後悔自己竟然忘了這件重要之事。

天煞星君忽的一聲怪笑，劍尖一點地面，身子凌空拔起數尺，貼地掠了過來，「呼」地一拳，向淨蓮小腹撞去。

他這時一心要將淨蓮迫退，以便下手搶奪風雷珠，是以顧不得自己身分，更忘了對方是個女子，這一招用得下流之極。

淨蓮臉上一紅，不禁勃然大怒，柳腰半側，左腿一收，不避反進，飛踢天煞星君兩眼，同時右掌一招「開山碎石」，全力拍了下去！

天煞星君出拳之後，自覺真力忽又一洩，慌忙沉臂撐地，身形就地一旋，右手梅香劍轉動，「浪捲流砂」，猛剁淨蓮右足。

淨蓮一掌落空，掌力擊在地上，發出「蓬」地一聲悶響，石砂飛揚，竟未傷得天煞星君分毫，心裡一慌，劍鋒已到了腳踝邊，她本能地騰身而起，向側飄退。

天煞星君大喜，閃電般一探手，向辛捷胸前抓去……

淨蓮失聲驚呼，但這時再要攔阻，也已經來不及了，她倒沒有想到天煞星君志在寶珠，只當他欲向辛捷下手，心裡一陣淒慘，掩目不忍再看！

哪知天煞星君的手堪堪要觸及辛捷前胸，忽覺一縷勁風電射而至，正指向他左腕「魚際」穴。

這疾襲而來的勁風，使用的竟是天煞星君自創獨門秘技「透骨打穴」手法。

宇文彤駭然大驚，急忙一縮手臂，右手長劍疾掃，仍然掃向那兩粒風雷珠。

「鏘」然一聲，風雷珠吃他用劍掃落地上，但他握劍的右腕上突然一麻，已被人打中了「偏歷」穴。

天煞星君顧不得長劍，鬆手棄劍，袍袖一抖，捲住兩粒風雷珠就地一滾，脫出險地，騰身躍起，才發覺那施展「透骨打穴」手法的人，竟是自己在山神廟中親授絕藝的高戰。

這時候，高戰已緩緩從地上站起身來，神情雖然十分疲憊，但眼中卻射出懾人光芒，他慢慢俯身拾起地上的梅香神劍替辛捷插入鞘中，又替他將胸衣扣好，然後提著鐵戟，立起身來。

天煞星君放聲笑道：「好！好！你這手透骨打穴功夫果然學得不差，老夫看在你份上，只取寶珠，留下神劍，以全相識一場，高戰！希望你下次不要再碰上老夫才好！」說罷冷哼兩聲，掉頭如飛而去。

高戰神情一片木然，一動也不動地望著天煞星君去遠，忽然「哇」地吐出一口鮮血，兩腳一軟，又跌坐地上。

淨蓮聞聲大驚，縱身掠了過來，急問道：「你怎麼了？受了內傷嗎？」

高戰嘴角掀動，露出一抹苦笑，緩緩說道：「我行功未畢，強自分神擋了他一招，唉！如今氣血反逆，只怕也傷得不輕。」

淨蓮驚惶失措，連自己斷去一臂也忘得一乾二淨，匆匆檢視辛捷，卻見他氣息已趨均勻，足見餘毒已盡，這才放了一半心。

淨蓮道：「難得你捨己救人，總算挽回了他一條命，你趕快運功調息吧，我替你守護著。」

高戰只略作喘息，又從地上站了起來，毅然道：「不行，這兒太不安全，天煞星君既然能找到此地，其他的人也能循聲尋來，我還是背辛叔叔趕快回沙龍坪要緊。」

淨蓮道：「那怎麼成呢？你自己內傷甚重，何況沙龍坪還很遠，不如……」她遲疑了一下，接著又道：「不如你跟我暫回水月庵歇一會，那兒離這裡近，地方又很隱蔽……」

話未說完，高戰已經一個踉蹌，險些跌倒，臉上一片蒼白，白得像一具毫無生氣的活屍。

但他兀自不肯坐下調息，俯身將辛捷抱了起來，大踏步向前便走。

他體內氣血已經逆轉，傷得很是不輕，全憑一股善良而忠厚的心念在支持著他，心裡念道：「我不能休息，我不能休息，辛叔叔仍在險地，就算捨命一死，我也要先將他帶離開這個危險的地方。」

走了幾步，腳下又是一虛，高戰無可奈何的停了步，那大汗已如雨下，滾滾滴落在他的衣襟上。

淨蓮心裡激動異常，快步趕上前去，柔聲道：「你跟我來吧！不要再冒險亂撞了！」

高戰茫然地點點頭，隨在淨蓮身後，舉步下山……

才行了不足十丈，驀聞一陣尖銳的胡哨聲，有人大聲叫道：「在這裡了！快通知大伙圍上來，這兒是絕地，千萬別讓那小子走脫！」

喝叫聲中，幾條黑影已疾馳而至。

淨蓮心往下一沉，隨手折了一根樹枝握在手中，低聲對高戰道：「你帶著他向西走，那邊一片竹林後面，便是水月庵。」

高戰神情突又一振，朗聲道：「那麼，師太妳自己呢？」他從來未替自己設想，縱在危急之際，仍是先想到別人。

淨蓮道：「我先擋這些狗賊一陣，接著也會趕回來的，你快些安置好他，自己也該趕緊調息了，否則傷勢更會惡化。」

誰知高戰卻堅毅地道：「不！我和妳一塊護衛辛叔叔，先殺退了那般狗賊再走！」

這幾句話雖然簡單，但字字宛若金玉，擲地作聲，何等凜然，淨蓮聽了微微一怔，贊道：「真是個血性少年，唉！你如早生二十年，那該多好……」

思念之間，人影連晃，面前已站定二人。

高戰迅速地將辛捷背在背後，拔出鐵戟，揚目看去，心裡頓吃一驚，原來那二人赫然竟是白婆婆和金英。金英一見高戰，驚得臉上變色，急聲道：「高大哥，原來你還沒走掉……？」

白婆婆叱道：「不許妳開口，妳乖乖給我站在一邊，看爲師擒這小子。」她大步向前走了兩步，高戰鐵戟一橫，怒目攔在前面。

白婆婆冷冷笑道：「高戰，你敢跟我動手嗎？」

高戰一面強壓體內翻騰的氣血，一面答道：「假若妳要對辛叔叔下手，我就只好……只好……」他爲人向來忠厚，因知白婆婆是金英師父，本想罵她幾句，一時竟說不出口。

白婆婆嘿嘿笑道：「你和姓辛的有什麼關係？竟這等護衛著他？高戰，我看在英兒份上，只要你肯放下姓辛的，馬上放你一條生路！」

高戰突然怒目一睜，道：「不！誰要敢動辛叔叔，高戰決不袖手。」

白婆婆不屑地笑道：「好吧，既是你至死不悟，就怪不得我出手狠毒了。」說著，袍袖微揚，便要出手。

驀地人影一晃，金英已經搶撲過來，一把抱住師父，焦急地叫道：「師父，妳老人家不能傷高大哥，妳不見他臉色那麼難看，他已經受了重傷啦！」

白婆婆怒叱道：「英兒，趕快放手，他受沒受傷，關妳什麼事？」

金英死命抱住師父，一面扭頭向高戰叫道：「高大哥，還等什麼？」

原來她一見高戰臉色蒼白，身子搖搖欲倒，驚駭之下，只好使出潑賴辦法，自己死命抱住師父，急急示意高戰快逃。

高戰心念微動，剛一舉步，突然眼前一陣黑，腳下一個踉蹌，險些栽倒地上，慌忙用戟尖支撐身體，定了定神，只覺胸中奇痛難忍，眼內金星四冒，竟是無法再支持得住！

他用力搖搖頭，不住地鼓勵自己：高戰！你不能死，至少得將辛叔叔帶出險地，你這時千萬不能死啊！

突地，只聽白婆婆一聲怒喝：「撒手！」，金英嚶了一聲，鬆手倒在地上，白婆婆宛如一頭瘋虎，騰身直撲了過來。

白婆婆暴怒之下，一出手便是殺著，只見她五指如鉤，指尖根根烏黑，竟運聚了她獨門「陰爪功」，閃電也似扣向高戰的肩頭。

高戰這時已無法揚聚真氣，匆忙間鐵戟一劃，登登倒退了三四步。

他這倉促間劃出的一招，自己並未貫力凝神，但卻振起漫天戟花，恰巧將白婆婆指爪擋住，原來正是「大衍十式」的首式「方生不息」。

白婆婆吃了一驚，但見那洶湧的戟花遍佈高戰四周，自己竟無處落手，只得撤招退了兩步，目光如炬，在高戰臉上凝神而視。

但她所見的，仍是那一張蒼白而疲憊的臉，豆粒大的汗珠，在高戰面頰上滾動，戟尖拄地頻頻喘著氣。

顯然，高戰自己也不知是怎樣脫出險地的，他正在咬牙苦苦支撐，不使自己昏倒下去。

淨蓮看得又驚又喜，忙擺樹枝橫身攔住白婆婆，道：「前輩年高德望，怎的對一個負傷的孩子下手？」

白婆婆怒目一瞪，叱道：「賊尼，快給我滾開！」

淨蓮道：「貧尼不揣冒昧，要向前輩領教。」

白婆婆哈哈大笑道：「那敢情好！我就先宰了妳再說！」話語之間，雙掌橫抹直劈，已快速絕倫地攻出了四招！

這四招莫不挾著絲絲風聲，端的威勢驚人，淨蓮只剩一條右臂，如何是白婆婆的對手，勉強支撐過四招，已經向後退了七八步。

突然，身後傳來「噗通」一聲！

淨蓮急忙回頭，驚得險些叫了出來，原來高戰終因運功之際分神退敵，負傷又沒有及時調息，此時終於支撐不住，昏倒在地上。

淨蓮一顆心突然向下一沉，微一疏神，白婆婆已經趁虛而入，烏黑的指爪，眨眼已到頭頂！

淨蓮忙不迭低頭側身，樹枝一招「穿線引針」，貫力刺出，那白婆婆冷笑一聲，五指一按，已搭在她右肩頭上！

「嘶」地一聲脆響，連僧衣帶皮肉，被白婆婆「陰爪功」扯下一大片，淨蓮痛得哼了一聲，樹枝落地，人也踉蹌倒退三四步。

白婆婆嘿嘿笑道：「我看妳還有多少能耐，何不施展出來？」

淨蓮淒然回頭望望，高戰和辛捷都昏迷未醒，自己雙肩俱廢，也無力再戰，不由慘然長嘆一聲，淚珠滾滾潸然而下。

她心中暗忖：「我一死報答捷哥哥，自是死不足惜，只恨臨死之前，竟無法使他們逃離虎口，就是到了九泉，也難以瞑目啊！」

可是，她如今身負重傷，面臨強敵，任她機智百出，也無力將辛捷和高戰送離險地了。

月兒冷冷凝視著荒山，也俯視著這身處絕地的三人，夜風陣陣，帶來如許涼意，淨蓮不由自主打了個冷戰，淒涼地喃喃說道：「捷哥哥，捷哥哥，我已經為你盡了最大的力，但天絕你我，叫我又有什麼辦法呢？我先走一步，到黃泉路上等你！」

說著，用力咬碎口中一粒假牙，那假牙內蓄毒液，原是毒君金一鵬當年替她裝置，以備不得已時，寧死不辱，尋求自盡的工具，不想今天果然成全了她！

一股帶酸汁液順喉而下，淨蓮自知轉眼將死，緩緩移步，走到辛捷身邊。

白婆婆驚訝地注視著她，一動也不動。

淨蓮俯身盤膝坐在辛捷身邊，伸出僅有的一條手臂，徐緩而親切的撫摸著辛捷俊秀的面龐。

歷歷往事，像車輪船從腦海中掠過，十年來，她何嘗一刻忘懷，如今那些舊痕仍然清晰地刻劃在記憶中，她想到爹爹豪華的大舟，想到師兄猙獰的笑容，以及辛捷的英爽俊逸，她更想到自己發覺辛捷另有心上人的時候，那心灰意冷悲愴莫名的心情……

淚眼愈來愈朦朧，白婆婆的腳步聲緩緩移近，淨蓮感到腦中忽然一陣昏眩，知道死神已離自己更近了。

她連忙伸出右手，緊緊捏著辛捷的手，然後滿足地一笑，喃喃道：「捷哥哥，能跟你死在一起，我總算是得到你了……」

蒼白的臉上，綻出一絲淡淡的苦笑。一滴淚珠，落在淨蓮和辛捷緊握的手上。

廿八　英雄末路

烏雲飛馳，月色黯淡，原本開朗的夜空，忽然下起雨來，絕崖上籠罩著無盡幽森的陰影。淒風苦雨之中，山腰下飛馳來兩條人影。

這兩人一男一女，一大一小，但身法一般快捷，眨眼間已到了絕崖之下。

驀地二人身形一挫，其中一個身材纖小的男孩側耳傾聽片刻，急聲說道：「媽！剛才那哨音分明是這兒發出來的，難道爹爹他們會在崖上？」

另一個秀麗絕倫的中年女子點點頭道：「大約不會錯的，我清楚地聽到崖上還有人聲和笑聲。」

小孩道：「那我們快些趕去看看！」說著，腰身一折，人已沖天拔起，直撲絕崖。

他身才騰起，突聽得一陣急促的衣帶飄風聲響，剎時從夜色中又馳來四五人。

這群人高矮俊醜俱有，個個提著兵刃，刷刷落地，便厲聲喝道：「是什麼人？站住！」

那小孩一驚之下，沉氣站住，「嗆」地一聲龍吟，長劍已撤到手中，沉聲道：「你們都是些什麼狐群狗黨？深夜聚眾攔路，莫非要打劫嗎？」

他話聲才落，就聽有人大聲呼叫道：「併肩子，快上，這小子是姓辛的兒子，別放他逃了。」

一群人刷地一分，將二人圍在核心，喝道：「小子，你知道龍門五傑嗎？你老子已經成了網中之魚，難得你也自投羅網，上門送死。」

那小孩橫劍立在母親身邊，聽了這話，立刻焦急地道：「媽，妳聽見了嗎？爹爹果然落在他們手中，咱們動手吧？」

原來這母子二人，正是金童辛平和他母親張菁。

張菁拔劍出鞘，微笑說道：「這群不知死活的東西，留著只有遺禍天下，平兒，手下不要留情。」

辛平喜道：「媽，妳先別出手，看我的！」長劍一圈，人劍合一便向龍門五傑衝了過去。

龍門五傑齊聲大喝，紛紛出手，辛平初生之犢不畏虎，只見劍影展動，「虬枝劍法」使得風雨不透，竟然毫不含糊，攻守俱備。

走馬燈似互拆了十餘招，辛平雖勇，無奈龍門五傑個個都有一身深厚的武功，其中龍門毒丐重傷未到，卻添了個天稽秀士佘妙方，功力更在龍門毒丐之上。

佘妙方天賦異秉，幼得異人傳授，一柄桃花扇曾連敗五省綠林三十二寨寨主，雖然名列五傑之中，平時專門獨來獨往，採花犯案，所以上次高戰應終南一鶴魯道生之託，馳援金刀老李當時，天稽秀士並不在場，後來得知毒丐暗算高戰受傷，這才聯同其餘三傑，躡蹤追來。

天稽秀士見辛平劍勢辛辣，按捺不住，探手從肩上抽出桃花折扇，低聲喝道：「各位退後，待小弟來擒他。」

僧道農都知天稽秀士這柄扇子乃經迷藥煨煉，施展起來妙用無窮，聞聲齊都收掌暴退，那天稽秀士笑盈盈欺近兩步，「刷」地張開折扇，道：「小子，你不要仗著是辛某人的兒子，我在三招之內，如不能使你棄劍受縛，從此就不叫天稽秀士。」

辛平那知厲害，叱道：「好！你就試試辛少俠的厲害！」彈手一劍，疾刺過去。

天稽秀士余妙方冷冷一笑，身子半旋，避開劍鋒，桃花扇對準辛平，「呼」地就是一扇。

辛平突聞一股膩人的濃香撲鼻而來，當時腦中一陣昏眩，虧得他自幼習的正宗內家功訣，連忙閉氣撤招，晃身退了三步，詫道：「咦！這傢伙扇子上有什麼鬼門道……？」

話尚未完，天稽秀士輕笑一聲，人如鬼魅欺身又上，桃花扇對準辛平，「呼」地又是一扇道：「小娃兒，你再體味體味我這扇上的好處如何？」

一股濃香直捲過來，辛平晃了兩晃，差一點栽倒地上，張菁見了大驚，長劍一領，橫身擋在愛子前面，嬌叱道：「好一個下五門的賊子，竟敢向一個年輕小孩用這卑鄙下流手段？」

天稽秀士色眼迷迷瞧著張菁，他採花一生，何曾見過張菁這般秀麗可人的女子，登時心頭噗噗狂跳，心癢難抓，吃吃笑道：「妳不用急，余某收拾了小的，自然輪到妳啦。」

張菁見他出口輕狂，氣得柳眉雙豎，怒叱道：「該死的狗賊，納命來！」她恨透這種專門欺侮婦女的淫賊，長劍出手便是殺著，一連幾劍，竟將余妙方迫得連退四步，幾乎連招架也來不及了。

余妙方心裡暗暗吃驚，忖道：「這婆娘必是辛捷的老婆，不早下手，定吃她的虧。」主意一定，驀地長笑一聲，左掌虛空拍出四掌，將張菁劍勢封得一緩，右手旋開桃花扇，對準張菁呼呼就是兩扇。

張菁隨辛捷行道江湖多年，對他這種迷藥早有耳聞，連忙閉住呼吸，腳下疾轉，施展「無極島」絕世輕功，一晃身到了余妙方後背，長劍一招「冷梅拂面」，斜抹而出。

余妙方倒是駭然一驚，上身一弓，腳尖用力，陡地前射丈許，借勢翻腕向後又是一扇！張菁那肯上他的惡當，不待他落地站穩，裙衫飄飄，繞身又搶到他側面，振腕彈起一蓬劍雨，向余妙方當頭罩落。

她始終閉住呼吸，仗著絕佳輕功，連氣也不讓余妙方喘一口，劍勢連施，已將余妙方困在一片森森光幕之中。

余妙方此時如蛆附骨，當真是揮之不去，丟之不脫，奮力應付了十招，桃花扇時開時闔，迷香早已游漫空際，但張菁卻始終閉氣出招，絕不上他的當。

好不容易又拆了四五招，余妙方已經汗流浹背，其他龍門三傑看在眼裡，又攝於他那迷香厲害，只能遠遠站著觀戰，靠近也不敢靠近，休說出手幫忙了。

張菁心一橫，緊緊手中長劍，正要立下殺手，將這萬惡淫賊廢在劍下，那知突聽身後「噗咚」一聲響，扭頭看時，竟是辛平昏倒地上。

慈母心情，這一驚，真是非同小可，張菁沉腕急忙撤劍，返身躍到愛子身旁，將辛平攔腰挾起，振劍大喝道：「擋我者死，讓我者生。不要命的就……」

誰知才說到這裡，猛覺一股濃冽的香味撲鼻而入！

張菁駭然住口，揮劍急衝，但才衝出四五步，腦海中一陣昏，腳下一虛，也跟著栽倒地上。

余妙方放聲笑道：「婆娘！妳縱有三頭六臂，姓余的也叫妳骨軟筋酥，各位兄長，這小雜種隨你們尊意處置；只這雌兒，卻該小弟享受一番啦……」

一面說著，一面收了桃花扇，探臂來抱張菁！

那知他手指尚未碰到張菁的身體，突聽一個冷冰冰的聲音說道：「誰要享受？叫他先享受享受我老人家一頓拳頭！」

余妙方猛吃一驚，扭頭四顧，卻未見到人影，他看看其他三傑，也是個個面帶迷茫，瞪目四望！

天稽秀士駭然忖道：「分明人聲就在耳邊，怎會看不見人呢？難道鬧鬼嗎？」他驚惶之下先求自保，刷地張開桃花扇，低叱道：「是什麼人？何不現身出來？」

喝聲才落，耳中又聽人聲答道：「你是瞎了狗眼嗎？我老人家站在這裡好半天了，偏你就看不見？」

這一次余妙方循聲低頭，才發現一個身高不足三尺的矮子，正兩手叉腰站在自己身前，瞪著兩隻牛眼，氣呼呼地說著話。

這矮子一頭亂髮，身著皂衣，看樣子總有四五十歲年紀，卻身材矮小猶如嬰兒，難怪黑夜細雨之中，一時看他不見。

余妙方久走江湖，閱歷極豐，心知愈是這種奇形怪狀的人，必然身負絕學，最是招惹不得，何況這矮子在神不知鬼不覺之中，早已欺身到了自己身側，單憑這一點，已足見不是易與之輩了。

那矮子大剌剌拐到張菁身前，皺著眉頭張望兩眼，又晃到辛平身邊；從頭到腳看了幾遍，竟展眉笑了起來，喃喃說道：「好小子，終叫我找到了，我只當你還沒有出生呢！」

余妙方怔怔看著，正不解這矮子倒底是友是敵，卻見他忽然飛起一腳，向辛平脅間踢去！

那一腳踢在辛平身上，辛平只輕哼一聲，身子動也未動，就像那矮子並無力氣，踢他不動似的，矮子躍離地面，雙腳連環，眨眼竟踢出二十五腳，每一腳都踢在辛平身上死穴之上，踢罷大喝一聲：「小子，還不快醒，再裝死我老人家可要發脾氣啦！」

別看他個子矮小，這一聲斷喝，竟然聲若巨雷，余妙方聽得心神猛震，不由自主掩耳急退了一丈以上，但說來奇怪，辛平卻應聲打了兩個噴嚏，伸臂舒腰，悠悠醒來。

矮子點頭笑道：「不錯！不錯！算我老人家沒有走眼，果然是你這娃兒！」

龍門四傑全不知這矮子是誰？見他言語迷亂，神情卻像瘋顛，本待不去招惹他，及見他居然一掄腳尖將昏迷中的辛平踢醒，不禁個個大驚失色，逍遙道人倒提長劍躍身而至，雙手一拱道：「敢問尊駕是誰？難道是存心來架兒弟們的樑子麼？」

那矮子理也不理，就如沒有聽見，只顧柔聲問辛平道：「娃兒！你現在覺得怎樣了？」

辛平睜開眼來，見那矮子和自己差不多高矮，模樣十分有趣，忙答道：「奇怪，我好像覺得肚子有些痛，想要大便……」

矮子聞言大喜，把頭連點，道：「成了！成了！你快去大便，解完立刻回來。」

辛平從地上翻身爬起，腹中一陣雷鳴，兩手提著褲子跑了幾步，忽又回身道：「不行！我媽媽還沒醒來，我得……」

矮子揮手道：「你只管去吧，有我老人家在，你還不放心麼？」

辛平也說不出什麼道理，只覺對這矮老頭極是信賴，聽了這話便匆匆鑽進山邊的草叢中去了。

那矮子側耳凝神傾聽，片刻間，草林中傳來一陣連珠炮似的「劈拍」聲響，矮子喜得雙眉一掀，長長吐了一口氣，道：「成了！這一次當真成啦！」

逍遙道人直著眼看他弄神搗鬼，心中狐疑不止，忽又沉聲道：「喂！朋友！你究竟是什麼意思，難道連話也不屑跟在下講嗎？」

矮子抬頭看了他一眼，既不生氣，也不回答，兩手叉著腰，低頭徘徊兜著圈子，不時停步笑一笑，用手輕輕敲著前額，竟似在思索一件難決之事。

逍遙道人氣得臉色發白，望望其他三傑，一面孔尷尬神情，長醉酒僧也大不服氣，大步走了過來，厲聲道：「喂！施主請了！」

矮子揚目一望，問道：「你這和尚在哪裡出家？」

長醉酒僧一怔，道：「酒家是在五台山出的家，這位施主……」

矮子不耐煩地一擺手，道：「五台山還能出什麼好和尚，你滾吧！別在這裡惹我老人家生氣！」

長醉酒僧聽了這話，一股怒火猛升起來，厲聲喝道：「施主究竟是何方高人，既是不屑與咱們交談，酒家就要得罪了。」

那矮子充耳不聞，仍是叉著手大踱其方步，有時甚且從長醉酒僧和逍遙道人身邊擦身而過，連正眼也不看他們一眼，龍門四傑人人氣歪了脖子，長醉酒僧第一個按捺不住，大喝一聲：「賣狂匹夫，吃洒家一掌！」「呼」地一招「破浪推舟」，直撞而出。

那矮子身形微頓，也不見他抬頭作勢，只將左手向長醉酒僧發出的掌力一招一引，掌沿疾翻，卻硬生生將那一股勁風帶得撞向這一邊的逍遙道人。

逍遙道人猝不及防，駭然大驚，倉促間揮掌一迎，「蓬」然悶響，和長醉酒僧各被震得倒退兩步。

壺口歸農和天稽秀士望見，齊聲暴喝，一左一右飛身掠到，那壺口歸農猛伸右拳，直搗過來，招出之後才叫道：「矮東西，你也接我一拳。」

矮子怪眼一翻，好像很是生氣，右手一招一引，那壺口歸農只覺自己的力道被一種無形吸力黏住，不由自主，竟打向長醉酒僧身上。

長醉酒僧連忙閃讓，身後碗口粗一株小樹應聲折斷。

龍門四傑盡都吃驚，皆因這矮子何曾使過半分力，全是導引其中一人真力去襲擊另外一個人，不但恰到好處，而且令人防不勝防，四傑不禁住手。

矮子也不反擊，仍是兩手叉腰，低頭徘徊，不時用手敲著前額。

天稽秀士心念一動，微微揮手叫三傑退開一丈，趁那矮子不備，抽出桃花扇一連就是兩扇，喝道：「矮子，躺下吧！」

香風捲過，那矮子仍是不聞不問，舉手左右一撥，那挾著迷香的扇風突然分襲逍遙道人和壺口歸農，道人見機得早，慌忙閉氣閃退，總算沒有吃虧，壺口歸農卻慢得一步，登時被迷香薰倒，一頭栽在地上。

矮子笑道：「你這朋友倒很聽話，叫他躺下他果真就躺下了。」

天稽秀士氣得渾身發抖，沉聲喝問：「朋友，是相好的亮出萬兒，余妙方總有一天要再會會你！」

矮子道：「何必延期呢？現在咱們不是相會了麼？你還有多少法寶，盡可施展出來。」

天稽秀士一跺腳，道：「二哥、三哥，咱們認栽啦，走吧！」

酒僧探手抱起壺口歸農，四人慢慢而去。

那矮子也不追趕，只冷冷說了一句：「各位慢走，我老人家不送！」便又低頭兜他的圈子去了。

待辛平大解完了回來，龍門四傑已去得無影無蹤，只剩下那矮子低頭徘徊，圈子愈兜愈小，簡直就像在奔跑似的。

辛平見母親仍然昏迷不醒，驚呼道：「老伯伯，你沒有救醒我媽？」

矮子身形突停，詫問道：「什麼？誰救醒你媽？」

辛平急道：「糟啦，那幾個狗賊全跑光了，從哪裡再找解藥？」

矮子更詫，道：「什麼解藥？哪兒來的解藥？」

辛平道：「方纔你不是用解藥把我救醒的？求你也救醒我媽好麼？」

矮子在身上一陣亂掏，刹時零碎雜物掏了一地，卻急道：「我哪兒來的解藥？你不要胡說八道。」

辛平突然想起崖上的爹爹，連忙將張菁背在背上，拔腳向崖便跑。

那矮子肩頭微晃，攔在辛平前面，寒著臉道：「小子，你想往哪裡跑？我找了你幾十年，好容易找到，你竟想跑嗎？」

辛平急道：「老伯伯，你一定弄錯人了，我今年才十二歲，你會找了我幾十年……？」

那矮子忽然一把拉住辛平的手，眼中充滿喜悅之情，道：「不錯！不錯！我要找的正是你。」

辛平見這矮子說話顛三倒四，心裡更急，用力想抽回手來，那知連拍兩次，那矮子的五指竟如五道鋼箍，緊緊抓住自己，竟然抽不開手。

他心裡大驚，沉聲問道：「老伯伯，你要幹什麼？」

矮子激動地道：「我要你跟我去做徒弟，好娃兒，可憐我踏遍天涯，找了你足有五十年，萬幸今天才在此地相遇，你無論如何不能再離開我，快跟我去，我把天下最高的武功傳給你，你願意嗎？」

辛平年幼，見這矮子半瘋半傻，糾纏不放，心裡又急又怕，只得哄他，道：「你要我跟你去學武固然好，但我媽現在中毒昏迷，爹爹又在崖上有難，我總得救了他們才能跟你去呀！」

矮子一聽，欣然大喜，鬆開手叫道：「原來只爲這個，你怎不早說！」

他一面說著話，一面運掌如風，「拍」地印在張菁背心「命門穴」上，同時併指如戟，風起電落點了張菁「大迎」、「天容」、「肩外俞」三處穴道，張菁果然身子蠕動，悠悠醒來。

辛平正驚訝不置，那矮子已一股風似的撲上絕崖，身法快得宛如一縷輕煙，憑辛平的目力，竟未看清他是怎樣走的。

張菁睜開雙眼，辛平便迫不及待的將怪矮人的事說了一遍，張菁也吃驚不小，急道：「這人功力竟有這麼古怪？怎的從未聽你爹爹和外祖父提起過？」

辛平道：「他現在已趕去救爹爹了，咱們要不要跟去看看？」

張菁點點頭道：「這是自然，咱們快去！」

母子二人施展輕功馳登絕崖，這時細雨已止，一輪皓月高掛在空中，崖上銀色如洗，二人放眼看時，地上躺著辛捷和高戰及水月庵那青年女尼，那古怪矮子正和白婆婆拳掌兼施，激鬥在一起。

張菁和辛平急急奔到辛捷身邊，只見辛捷氣息均勻，毫無受傷的跡象，高戰卻沉沉昏睡，傷得不輕，那女尼早已氣絕，一隻手仍緊緊拉著辛捷的手，另一隻手齊肩折斷。

張菁一時驚呆了，辛平遊目四顧，又發現那位曾和白婆婆同往水月庵投過宿的少女，也頗然倒臥地上。

這時候，矮子和白婆婆正打得難解難分，彼此全力揮掌出招，周圍一丈之內勁風回旋，聲勢端的驚人。

白婆婆滿頭銀髮怒張，每一招一式，莫不全力施爲，顯然已將畢生功力凝聚應敵，但那矮子卻神色自若，矮小的身子在激盪勁風中穿梭來去，每每在緊要危險之際，手掌一撥一引，便輕輕化解了白婆婆凌厲的功勢。

這一場驚天動地的激戰，只看得辛平目瞪口呆，暗暗駭詫忖道：「這矮子不知是什麼人，從他怪異的武功看來，這人功力決不在爹爹和海外三仙之下，但怎麼從未聽爹爹提起過呢？」

驀然間，陡聞白婆婆厲喝一聲，一掌盪開右側，突然五指齊張，向矮子摟頭蓋臉抓了下來。

矮子一縮頭，泥鰍般從她脅下鑽過，反手一掌，拍在白婆婆臀上，哈哈笑道：「哈！好肥的屁股，你幹嘛不嫁人，嫁人包準能生兒子。」

白婆婆怒極暴喝，繞身疾旋，陰爪功運集十二成真力，十指連連交彈，絲絲勁風，籠罩著周圍半丈以內，那矮子似也吃了一驚，一仰身倒射退出圈子，變色說道：「原來妳是南荒門下，竟敢跟我老人家動手，你是吃了熊心豹膽啦！」

白婆婆大喝道：「矮兒，今日有你無我，不要走，咱們不死不散！」揉身進步，呼地一爪，又向矮子迎胸抓到。

那矮子不避不閃，兩手扯開胸衣，厲聲叱道：「丫頭，妳看看這是什麼？」

辛平奇道：「那白婆婆年齡總已六旬以上，矮子還稱她『丫頭』，這矮伯伯真是瘋了……」

那知心念未已，卻見白婆婆臉色大變，急急收掌後退，眼中遍佈恐懼之色喃喃念道：「邪王仇虎！」

辛平駭然，心想這矮子仗著什麼東西？竟把那白婆婆嚇成了那個模樣？急忙繞到前面，探頭一看，原來矮子敞開的胸衣上，懸著一條粗如拇指的金鍊條，鍊條卻繫著一面嵌著珠寶的虎頭銀牌。

那虎頭牌製作得栩栩欲活，虎牙是用白森森的象牙嵌製，兩隻虎目，卻用一對燦爛的紅鑽石鑲成，此外鬚毛畢露，顯然出自巧匠之手。

邪王仇虎哈哈笑道：「妳還要再打嗎？」

白婆婆沉吟片刻，突然一語不發，抱起金英飛馳而去。

辛平被這突來的變化驚得呆了，半晌才輕聲道：「邪王仇虎！邪王仇虎！怎麼從未聽人提起過呢？」

方在驚詫之際，耳邊忽聽人聲道：「娃兒，現在你總該跟我老人家走了吧？」

辛平一驚清醒過來，慌道：「不行！不行……」

「又有什麼不行呢？」仇虎顯然有些不悅。

辛平指著辛捷和高戰道：「矮伯伯，你瞧！我爹爹還沒清醒，高大哥又傷得那麼重，你叫我……？」

邪王仇虎臉色一沉，道：「那來許多囉嗦！你爹分明已經無礙，幹嗎又扯出一個高大哥，小娃兒，你是存心在跟我老人家耍賴嗎？」

辛平哭喪著臉道：「老伯伯，說實話，我不能跟你去！」

仇虎勃然大怒，道：「好呀！原來你在騙我，我老人家活了一百多歲，今天豈能上你一個乳臭未乾小毛頭的惡當！」

他已經怒極，探手一把扣住辛平脈門穴道，低聲喝道：「娃兒你跟不跟我去？快說！再要推拖，別怪我老人家要出手了。」

辛平忽然滿臉堅毅地答道：「不！我不能跟你去！」

仇虎手上一加勁，叱道：「當真？你不要小命了吧？」

辛平道：「我請問你，你強要我跟你去幹什麼？」

仇虎怒容稍霽，低聲說道：「我帶你去一個極好玩的地方，傳授你天下最高的武功，等你武功學成，你就是當今天下第二高手，再等我老人家一死，你就是天下第一高手，你說！你說，有這許多好處，你還不肯跟我去嗎？」

他愈說愈是興奮，先前聲音極小，說到後來，已是口沫橫飛，聲音也愈來愈高，最後一句，簡直就跟怒吼差不了許多。

那暴雷似的聲音，直震得辛平耳膜一陣陣疼痛，但他此時已被矮子抓住，只好用力仰頭迴避，閃躲著那巨大駭人的聲浪。

仇虎說完，自己深深喘了一口氣，又道：「這種百年難逢的機遇，換一個人，整天跪在地上求還不一定能求到，現在憑空降到你頭上，娃兒！你倒輕易把它放過麼？」

辛平道：「老伯伯，你幹嗎一定要我去呢？我有爹爹，有媽……」

仇虎又怒道：「沒出息的東西，你今年十二歲了，還捨不得爹媽？我老人家像你這個年紀，就在南荒八漠嶺上，一夜殺了七名高手，天下的人，都稱我是金童仇虎……」

辛平聽了一跳，心忖：他從前叫「金童」？難怪他一見面就說找我許多年，莫非他與我當真有什麼因果關係？

須知那時之人，迷信之念極深，辛平想到這裡，不由自主機伶伶打了個寒戰，囁嚅地道：「啊！你也叫金童……？」

「對呀！」仇虎說得興起，口沫又飛濺起來：「我老人家十二歲名揚天下，到五十二歲時，南荒已經找不到敵手，眾人稱我老人家是『南荒第一高人』，那時候，我老人家聽說中原武功十分高明，有一年，就單人獨騎到了中原……」

辛平聽得漸漸有趣，忙道：「你到中原來幹什麼？」

邪王仇虎繼續說道：「我到中原本是想找武林高手較量較量功夫，那知南北撞了一年多，所遇的儘是些不堪一擊的庸手。我老人家氣惱得很，正想回轉南荒，卻有人告訴我，中原武林中最厲害的，莫過嵩山少林寺，數百年來少林寺便是中原武林的泰山北斗，我老人家一聽這話，當時就連夜趕到少林寺去……」

辛平駭然一跳，急道：「你到少林寺又怎麼樣了呢？」

他這時已經微微感到有些不對，一面插口問話，一面遊目四顧，只盼爹爹和高戰能夠早些醒轉來，因爲他已經下意識想到，這矮子必是了不得的奇人，若非爹爹和高大哥一起出手，自己八成脫不開他的掌握。

然而，辛捷和高戰昏睡如故，連他母親張菁也只顧依偎著爹爹，真像把他這個兒子早給忘了！

辛平一急，出了一身冷汗……

邪王仇虎卻把頭一揚，洋洋得意地又道：「我老人家上了嵩山，直撞進少林寺索戰，可笑那些和尚雖然人人會幾招花拳繡腿，武功卻稀疏平常得緊，被我老人家一頓拳腳，打倒了一百多個……」

辛平大感不服，大聲道：「我不信！少林絕藝冠天下，羅漢陣更是緊密難破，你一個人便能打遍少林寺不成？」

仇虎笑道：「我雖然沒有打遍少林寺，也打得差不多了，直到最後，才出來三個和尚，約我到嵩山絕嶺賭賽武功，當時說明，如果我老人家輸了，自願皈依少林為僧，永在佛陀座下，要是他們輸了，便立刻關閉少林寺，今後少林弟子，永遠不再涉足武林。」

辛平忙問：「結果是誰輸了呢？」

他問了這句話，才發覺自己竟是多餘的，如果仇虎輸了，他現在怎會不作僧人打扮？又怎會在此地出現呢？

仇虎笑道：「結果嗎？咱們四人在嵩山絕嶺力拚了三天三夜，起先他們單人出場，不是我的對手，後來聯手合戰我老人家一人，互拆了三千多招，嘿嘿！竟然沒有分出勝敗！」

辛平剛鬆了一口氣，那仇虎忽然臉色一沉，正色說道：「那三個和尚不肯罷手，我老人家也不服氣，大家休息半日，再度賭賽時，竟被我老人家悟出一種絕世武學，一百招以後，將那三個和尚打得大敗……」

辛平驚道：「什麼？你打敗了少林寺三個和尚？你用的什麼武功？」

仇虎點點頭笑道：「一些也不錯，我當時有感於那三個和尚人人功力不弱，若以我一人之力與他們硬拚，最後只怕吃虧的終是我，於是靈機一動，悟創了一種『移花接木』的絕妙武功，才將他們一舉擊敗，那三個和尙倒是守信得很，登時認輸關閉了少林寺，後來聽說少林弟子果然不再出現江湖，那三個老和尙，也羞得離開了少林寺，生死不明了。」

仇虎說完這番往事，兀自沾沾自喜，回味無窮，臉上一片矜持之態，彷彿他又回到了幾十年前，正趾高氣揚享受著那百世一人的勝利滋味。

辛平喃喃念道：「移花接木！移花接木……」他天性嗜武若命，聽了這些幾近神奇的故事，不禁低頭沉吟，囈語體味。

仇虎道：「移花接木不過以己之力，化爲導引，拿捏敵人出手時刻和力道，借力打力，引東打西，導此攻彼的一種巧力罷了，可笑那三個和尙竟然一時悟不出來，只得束手認輸了。」

辛平忽然心中一動，道：「老伯伯，你可記得那三個和尙都叫什麼名字嗎？」

仇虎嘿嘿一笑，伸出三個指頭，緩緩說道：「一個是當時少林掌門靈雲大師，一個是少林寺羅漢堂主持靈鏡大師，另一個是藏經閣主持靈空大師。」

辛平駭然失措，心神大大一震，差點跳了起來。

敢情這矮子一番話，竟揭開了少林寺近百年來最大的秘密，也揭穿了靈雲大師何以急傳掌門，師兄弟三人逃禪離寺，以及靈空禪師何以獨赴海外，改稱平凡上人這段秘密。

辛平半信半疑，怔愣不語，他縱然有心不肯相信，仇虎言之鑿鑿，實不由他不信，他早從辛捷口中得知平凡上人一些片段往事，但卻怎麼也料不到平凡上人之隱名逃禪離開少林寺，乃是因爲敗在南荒高手仇虎手下，覺得羞辱了少林開山祖師。

如今，那力敗少林三大高僧的人就在他面前，假如這些往事是真，他不免要爲自己的命運而悲哀了，因爲仇虎既然那麼功力難測，就算爹爹和高大哥聯手合鬥，也決然不會是他的對手。

這麼說，他豈不是只有離別爹媽，跟這矮子一起遠走南荒了嗎？

他倒並非不願去學那絕世武功，但一來不明這仇虎爲人是善是惡，二來年紀輕輕怎捨得遠離父母，是以心中十分爲難。

辛平不愧天資聰慧，眉頭一皺，想到一條緩兵之計，便道：「老伯伯，說句不怕你生氣的話，你這個故事，不過一面之辭，叫人難以憑信。」

仇虎又怒道：「我老人家從不說謊，你怎敢不相信我？」

辛平道：「聽人說少林寺三大高僧逃禪之變，遠在七八十年以前，你老人家那時已有五十多歲，算到今天，應該至少有一百二三十歲才對，但我看你老人家只像四五十歲的人，這段故事，實在叫人難信！」

仇虎急得臉上通紅，怒聲道：「你……你要怎樣才能相信呢？」

辛平道：「除非你老人家能證明你今年確實已有一百多歲，否則口說無憑，誰也不會相信的。」

「這……」仇虎用力搔著頭皮，苦思半晌，卻想不出一個好方法來證明自己所言不虛或者證實自己確在百歲以上。

他想了許久，突然說道：「……我立刻帶你到少林寺去，你總該相信真有這件事了？」

辛平搖搖頭道：「少林老輩僧人早已凋逝，年輕的又沒見過你老人家，如何能證明呢！」

仇虎又道：「那麼你說幾個當今高手的名字出來，看我老人家一個個打敗他們……」

辛平仍是搖頭道：「這只能證明你武功不錯，誰知道當年你有沒有獨敗少林寺三大高僧呢？」

仇虎連連抓頭，道：「那麼……那麼……你要怎樣才肯相信我老人家的話？」

「只有一個辦法！」辛平悠悠地說道：「除非你老人家能找到當年少林寺三大高僧之一，讓他們出來證明，是不是真有這麼一回事！」

「胡說，事隔多年，他們早已死了，你叫我老人家到哪裡去找？」

辛平笑道：「咦！你老人家能活一百歲，人家便不能活一百歲了嗎？你沒有找過，怎知道他們已經死了？」

仇虎被他問得啞口無言，許久才憤憤說道：「我老人家好意要傳你絕世武功，你這做徒兒的倒先考起師父來，天下何來這個道理，我不能再上你的惡當。」

辛平笑道：「老伯伯要授我武功，我自然萬分感謝，但做師父的總該使徒弟心悅誠服，才能引起尊師之心，這不算什麼難題，你老人家難道情願徒弟對師父不信任麼？」

仇虎揮手道：「好了！好了！不用多說廢話，我老人家再問你一句，要是我將那三個禿驢找出來，你可還有什麼話說？」

辛平道：「如能那樣，不但我誠心悅服跟你去當徒弟，便是我爹爹和我媽，也心甘情願將我送到你老人家門下。」

仇虎道：「好！就此一言為定，那時你須不能再反悔。」

辛平道：「我家就住在川南沙龍坪，你老人家隨時都能找到我的。」

仇虎氣呼呼鬆了手，道：「算我老人家倒霉，誰叫我要你做徒弟？誰叫你和我老人家當年生得一般模樣？中原雖大，我卻不信找他三個老禿驢不出來。」說罷轉身兩個起落，身形已消失在夜色之中。

辛平望著他疾馳逝去的背影，不由長吁了一口氣，心忖道：「唉！我雖然暫時躲過他的糾纏，只怕從此又替大戢島主添了無盡痲煩了。」

這一刹那，他忽然覺得十分疲倦，也彷彿陡然間長大了許多，那像是一顆幼苗，一夜之間，便綻出了生命燦爛的花朵。

他似乎感到自己已經不再是小孩子了，起碼他憑著自己的力量，保護了媽媽，也保護了爹爹和高大哥。

曉色緩緩從山腰泛起，絕崖上一片寧靜，辛平拖著沉重的步子，踏著泥濘，走到張菁身邊，親切而吃力地叫了一聲：「媽……」

但他何曾知道，一個浪頭退去，那緊接著來的，必是另一個更猛更烈的浪頭。

就在這寂靜而安詳的同時，沙龍坪上，卻發生了駭人的慘變……

廿九　一代英豪

星星一顆顆失去了光輝，東方天際泛起了一片魚肚白色，雞啼三遍，又是一天降臨到大地上來。

沙龍坪那棟精緻安寧的小屋，木門「呀」地打開，從門裡蹦蹦跳跳跑出一個頭梳雙辮的天真小姑娘。

那小姑娘出了屋門，伸長脖子向遠處盡頭張望了一眼，突然小臉上綻出一抹笑容，高聲叫道：「梅公公！梅公公！你來瞧！辛叔叔他們回來啦！」

「這孩子，才分別幾天？就這麼朝思暮想起來，唉！」

隨著人聲，屋門裡又巍顫顫走出一個滿頭白髮的老人，一面尚在扣著衣鈕，顯見是剛從床上起來。

這老人臉上遍佈著皺紋，枯乾的白髮，散亂地披在頭上，身子已經微微有些佝僂，誰也料想不到，他便是當年叱吒風雲，名震宇內的「七妙神君」梅山民。

梅山民自從全身功力廢去，衰老便日甚一日襲擊著他，十餘年來，過的雖是平靜安詳的生活，但每每在夜闌人靜之時，酒醉愁興之際，難免生出英雄末路，去日苦多之感。人到老年，最容易感傷，何況他的過去，又是那麼光輝燦爛呢！

梅山民隨在林玉後面步出小屋，凝著眼神，也向小道盡頭吃力地張望，口裡卻不自禁的嘆了一口氣！

「唉！人老了，目力也差得多啦，玉兒妳仔細瞧瞧，怎麼那來的好像只有兩個人呀？妳瞧瞧梅公公說得對不對？」

林玉這時也發出驚訝地輕呼：「呀！當真只有兩個人，難道只是辛嬸嬸和平哥哥？他們沒有找到辛叔叔？」

梅山民證實了自己所看不差，突然心神一震，生出一絲不祥之感，沉聲說道：「玉兒，快進屋去叫醒妳姐姐，把長劍帶出來，快去！」

林玉從來到沙龍坪，今天還是第一次看見梅公公的神情這樣緊張，心裡也頓似有一頭小鹿在亂撞，忙問：「梅公公，到底是怎麼一回事啊？」

梅山民目不轉睛地望著遠處那兩個迅速移近的黑影，猛一跺腳，沉聲道：「快去！快去！來人準沒有懷著好意，哼！是誰有這份膽量，居然敢到沙龍坪來找事了！」

林玉駭然大驚，腳不點地飛奔回屋，片刻功夫，已經拉著姐姐林汶雙雙奔了出來，林玉手中，已提著一柄長劍。

林汶尚在睡眼惺忪，一面揉著眼睛，一面伸著脖子張望，道：「是真的？有人來了，呀！身法好快！」

梅山民臉上突然變色，眉頭一皺，那臉上的皺紋又添了許多，他略又打量片刻，毅然揮手說道：「妳們快向後山跑，尋一處不易找到的隱蔽地方躲起來，我看這兩人功力十分驚人，今天只怕……」

林玉提劍迎風晃了晃，道：「梅公公，我們不怕，要是果真是什麼人敢到沙龍坪來撒野，你瞧玉兒的虬枝劍法練到什麼火候了，我一定教訓教訓他們，等平哥回來，叫他佩服！」

梅山民明知這兩個天不怕地不怕的女娃必然不會畏縮，心念一轉，急忙又道：「那麼妳們快到那邊梅花樹下躲起來，千萬不准出來，讓梅公公對付他們。」

林玉又道：「不！我要留在這兒幫你，姐姐不會武功，叫她去躲起來吧！」

梅山民突然臉色一沉，不悅地道：「玉兒，妳敢不聽梅公公的話？我叫妳們都去躲起來，妳聽見了沒有？」

林玉心中一跳，她從來也沒有見過梅公公發脾氣，不想生起氣來，竟是這般怕人，肚裡一陣委屈，當時便要哭出聲來。

梅山民眼見那兩個快速絕倫的來人愈來愈近，忍不住沉聲叱道：「快去躲起來，我不叫妳們不許出來，快些！」

林玉已經熱淚盈眶，突然「哇」地哭出聲來，倒是林汶機警，急忙一把摀住她的嘴，低聲道：「妹妹，快聽梅公公的話，咱們先躲起來，等一會再出來打壞人，不是一樣麼？」

林玉委委屈屈跟著姐姐向梅樹走去，才走了幾步，梅山民突又一伸手，沉聲道：「把劍給我！」

林汶急從妹妹手裡取了長劍，遞給了梅山民，匆匆帶著林玉隱入梅花叢裡。

「七妙神君」接劍在手，似覺手上一沉，他低頭看看那柄極普通的青鋼劍，一絲寒意，猛然襲上心頭！

當年他一劍橫行宇內，梅香劍從未逢過敵手，十多年來，再沒有使過劍，不想今天暮年之際，卻突然感到了劍的份重！

他廢然轉動著劍身，劍上青茫茫的光輝反射到他的眼中，他彷彿從那些光芒中看到當年英朗的影子，同樣地，也看到如今衰老的臉上皺紋！

歲月磨人，令人神傷，何況對於這一代英雄的梅山民呢！他自知功力已經全失，但卻不得不振作精神，仗劍護著自己多年心血經營的沙龍坪和林汶、林玉兩個力弱的小生命，雖然他知道那幾乎已經註定要失敗了。

清晨的旭輝映著他頭上蒼蒼白髮，梅山民橫劍當門而待，隱然仍有當日一派宗師的風範。

驀地，曠野間響起一聲勁銳的長笑聲，尾音落時，梅山民面前已並肩立著兩個高大的人影。

梅山民突然感到一種平生未曾有過的緊張，握劍的手指，不由自主輕微的發著抖，他緩緩將目光從劍身上移開，抬起頭來，卻頓時心頭猛震！

面前呈現著兩張極爲可怖的面孔，一黃一枯，形如鬼魅，兩隻嘴角，都掛著一抹冷酷的笑容。

那滿臉枯槁的一個嘿嘿笑了幾聲，冷冷道：「神君，可還認得故人？」

梅山民心頭一震，直覺那聲音雖極細微，但入耳之際，卻令人心神震撼，忙力持鎮靜，緩緩答道：「梅某人行走江湖多年，相識遍天下，一時倒記不起二位在哪裡見過……」

那面呈黃色的也冷笑兩聲，搶著道：「梅大俠乃是一代豪雄，威名震動天下，自然記不得我等無名小卒，但昔年勾漏二怪，梅大俠總該還有點印象吧？」

梅山民聽了這話，又是一驚，凝神向二人端詳半晌，這才恍然記起那膚色枯槁的，乃是「勾漏一怪」翁正，而這滿面黃色的，竟是昔年的「青眼紅魔」鶴如虹！

他不禁越加心驚起來，皆因「勾漏二怪」當年曾敗在自己梅香劍下，後來二度出山，又被辛捷所敗，從此銷聲匿跡，久不聞他們行蹤，如今怎會突然變成了這副怪狀？

梅山民也深知「勾漏二怪」功力不凡，心裡更是大急，他自己既已暮年，生死原不放在心上，但當他一想到林氏姐妹，卻不禁氣餒。

他暗暗對自己說道：「梅山民呀！梅山民！你一世英名，得來匪易，今天無論生死，也不能教『七妙神君』四個字塌台！」

想到這裡，忽然精神一振，盈盈笑道：「原來是翁鶴二兄，多年不見，聞得二位曾替丐幫報效，今日怎得閒暇到沙龍坪遊玩？」

枯木、黃木聽他提起丐幫之事，臉上都不禁一熱，好在他們已煉就枯黃膚色，倒不易被看出來，黃木老人怒聲道：「十年舊恨，今天特來討教，姓梅的休逞口舌之利！」

梅山民仍是傲然笑道：「敢問二位是要找我梅某人討教？還是要尋我那不成材的徒兒較量？」

枯木老人道：「姓辛的身受重傷，離死不遠，我等早已知悉，今天既遇到你，咱們就跟你算算舊帳吧！」

梅山民忽然放聲大笑起來，用劍尖拄著地，險些笑得喘不過氣來。

枯木眉頭一皺，叱道：「姓梅的，有什麼好笑？」原來他已從梅山民笑聲之中，聽出他中氣不足毫無內力，竟像個凡夫俗子。

梅山民道：「我笑你們二位苦修多年，一心要報當年挫敗之恥，卻不想來的不是時候，只怕要使二位失望了。」

枯木道：「這是什麼意思？」

梅山民笑道：「昔年五華山上，梅某被小人所乘，全身武功盡廢，實與凡夫無異，我倒有心要與二位周旋幾招，只怕二位縱然取勝，面上也無光彩……」

黃木厲叱道：「姓梅的難道畏死？竟想用這話搪塞咱們！」

梅山民臉色一沉，正容道：「但是梅某卻也是天生不服輸的傲骨，二位如果有意，梅某拚了老命，也要用手上這柄長劍，向二位討教一番！」

黃木冷笑道：「那是再好沒有了！」欺身而上，揚手就是一掌劈了過去。

梅山民功力雖失，但身法劍招，卻依然嫻熟於胸，奮然振劍一揮，腳下斜斜踏出一大步，一招巧妙的「寒梅吐蕊」已經疾拂而出。

然而，黃木老人是何等高手，掌未遞到，那雄渾的內家真力早已泉湧而至，梅山民奮力揮出的劍勢，被他內力一窒，登時施展不開，腳下一個踉蹌，差一點摔倒地上。

枯木老人看得眉頭又是一皺，心忖道：「看來梅老兒所言不虛，他這等架勢，顯見並無絲毫內勁呀！」

但黃木老人卻是得理不饒人，右腳輕點地面，縱身一掠，如影隨形跟蹤而上，鐵掌揚處，又是一招「推山填海」撞了過去。

梅山民雖有長劍在手，無奈高手過招，八成是以內力厚薄才能決定勝負，以他這般年邁力衰，舉劍都有些吃力，怎能抵擋住黃木老人那排山倒海的掌力。

但在這刹那之間，一點豪念，卻從他枯寂的心田中升起。

「梅山民啊！你生平逢過多少生死存亡的大戰，何曾略顯畏怯，男兒血戰而死，豈不強似這樣衰老頹敗，老死荒山？」一種英雄激昂的心情使他突然變得堅強起來，大喝一聲，長劍連閃，繞身搶進，竟全力施出了他那打遍天下的「虬枝劍法」精奥之著「冷梅拂面」！

掌劍虛觸，梅山民又是一個踉蹌，胸口一陣甜，「哇」地吐了一口鮮血，黃木老人也被他這奇奧劍勢逼得一緩，怔怔望了望一旁的枯木老人，沒有再度出手。

梅山民一沉氣將口中餘血盡嚥下肚去，橫劍慘笑道：「來呀！鶴如虹，怎麼不打了？咱們還沒有分出勝敗呢！」

枯木老人把頭直搖，緩緩走了上來，向黃木道：「我看梅老兒果然已經功力廢去，咱們就算贏了他，也無法宣告天下，走吧，咱們還是去找辛捷去！」

梅山民天性剛毅，寧折不曲，聽了這話，忽然從內心裡生出一種羞慚和悔恨，我真的老了嗎？不！不！七妙神君可以血戰而死，卻永遠不會向敵人乞憐保命的！

他突然一振手腕，咬牙挺起長劍，一聲厲吼，連人帶劍向黃木老人衝了過去！

這時的梅山民已成了一頭瘋虎，他眼中既無敵人，也沒有招式，他看見的彷彿只有那每一個人都無法逃避的生命終點——墳墓，但他毫不畏怯地，奮勇向死亡衝了上去。

黃木老人尚在沉吟，扭頭看見梅山民狂奔過來，無暇多想，閃身讓開三尺，左手一揮，「拍」地一掌，印在梅山民前胸上！

梅山民本已用力過猛拿樁不穩，再吃掌力一阻，登時慘哼一聲，身子淩空飛起，在空中翻了幾個滾翻，「叭」地一聲響，摔倒一株盛開的梅花樹下。

林氏姐妹失聲驚呼，狂奔而出，抱起梅山民，伸手探他鼻息，兩人都嚇得目瞪口呆，說不出話來。

淚水無聲地從她們面頰上緩緩流下，一顆顆一滴滴滾落在梅山民胸前，滾落在這一代鬼才「七妙神君」緊握劍柄的手背上……

良久，良久，林汶才「哇」地哭出聲來，嘶聲叫道：「梅公公！梅公公！你不能死！你不能死……」

但梅山民畢竟已吐出他這狂傲一生中最後的一口氣，他手中仍然長劍在握，又躺在酷愛一輩子的梅花樹下，雖然他是離開了這個世界，但想來內心該是平靜無憾的了，或許他仍有一件憾事，那就是未能在臨死之前，目睹自己一手調教出來的愛徒辛捷，攜妻挈子依偎在他身邊。

他對這世界應該是滿足的了，因爲他稱雄一世，最後慷慨赴死，依舊絲毫未墜「七妙神君」這光輝燦爛的聲名，所以他死時竟未留下一句遺言。

晨曦消去，一輪紅日緩緩爬上遠處山巔，陽光透過梅枝，灑在梅山民皺紋遍佈的臉上，映成一朵朵一叢叢梅花的影子，晨風過處，飄下兩三片花瓣，輕柔無聲地墜落在他胸前。

林氏姐妹哭得聲嘶力竭，昏然欲絕，待林玉突然想起殺死梅公公的仇人，搶劍躍起身來，枯木、黃木早已去得無影無蹤，只隱約聽得遠處隨風飄來一陣話語：「妳們告訴辛捷，他要報仇只管到松樹林來找咱們兄弟……」

夕陽銜山，一日又盡。

淡淡暮色之中，通往沙龍坪的小道上，忽然傳來「得得」蹄聲，轉眼間兩匹健馬飛馳過來！

背上坐著兩個渾身孝服的年輕姑娘，兩人全不過十幾歲年紀，但馬鞍邊卻各懸著一只包裹，極似要出遠門的模樣。

年長的一個文質彬彬，十分纖弱，年輕的一個則英氣隱現，背上還斜背著一柄長劍，兩人低頭催馬，不多久，便消失在小道盡頭。

夜色已深，二人到了一個鎮市。

年紀輕的姑娘勒住絲韁，低聲向另一個道：「姐姐，天黑盡了，咱們就在這兒過一夜再走好麼？」

姐姐雙眉緊皺，沉吟道：「玉妹，我心裡有些怕，咱們從沒有單獨上過路，要是遇上什麼壞人……而且，咱們也該盡快找到辛叔叔他們，把梅公公的死訊告訴他，請他去替梅公公報仇！」

妹妹道：「急也不在這一夜，咱們還是找一家客店休息一晚，明天早些上路就是啦！」她好像處處顯得比姐姐老練許多，說完話，也不再問姐姐同意，絲韁一抖，便當先進了大街，做姐姐的無奈，也只好隨後跟來。

原來她們正是從沙龍坪連夜趕程，要將梅山民死訊飛報辛捷夫婦的林汶和林玉。

這時已交初更，街上行人稀少，姐妹倆策馬轉了一圈，竟沒有找到一家客店。

林玉有些不耐，低聲咀咒道：「這是個什麼鬼地方，連一家客店也沒有，氣死人！」

林汶道：「咱們還是連夜趕路吧！找一處大些的市鎮，再歇也是一樣。」

二人正要圈馬出鎮，驀地，忽聽見一聲呼叫：「高戰啊！你在哪兒？」

林汶渾身一震，不由自主又停了馬，側耳傾聽，心裡「噗噗」亂跳起來。

林玉喜道：「姐姐妳聽，有人叫高大哥哩！」

話聲才落，兩膝一碰馬腹，迎著那呼聲便飛趕過去。

林汶不知是喜是愁，一面跟著妹妹，一面心裡暗忖，這人會是誰呢？怎會夜靜更深的時候，在這裡大聲呼叫高大哥的名字？

思念之間，果然又聽見一聲呼叫：「高戰啊，你在哪兒呀？」

林汶心裡猛地一跳，情不自禁用力一抖絲韁，那馬兒真也通靈，四蹄一放，竟越過了林玉。

林玉急忙叫道：「姐姐，慢一些，等我一等。」

姐妹二人放馬疾奔。不一會轉到城門邊，黑形中突地奔來一個人，一面飛走，一面又叫道：「高戰啊！你在哪兒？」

林汶驚得急勒坐馬，但已趨避不及，馬兒直向那人撞了過去。林汶尖聲叫道：「當心！馬來了！」

那知喝聲未落，那人卻極快地一扭腰，曼妙無比地從馬頭邊一閃而過，奔馬雖急，竟連他一片衣角也沒碰到。

但他剛剛避開林汶的坐馬，林玉飛騎恰好也到，那人突然大叫一聲，翻掌一揮，「噗」地聲響，竟將個馬頭拍成粉碎，那馬失蹄向前一栽，登時把林玉從馬背直摔了下來。

林玉人在空中，匆匆使了個「鯉魚打挺」，腰一弓一挺，頭上腳下，輕輕落在地上。

那人低叫一聲：「好身法！」上前一把拉住林玉的手臂，問道：「女娃兒！妳是練家子，一定知道高戰在哪兒了，請妳快告訴我！」

林玉抬頭一看那人，嚇得失聲叫了起來，原來那人一身綠色破袍，亂髮蓬鬆，臉上又黑又髏，瘦骨嶙峋，直如城隍廟逃出來的餓鬼，而他握在林玉手臂上的五指，卻如五道黑色鋼箍，根根捏在她「曲池」穴上五寸之處。

那人見她不答，手上突然加力一緊，厲聲道：「妳不說嗎？妳不說嗎？我要妳死……」

林玉此時已駭得面色如灰，掙了兩掙，竟絲毫也掙不脫他，那人手上果然又一緊，只痛得林玉輕哼一聲，險些流下淚來。

這當兒，倒是平時文弱的林汶膽壯起來，圈馬回頭大聲叱道：「你是誰？還不快些放手！」

那人回頭一看，立刻鬆了林玉，仰身一掠到了林汶馬前，只一探手，又將林汶從馬鞍上拖了下來，說道：「妳一定是知道了，那麼妳快告訴我，高戰在哪兒？」

林汶心知這人神態有些昏亂，自己若不應他，或許他當真下手殺死自己姐妹也未可知，當下壯著膽喝道：「你要知道高戰下落，就快些放開，否則咱們決不告訴你。」

那人果然臉上露出喜色，鬆手退開一步，笑道：「我鬆手就是，我鬆手就是，妳千萬別生氣，只求妳告訴我高戰在哪兒？」

林汶一面揉著被他捏得疼痛的手臂，一面打量那人形貌，鎮靜地問道：「請你先告訴我，你是誰？要找高戰什麼事？說得明白，咱們就告訴你，說不明白，就別怪咱們不理你了。」

那人喜得一伸脖子，「咯」地一聲嚥了一口唾沫，問道：「妳不騙我？妳真的知道高戰在哪兒？」

林汶想了想，道：「我自然知道，他就跟咱們住在一塊兒……」

那人不等待她說完，上前一把，又握住林汶的手臂，用力搖動著道：「呀！那真是太好了，妳快快告訴我！」

林汶雖然心驚，但仍力持鎮靜，冷冷說道：「你還沒有回答我的問話呢？」

那人「啊」了一聲，忙又放手，急急道：「妳問我什麼話啊？」

林汶道：「我問你是誰？要找高戰爲了何事？」

那人用手連連敲頭，喃喃道：「當真，我是誰啊？我是誰啊？」

林汶聽了又好氣又好笑，便道：「你連自己是誰都不知道，還要找人家做甚？難道你和高戰有什麼關係？」

那人道：「正是，我跟他有些關係！唉！女娃兒妳不知道，那高戰是我生平第一個知己，全因他一句話，把我老人家從迷夢中驚醒，才出了那悶人的地洞……」

林汶自然聽不懂他話中故事，但卻心裡暗笑道：「你何曾從夢中驚醒，只怕你現在還在迷夢中呢！」不過，她從那人言辭之中，已知他之尋找高戰並無惡意，便放了一大半心，微笑說道：「這麼說來，你和高戰乃是朋友？你有什麼事要找他呢？」

那人搖頭道：「我也不知爲了什麼？只是一日見他不到，心裡便悶得發慌，這天下只有他能跟我談得來，那日我在海邊等他，原說好不見不散，後來……後來……」他急得抓頭，顯然是把那後來的事兒，一時忘了。

林汶聚精會神地聽著，腦海中不時泛起高戰英俊秀朗的面目，那面目似乎活生生就在眼前，突見他說不下去，忙插口問道：「你幹嗎要在海邊等他呢？他又到哪裡去了？」

那人猛地一拍前額，笑道：「對啦！他到無極島去，約我在海邊等他，後來我突然見到我那生死不知的徒兒，想不到離開海邊才不到五天，再去時已經等不到他的人影了。」

林汶詫道：「徒兒？誰的徒兒？」

那人面有得意之色道：「金欹！金欹便是我的徒兒，妳不知道麼？」

「金欹？」林玉在一旁咀嚼著這兩個字，好像曾在那裡聽人說過。

林汶搖搖頭道：「我根本沒聽過金欹這個名字……」

那人不待她說完，突然用力一拍腦袋，插口叫道：「我記起來了！我記起來了！」

林汶茫然地問：「你記起了什麼？」

那人道：「妳方才不是問我是誰嗎？我現在記起來了，我便是金欹的師父，當年名震一時的毒君金一鵬。」

林汶、林玉齊都駭然一驚，衝口道：「呀！你便是金一鵬？」

她們雖未在江湖中走動，但常聽梅山民談些當年武林軼事，對「金一鵬」三字早已耳熟能詳，尤其金一鵬毒戰玉骨魔這件往事，辛捷更是常常向她們提起，是以突聞這面前襤褸老人竟是毒名遠震的金一鵬時，不由又驚又畏，又敬又疑。

金一鵬見她們驚駭之狀，心裡甚是得意，又道：「女娃兒，妳問了我許多話，但高戰現在哪裡？怎麼總不肯說呢？」

林汶輕嘆一聲，道：「不瞞老前輩說，高大哥前些日離家，後來聽說中了無影之毒，我辛叔叔急急趕去救他，至今尚未回來，沙龍坪近日又遭慘變，咱們姊妹正要去尋他們呢！」又把梅山民遇害之事，詳細說了一遍。

那金一鵬自從尋高戰不著，心神已是迷亂，聽了這番話，登時大吃一驚，喝道：「什麼？妳是說那七妙神君梅山民已經死了？」

林汶點點頭，眼中含淚欲泣，卻哽咽無法出聲。

金一鵬突然仰天大笑，笑聲震耳欲聾，好一會才得意地說道：「梅山民死了！當今天下奇人，就只有我北君金一鵬了！」

林氏姐妹正憤然作色，要想斥問他何出此言，那金一鵬突然又放聲大哭起來，剎時哭得淚水滂沱，縱橫滿面，淒慘說道：「可憐他堂堂一代奇才，竟會喪命在兩個小賊之手，看來這武林生涯，真正叫人寒心啊！」哭罷又朗聲吟道：「大千世界，虛虛幻幻，真即是假，假即是真，佛門廣大，普渡眾生。」

他吟裡又哭，哭了又吟，神情悲切，真是如喪考妣，一時倒把林氏姐妹也引得唏噓不止。

金一鵬瘋瘋癲癲哭鬧半晌，忽然收淚說道：「人死不能復生，妳們何必這樣傷心呢？我老人家已經大徹大悟，從此也不再去尋什麼高戰了，妳們見著他時，就說我這個老哥哥已經……」說到這裡，突又淒然淚下，不能成聲。

林汶、林玉同時驚問：「老前輩，你要到哪裡去？」

金一鵬嘆口氣，忽又吟道：「我由何處來，便向何處去，生前事渺不可知，生後事難尋難覓，有生便有死，有合自有離，妳問我去向何處？我倒問妳何處可去！」

說罷，掉轉頭匆匆便走。

林汶趕了兩步，見金一鵬早已去得遠了，只得淒然止步，悵立無語。

深夜的寒風拂過她的面頰，淚痕被風掠過，更有一份冰冷的感覺，她雖然只有十幾歲，但這一剎那間，似乎從金一鵬的瘋態瘋語之中，對人生加深了許多從未有過的體驗，一絲癡念，已經在她心中緩緩泛起。

也不知過了多久，彷彿聞雞聲長啼，林汶才聽到身後妹妹的聲音在說道：「姐姐，我的馬死了，咱們合乘一匹吧，天都快亮了，咱們也該動身啦！」

林汶茫然地點點頭，牽過馬兒，讓妹妹先跨了上去，然後登鞍揚鞭，馳進夜色之中。

寒風呼嘯著掠過大地，大巴山麓已散亂地飄起雪花。

細雪落在地上，轉眼消融，因此道上一片泥濘，令人寸步難行。

林氏姐妹合乘一騎，低著頭，弓著腰，盡量減低阻風的面積，策馬向東趕行，馬兒時常滑著蹄，不時倔強地停下來，呼呼吐著白氣，好像對身上那過量的負荷和惱人天氣也有無限不滿和憤怒。

二人一騎緩緩轉過一處山腰，勁風被山勢一阻，突然顯得平靜了許多。

林玉從衣領中探出頭來，抬手理了理被山風吹亂的秀髮，慢聲道：「姐姐，這兒風小些了，咱們歇一會，讓馬兒也尋些草吃。」

林汶默然不語地下了馬，林玉取下包裹，鬆開馬兒肚帶，讓牠就在附近吃草，自己卻提著包裹，尋了一處石蔭遮蔽的乾燥土地，坐下休息。

林汶意態闌珊地踱過來，靠著妹妹坐下，雙手抱著膝蓋，眼神卻癡癡地注視著遠方。

林玉道：「姐姐，妳在想什麼呀？」

林汶「唔」了一聲，似乎慵懶得連開口也覺得很吃力似的。

林玉笑道：「我知道，妳又在想高大哥了。」

林汶淡淡一笑，側過臉來，嬌慵地注視著妹妹，道：「妳怎知道我會在想他？這世上值得我想念的太多了，我幹嗎一定要去想高大哥呢？」

林玉從未聽過姐姐這種口氣，心裡一怔，暗想道：「姐姐定是被金一鵬的瘋言瘋語感染啦，自從那夜碰見金一鵬以後，就再沒見過她真正的笑容，那姓金的瘋子真是害人不淺。」於是轉過話題，道：「姐姐，咱們去弄些枯枝來升一堆火，暖暖身體可好？」

林汶道：「要去妳就去找吧，又何必問我呢。」說著又癡癡望著遠方出神。

林玉不便多說，輕輕站起身，踏著泥濘，去找枯枝。

這時山邊雨雪綿綿，萬物皆潮，一時實在不易尋到乾燥的枯枝，林玉邊拾邊行，不知不覺行了很遠。

突然，她聽到一陣低微的呻吟聲。

那聲音好像從一處石崖下傳來，初時不甚清晰，但走得近些，卻一些也不假，竟似有什麼病重之人，在忍受身體難耐的煎熬。

林玉好奇心起，放下枯枝，循聲奔去。那知才到石崖下，那呻吟之聲卻突然消失了。

林玉急忙停步側耳傾聽，四周沉沉，何曾再有什麼聲響？她不禁暗詫：「咦！莫非是我聽錯了麼？但剛才分明一點也不假，怎會走近了反聽不到了呢？」

她年紀雖小，機智卻多，當下靜靜立在原處，屏息不動，全神凝注地傾聽那石崖下動靜。

果然片刻之後，呻吟之聲又起，同時一個細弱的聲音說道：「小余，我眼看是不行了，你獨自快走吧，趕快到沙龍坪去報訊……」

林玉一聽「沙龍坪」三個字，渾身都是一震，急忙揉身又欺近了數尺。

只聽另一個人聲說道：「前輩振作一些，這點刀傷算得了什麼？你口渴嗎？我去替你找些水來。」接著一陣細碎的腳步聲傳了過來。

林玉急切間無處可避，身形疾掠，索性飄近丈許，用背心緊緊貼著崖下石壁凝神而待。

那石崖下林草雜生，隱著一個深凹的洞穴，此時草葉一分，鑽出一個人來。

這人年紀不過三十以內，遍體血漬，肩後斜插一柄長劍，生得眉目清秀，英氣內蘊，匆匆出洞，略爲張望一眼，便疾奔而去。

林玉離他不過數尺，幸好洞口草樹叢蔓，未被那人發現，她直等到那人去得遠了，方才循著山腳輕輕走到洞口，心裡卻忖道：「這兩人是誰？想必又是兩個遭遇變故的武林中人，一個負傷，一個要去沙龍坪請我辛叔叔幫忙了。」

自從梅山民慘遭不幸之後，林玉對那些到沙龍坪求助的武林人物，已經大起反感，她想：假如不是這些討厭的人來請辛叔叔，辛叔叔怎會結下許多仇家？沙龍坪又怎會被人尋仇？梅公公又怎會死呢？

憑了這個幼稚而簡單的推斷，林玉心裡對這洞中之人竟是十分厭惡，她心裡暗罵道：「梅公公已經被你們連累得死了，你們招惹的麻煩還不夠麼？」

她輕輕撥開草叢，探頭向洞裡張望。

草聲才響，洞中呻吟之聲立止，問道：「是小余嗎？」

林玉沒有回答，心裡卻道：「小魚？還是大蝦哩！」身形微飄，已閃進洞內。

這石洞大約有五六尺深，洞裡鋪著乾草，一個渾身血污的老人橫臥草上，看來傷得當真不輕。

老人不聞回聲，心驚之下從草堆上奮力撐起身來，沉聲叱道：「是誰？」

林玉怕他突施襲擊，纖腕一翻，「嗆」地拔出長劍，緩緩答道：「是我！」

老人睜大失神的眼睛，吃驚地望著林玉道：「姑娘是誰？到此有何貴幹？」

林玉冷冷一笑，道：「我正要問你是誰呢？你倒先問起我來！」

那老人被她這橫蠻冷峻的態度引起一陣恐慌，探手去摸草堆邊的劍柄……

林玉「呼」地竄上前去，「拍」地一腳踏在劍柄上，冷冷道：「你別想動手，老實說出，你叫什麼名字，要到沙龍坪去幹什麼？」

老人顯因傷勢過重無法支撐，突然鬆手，又倒在草堆上，喉嚨裡「咕嚕嚕」一陣痰聲，喘息許久，竟說不上話來。

林玉見他不語，心內更加自認猜得不錯，冷冷又道：「哼！你們的心意，我不問也知道，沙龍坪好好一片土地，全是你們這種人給弄得污煙瘴氣，自己打不過人家，偏要惹了事就到沙龍坪求救，我一看見你這種人，心裡便生氣。」

她許是真的愈說愈氣，說完之後，還向那老人不屑地啐了一口。

那老人正是協助高戰脫走的「終南一鶴」魯道生，高戰走脫之後，他和「怪劍客」余樂天突圍之時身負重傷，逃匿此地，仍念念不忘趕往沙龍坪報訊求援，想不到林玉自作聰明，竟把他狗血噴頭地臭罵了一頓。

江湖中人最重傲骨，寧可頭斷，也不願受辱，魯道生此時傷重將死，雖然從林玉口氣中猜出她是沙龍坪的人，但他忽然想起高戰賜藥救自己性命，以及自己求他馳援方家牧場場主「白山劍客」方平那些往事來。

高戰對他恩重如山，他心中何嘗不感戴，若非爲了這些厚恩，他也不至捨命協助高戰從重圍中脫身逃走，但不料林玉一頓臭罵，卻把他看作了軟骨無賴的小人，魯道生成名秦中，也算得鐵錚錚烈性漢子，視名譽更勝一切，一陣羞慚攻心，「哇」地張口噴出一大灘鮮血。

林玉見他突然吐出鮮血，心中也不禁懊悔，便道：「你也不必難過了，我辛叔叔最愛幫助別人的，要是你有什麼急事，你對我說，我一定替你轉達……」說到這裡，忽又一頓，道：「可惜辛叔叔現在自己也遭到痲煩了，什麼時候才能幫你的忙，還難說呢！」

魯道生喘息半晌，才頷首含淚道：「這個……在下知道……」

「你知道就更好啦，誰欺侮了你？請你快些說吧，我可沒有時間久候，姐姐還在等我呢！」她自覺這些話說得十分得體，故作老成之狀的皺皺眉頭，又理了理頭上秀髮。

魯道生奮力說道：「在下承高少俠活命之恩，馳援之德，感愧終身，自覺無以為報，姑娘教訓得極是，不過……不過……」他激動太過，竟有些說不下去，臉上老淚縱橫，神情極是悲憤。

林玉也微微感到事情有些不對，忙道：「你不要氣，有話慢慢地說……」

魯道生忽然放聲大笑幾聲，「哇」地又吐了一口鮮血，厲聲道：「不過，在下孑然一身，除了一條殘命，再無可報答辛大俠和高少俠之物了，姑娘便請轉致此意，說我終南一鶴捨命報恩，死而無憾！」話才說完，猛地一頭向石壁上撞去！

林玉失聲驚呼，慌忙出手攔阻，終於遲了一步，「噗」地聲響，那終南一鶴魯道生一頭碰在石壁上，登時腦漿迸流，血花四濺，死在地上。

林玉見闖了大禍，心裡一陣怕，提著劍向洞外便跑。

才到洞口，卻望見那外出取水的中年劍士急急奔來，林玉駭然忖道：「若是被他撞見，他一定放不過我。」但此時洞外別無可以避躲的地方，只好一縮頭，又退回山洞口。

余樂天大約也因聽見魯道生的慘笑之聲，手裡才盛著半杯水，便飛一般奔回洞來，老遠瞥見洞口似有人形一閃，更是大吃一驚，丟了水杯，兩個縱身，已搶到洞口。

他心中懸念魯道生安危，但卻不敢冒然撞進洞去，「嗆」地拔出背上長劍，對著山洞大聲叫道：「魯前輩，你怎麼樣了？」

林玉緊捏長劍躲在洞裡，心中如小鹿般亂撞，但又想不出一條出洞之計，正在焦急，洞口人形一閃，余樂天已經衝進來。

林玉只得一咬牙，振腕出劍，直刺過去，她年紀雖不大，但劍法卻得自「七妙神君」梅山民親傳，這一劍出手，竟是「虬枝劍法」中的「梅影乍現」絕學。

余樂天早已橫劍護胸，驀地握劍急架，雙劍一觸，林玉急退一步，余樂天卻也被迫退到洞外。

原來「怪劍客」余樂天並無多深內力修爲，當年由於蘭姑之死，偷學了武林之秀孫倚重幾招劍式以後，便去刺殺府官替蘭姑報仇，論起來林玉的劍法乃梅山民親傳秘授，招式變化，實在余樂天之上，只是林玉並無臨敵經驗，此時又心慌情虛，更顧不得施展劍法。

林玉一招震退來人，真是連自己也不敢相信，膽子一壯，緊握長劍擋在洞口。

突聽外面問道：「洞裡是何方高人？如有樑子，由我余某一人承擔，萬請不要對負傷之人下手。」

林玉心中一動，隨口答道：「這樣最好，你把劍丟在地上，背轉身子走到十步以外去！」

余樂天不知這話之意何在？只當迫他棄劍受死，不由大怒，叱道：「閣下是誰？何不報出萬兒來？」

林玉道：「我沒有萬兒，你願意就照我的話做，不願意咱們就耗著，你一輩子也別想進來。」

余樂天沉吟一陣，心道：「罷了，罷了！爲了魯前輩，我便是一死，也是值得的。」於是朗聲說道：「君子一言，快馬一鞭，朋友只要不傷洞中之人，余某就照你的意思做了。」

說完，「噹」地將長劍擲在地上，依言轉身走了十步。

林玉從洞口探出頭來，見余樂天果然背身而立，手上空空已無寸鐵，心裡大喜，一縱身掠出洞口，拔腿如飛便逃。

余樂天聽得聲響，扭頭看見竟是個十餘歲的小姑娘飛奔逃去，反倒感覺一陣迷惘。但轉念之間，突然暗叫「不好！」急忙旋身拾起長劍，匆匆鑽進山洞。

這一看，真把余樂天嚇得心膽俱裂，敢情「終南一鶴」魯道生早已腦漿迸裂，死在地上。

一股急怒攻心，余樂天恨恨一挫鋼牙，提劍捨命追了下來。

林玉正奔得急，忽聞身後厲聲暴喝：「小丫頭，留下命來，妳還想往哪裡走？」

回頭望去，只見余樂天宛若一陣旋風，眨眼已追到近處，兩眼血絲滿佈，切齒咬牙，那樣子猙獰可怖，像是恨不得要一口氣將她吞下肚裡去似的。

她渾身機伶伶打了一個寒顫，越加放腿沒命飛逃起來，余樂天那裡肯捨，啣尾窮追，直把林玉追得上天無路，入地無門。

兩人循著山腳繞了一個大圈了，林玉見無法逃脫，只好一橫心站住，橫劍叫道：「你想幹什麼?又不是我殺了他，是他自己……」

余樂天那還由她分說，縱身趕到，長劍挾著一股勁風，劈頭蓋臉劈了下來……

卅　欺師滅祖

「怪劍客」余樂天認定必是林玉害死了「終南一鶴」魯道生，不容她分說，長劍挾著尖銳嗚聲，直劈林玉腦門。

林玉心虛情怯，不敢硬架，閃身橫躍數尺，大聲叫道：「住手！我有話說！」

余樂天切齒道：「狗丫頭，如此心狠手辣，還有什麼巧言狡賴嗎？余某今天跟妳拚了！」說著又是一劍橫飛而至。

林玉只得揮劍一格，當場手臂一陣酸麻，連退三步，叫道：「你這人講理不講理啊？」

余樂天劍勢如雪片飛舞，一口氣連攻十餘劍，口裡罵道：「有理到閻王殿上去講吧！」

林玉被他一輪急攻，接連退後了六七步，心裡急忖道：「這傢伙不肯容我解釋，纏下去要何時才了？現在風也小了，姐姐不知怎樣著急哩！」她全仗著梅山民所授「暗影浮香」身法左閃右避，眨眼又過十餘招，仍是無法脫身離開，只急得額上微微冒汗，步法也慢慢散亂起來。

正在危急，林玉忽然瞥見五丈以外有一個女子急急奔來，當下未暇思索，便扯開喉嚨大聲叫道：「姐姐！姐姐！我在這兒，這傢伙要跟我拚命……」

那女子聞聲一停，緊接著便折轉飛奔過來，然而待她到了近處，林玉才發覺她原來並不是姐姐林汶。

她約有三十來歲，容貌極是清秀，但眉宇間卻是隱著憂愁，停身望林玉和余樂天，覺得兩人都不認識，便只怔怔沒有開口。

余樂天原以爲她真是林玉姐姐，忙全神戒備她會突然出手，那知過了半刻，卻見那女子僅是旁觀，並不幫誰，心中一喜，登時又加快了攻勢，那柄劍舞得水潑不進，將林玉緊緊裹在核心。

林玉左閃右躲，幾次險些被余樂天掃中，急道：「喂！妳怎麼只看熱鬧？難道不出手幫一幫嗎？」

那女子聽了微微笑了笑，問道：「你們爲了什麼在此拚鬥？說出來讓我來評評理！」

林玉叫道：「好姑姑！妳叫這橫小子先住了手，咱們才能講理呀！」

余樂天接口罵道：「狗丫頭，妳還敢罵人麼？我叫妳先把腦袋割下來，那時再講理吧！」手上劍勢陡又加強了幾成。

那女子柳眉一皺，突然「嗆」地抽出長劍，一掠身躍了過來，長劍一招「分水斬蛟」發出一片光芒，「噹」地一聲響，將余林二人的長劍盡數封開，沉聲喝道：「住手，有話先說明白再打不遲。」

那女子出手雖不十分兇猛，但招式卻顯得精妙之極，部位時候拿捏得恰到好處，余樂天和林玉齊都被迫退後兩步，林玉這才長長吁了一口氣。

余樂天怒容滿面說道：「這位姑娘千萬不要聽她花言巧言，她年紀雖小，卻是個心腸毒辣的小魔頭，方才趁在下外出取水，竟無緣無故將在下一個負了重傷的好友殺死，在下萬萬放不過她。」

林玉喘過一口氣，膽子又壯了許多，忙接口罵道：「哼！你才是小魔頭呢！你的朋友自己要死怪得了人家嗎？」

余樂天道：「他身負重傷，怎會自己尋死？」

林玉亢聲道：「我怎麼知道？我又不是他肚子裡的蛔蟲！」

余樂天道：「妳若不是壞人，幹麼偷偷潛進山洞中去？」

林玉道：「你能去我就不能去嗎？那山洞又不是你的家！」

余樂天扭頭對那女子道：「姑娘妳看看這丫頭說話有多橫？」

林玉忙道：「你自己橫就不覺得？話不由人分說，惡狠狠便要殺我，現在我平哥哥不在這裡，容得你欺侮，他要是在呀！哼……！那就有你好看的了。」

那女子笑道：「好啦！你們盡吵架怎能分出是非，這位小妹妹先別插嘴，咱們且聽聽事情經過再說！」

她以目示意要余樂天把經過詳情說一遍，林玉不樂地一撇嘴，心裡暗道：「妳看他長得漂亮，便偏向著他麼?說得好便罷，說得不好，別想我會服妳！」

「怪劍客」余樂天見那女子氣宇不凡，當下拱手將經過詳情細說一遍，但他因不知那女子身分家歷，是以並未說出辛捷負傷之事，只說魯道生和自己助一朋友禦敵，身負重傷，藏匿山洞中，竟被林玉害死……等等。

那女子聽了沉吟片刻，又問林玉道：「小妹妹，現在妳說說妳的道理吧！」

林玉不悅她沒有先叫自己分辯，賭氣道：「他都說了，還叫我說什麼?」

那女子笑道：「他說他的，妳說妳的，還有什麼要緊呢？」

林玉道：「我沒有話好說，反正那人不是我殺的，其他的我一概不知道。」

那女子道：「可是，他怎會突然死在山洞中？」

林玉道：「妳去問他好啦！也許他活得不耐煩，也許他覺得死了舒服些……」

那女子臉色登時一沉，不悅道：「原來當真是妳橫不講理，人命事大，妳若不肯說出原因來，難怪人家要向妳尋仇。」

林玉心裡罵道：「哼！果然妳看上了他，便編派我的不對，現在我一人鬥不過你們兩個人，咱們走著瞧好了。」

主意拿定，憤然說道：「你們愛怎麼說，大可以請便，我還有事，沒有時間跟妳多扯，有本事只管到沙龍坪去找我！」話一說完，扭頭便跑。

余樂天大喝一聲，挺劍欲追。

那中年女子遽聞「沙龍坪」三個字，臉上立時變色，竟比余樂天更快，縱身疾掠，攔住林玉，急聲問道：「小妹妹，妳住在沙龍坪？」

林玉橫劍當胸，瞪眼道：「是又怎麼樣？」

那女子神情甚是激動，說道：「那麼，小妹妹妳貴姓？」

「我姓林，怎麼樣？」

那女子眼中微微掠過一抹失望的神色，停了停又問：「辛捷辛大俠是妳的什麼人呢？」

林玉道：「他是我辛叔叔！」

那女子「啊」了一聲，接著又道：「這麼說，妳我不是外人，林家妹妹，聽人傳言妳辛叔叔如今身負重傷，生死不明，這話可是真的？」

林玉突地一驚，道：「咦！妳怎會知道？妳是誰啊？」

那女子笑道：「我姓方，你叫我方阿姨好了，我和妳辛叔叔是極要好的朋友，近日聽得江湖中傳言說他被南荒三魔所傷，正要趕到沙龍坪去探問究竟，不想在這兒遇上妳。」

原來這女子便是「天魔」金欹之妻——方少堃，那一天毒君金一鵬和高戰在海邊分手之後，適巧金欹從附近經過，毒君遽見愛徒，便隨金欹同往他們那山洞居處盤桓幾天，那時候江湖中已經紛傳辛捷傷於南荒三魔之手，毒君一急之下，趕返海邊尋不著高戰，瘋性又發，匆匆趕往沙龍坪去，方少堃也放心不下，便和金欹商議將孩子寄養在一家漁夫家中，夫妻分頭也往沙龍坪急趕，不料竟在此處得遇林玉。

「怪劍客」余樂天弄明白林玉和辛捷的關係，心中誤會冰釋，也將高戰護送辛捷，途中遇伏的經過補述一遍，方少堃駭然道：「依你說來，高少俠現今是否脫險，尙難逆料，咱們不要再耽誤，快些趕去替他接應才好！」

余樂天道：「這自是正理，二位且容在下安葬了魯前輩遺骸，由在下替姑娘們引路。」

林玉也道：「我跟你一起去，是我言語不慎氣死了魯伯伯，我去向他叩頭謝罪。」

方少堃道：「這才是好孩子，知過能改，善莫大焉，咱們一同去吧！」

他們三人將魯道生掩埋完畢，日影已近中天，林玉道：「時間不早啦，咱們快動身，姐姐只怕會急死啦！」她恭恭敬敬在魯道生墳前拜了三拜，然後領著方少堃和余樂天，急急去尋林汶——

但天下之事，往往陰差陽錯難以逆料，只因林玉和余樂天這一陣耽誤，恰巧和辛捷、張菁一行人途中錯過，待辛捷返回沙龍坪發現梅山民遇害，林氏姐妹失蹤，辛平一急之下獨自出走，惹出許多奇事，而林玉姐妹和方少堃等尋辛捷高戰不到，竟也另有遇合。這是後話，暫且擱下。
再說大戢島主平凡上人自和高戰、無恨生分手之後，一路捨開大道，專走捷徑，將腳程盡量放快，一路急急向天竺奔去。
辛捷在他心中的地位，似愛徒、又似朋友，似子姪、又似兄弟，他將生平絕學傾囊傳授給辛捷，早已認定辛捷乃是武林百年難逢的天縱之才，如今辛捷力拚南荒三魔身負重傷，那傷勢真比加在他自己身上還要痛苦，他之所以不走正道大路，正是要日夜不停施展上乘輕功趕往天竺，替辛捷尋取療傷聖物——蘭九果。
路雖是永無止境的延伸在前面，但平凡上人決心要踏破關山，趕到那路的盡頭。
他自從逃禪隱居大戢島，一向懶散已久，這次跋涉萬里尋藥，在他這一生之中，也算得第一次遠行了。
一日復一日，山巒、河流、曠野、城鎮……從他腳下陣陣掠過，這一天，終於來到沙漠邊緣。
沙漠可不比他處，一個人如果不約幾個同伴便獨自撞進沙漠，最易迷失方向，等到水乾糧盡，任你有超凡入聖的武功，最後也只有倒斃在那無垠的黃沙之中，變成一具枯骨。
平凡上人雖然從未到過天竺，但卻久聞沙漠的艱困，當下找了一處鎮甸，備辦水糧，購買馬匹，準備貫穿沙漠，到天竺尋求蘭九果。

在小鎮購妥應用的東西，平凡上人更謹慎地休息了整天，這才揚鞭縱馬進入沙漠。起初兩天，還看見偶而經過的商人隊，途中也有水草可棲，平凡上人心急如火，縱馬急趕，到第三天行了一天，已再見不到半個人影，橫沙遍野，無盡無休，沙上既無道路可循，也不會留下蹄痕足印，他只能從星辰日位中，推測方向，向西疾趕。

第四天，又是孤單地行一天，竟連一處水草之地也見不到，平凡上人催馬又急，他自己雖然不畏艱苦，但坐下馬卻顯得有些支持不住了。

上人無奈，只好下馬牽著牠趕路，但馬無草料，行不到半天，餓得舉不起蹄來，行兩步便哀聲嘶鳴，不肯再走。

平凡上人罵道：「畜牲，畜牲，你要是誤了我的大事，斷送了捷兒性命，你就是有百條命，也抵償不過，走吧！別讓我火起來，把你棄在沙漠中生死由你啦！」

那馬顛顛躓躓，終是不肯前進，平凡上人怒起，棄了馬韁，取下水糧便想徒步上路。但他轉念又想道：「我是個出家人，要是任牠死在沙漠中，豈不是我害了牠一命麼？好歹得耐心一些，尋一處有水草的地方，我是再也不乘你這畜牲了。」

他忍著氣牽馬又行了里許，驀見身後天空中，宛若萬馬奔騰般馳來一大片烏雲，同時耳中又聽到牛吼似的悶響，漫天動地，滾滾而來。

平凡上人從未涉足沙漠，自然不知道這些徵象正是沙漠狂風將起的預兆，兀自仰起面孔孜孜喜道：「也好！要是能下一場大雨，天氣涼一些，牲口也不會渴了……」

那知這話尚未說完，陡地一陣黃色煙塵，漫空飛舞，勢若奔馬，疾撲而到。

那馬兒好像也知道大禍將臨，「嗚嗚」慘嘶了兩聲，奮力掙斷馬韁，放蹄狂奔，不想才跑出丈許，那挾著萬鈞威勢的狂風已經直壓下來。

風沙瀰漫之中，平凡上人也覺心驚不已，慌忙足踏八字，施展「千斤錘」拿穩樁子，抬頭看那馬匹，卻已被狂風吹翻，在沙上滾了兩滾便蹤跡不見了。

平凡上人暗唸一聲佛號，只覺腳下沙粒流動，竟然漸漸拿不穩柱子，狂風帶著千斤以上的飛沙，恍如巨錘般撞擊著他的身體。

他雖有一身超凡入聖的武功，但和這大自然的摧毀之力相比，仍如滄海一粟，難以發揮力量。

但他不愧是身負數十年內功精修的高人，臨危仍能攝心鎮靜，首先摒住呼吸，緊閉兩眼，並且緩緩彎腰伏在沙上，藉以減少受風的面積。

然而，不到片刻，他卻發現兩隻腳踝，竟已迅速地被沙掩沒，而且那掩蓋的深度更逐漸加深，不多一會，已齊大腿。

平凡上人駭然大驚，忖道：「似這樣下去，只怕不等風過，我老人家早已活埋在沙堆中了。」

這個念頭在他腦海中一掠而過，慌忙雙掌一按浮沙，兩足用力拔了出來。

不料這一拔，卻造成了一件奇特的遇合。

試想那狂風之力何等巨大，平凡上人如果屹立原地，摒住呼吸等待，風過時雖然極可能被埋在沙中，但以他的內功修練來說，短暫的浮沙掩蓋又怎能傷害得了他，如今他縱身拔出兩隻腳，定身的力量一但失去，登時被風一捲，接連在沙上翻了幾個觔斗。

平凡上人這一輩子可說是從來沒有現在這樣狼狽過，一著失機，再要拿樁定身，便成爲不可能。

他那龐大的身子被風捲得幾起幾落，跌跌撞撞由不得自主，他雙手左右亂抓，沙漠可又毫無可以攀沿之物，平凡上人索性蜷腰用手抱著頭，就像一隻皮球似的，任那疾風吹刮得滾滾而前，他仗著武功修爲，自然不會受傷，心裡卻暗自解嘲道：「這樣倒省力氣，最好能把我刮得滾過沙漠，倒不需用腿趕路了。」

翻翻滾滾、昏昏沉沉，天地不停地旋轉，平凡上人乾脆運起功力護身，極力閉住呼吸，心道：「只要不把我老人家吹下懸崖，吹上刀山油鍋，我老人家便不怕！」

不知道過了多久，風力漸弱，滾動也漸漸緩慢下來，平凡上人仍是不變姿態，只是緩緩呼吸一些空氣，倒酣然大睡起來。

又不知過了多久，他一驚而醒，只覺身體已經完全不動了，耳邊再也沒有風聲，這才舒臂挺身站了起來，放眼一看，自己果然置身在沙漠邊緣，橫在他面前的，竟是一條青蔥碧綠的高原山嶺。

他欣喜地合十笑道：「阿彌陀佛，該當辛捷那小子命不該絕，一陣神風，省得我老人家多跑許多冤枉路！」

平凡上人揮去身上沙粒，放開腳步，疾行登山，在這種腳踏實地的山嶺中，他真是矯捷得宛如一隻狸貓，那消片刻，已經飛登山頂。

這山嶺綿延千里，上面卻不見突出的奇峰，山頂平平，就像一道城牆擋在沙漠盡頭。

平凡上人立在山頂，略爲辨別了一下方向，大袖揮處，人已如脫弦之矢，掠身而起，但當他身形縱起之際，卻掃目望見那邊山腰處有幾個移動的人影！

那些人雖然還遠在數里之外，平凡上人目力尖銳，已看見是一行四人，正急急向山頂行來。

平凡上人沉氣落地，索性盤膝坐下，心想：乾脆等他們上來之後，問清楚地方再趕路也不遲。便掏出水糧，悠然吃喝起來。

那上山的四人腳程竟也極快，不出半個時辰，一個個全都登上了山頂，平凡上人一眼瞥見那爲首之人，登時心吃一驚，扭身一晃，飛快地隱在一塊大石之後……

原來他已看出那為首的人，竟是恆河三佛座下愛徒金魯厄，他昔年曾隨「恆河三佛」到小戢島找「海外三仙」較量武功，所以平凡上人識得他的面貌。

金魯厄領著三位師兄翻上山頭，四周張望一眼，長長吁了一口氣，笑道：「各位哥哥，你們看這個地方如何？地勢隱密，正好對著洞口，真是再好不過了。」他說的自然是梵語，但平凡上人對梵語素有研究，是以聽來毫不困難。

加大爾笑道：「五師弟不愧是咱們波羅四奇的智囊，這個主意真是再妙不過啦！」

溫成白羅也道：「這一次咱們一定能成功了，師父一死，密陀寶樹還不是刀下之鬼嗎？」

平凡上人見他們得意地談笑，自己卻不知他們目的何在？心想：「我老人家急也不在一時，倒要看看你們要搗什麼鬼？」

忽又聽一個黃衫頭陀說道：「你們先不要太高興，據我看，師父功力未失，加上兩位師叔，何況這幾天難保密陀寶樹那賊和尚不來護關，咱們要想得勝，只怕還要費些力才行。」他似乎忘了自己也是頭陀，竟罵起人家賊和尚。

金魯厄笑道：「二師兄，你儘管放一百二十個心，密陀寶樹呆頭笨腦，決想不到咱們會趁洞中風火停熄之際下手，再說他縱便趕來，咱們也不懼……」說到這裡，眼中忽然射出一股怨毒無比的凶光，冷笑兩聲，又道：「老傢伙一掌之仇，我金魯厄今番必要報復了。」

那加大爾是個渾人，但心地尚較善良，眉頭一皺，道：「五師弟，我說咱們逼他交出掌門之位自然可以，卻不必要殺他……」

金魯厄不待他說完，搶著道：「我們不殺他，他必會殺我們，三師兄，這種事萬萬不可手下留情的！」

加大爾默然不語，金魯厄又道：「咱們準備半夜下手，現在大家先休息一會吧！」於是四人盤膝坐下，各自運功調息起來。

平凡上人暗暗詫異不止，忖道：「聽這幾個畜牲口氣，好像要暗算師父師叔，這麼說，豈不是要對『恆河三佛』下手麼？這件事我老人家不能不管了。」

他索性也不吃東西了，盤膝坐下，也在石後靜坐行功，一面傾聽金魯厄等動靜。

慢慢日影西墜，天已入暮，沙漠氣候晝熱夜冷，一陣風過，使人不期然有些涼意。

平凡上人偷偷瞥見金魯厄四人仍在靜坐，一個個動也不動，就像山上原有的四塊石頭一般，心裡不禁暗讚，天竺武學，端的精深博奧，單只這四人功力，中原便已少有敵手，如今中原武林若非辛捷等幾個天縱奇才，真不知會淪亡到何等地步呢！

他陡然間又憶起辛捷的傷勢，不知現在已經惡化到什麼模樣了？無恨生能尋到毒君金一鵬嗎？高戰能平安護送辛捷回到沙龍坪嗎……？許多煩惱事，這一刻全湧到心中，使他真想不再耽誤，早些上路去尋取蘭九果。

驀地，忽聽金魯厄冷笑兩聲，低聲說道：「那賊和尚果然來了，等一會再不要輕易放過他！」

平凡上人循聲望去，果見一條黑影，正急急翻過對面一座山脊，向高原上飛竄。那黑影功力顯然還在金魯厄等人之上，夜色中只見他袍袖飛拂，步履沉穩，手上提著一根頗顯沉重的巨大禪杖。

溫成白羅接口道：「咱們何不現在下手，先除了他？」

金魯厄搖搖頭，道：「現在時候還早，不可打草驚蛇，反被洞裡三個老傢伙發覺。」

言談之間，對山那黑影已經隱入一片密林之中。平凡上人心中一動，忖道：「我老人家何苦在這裡跟他們窮耗，乾脆先到那裡頭去，來一個以逸待勞豈不更妙！」

主意一定，輕輕站起身來，擰腰一翻，飄落山下……

金魯厄耳目極是敏銳，平凡上人起步時僅只一聲輕得不能再輕的聲音，竟陡地被他查覺，慌忙挺身縱起，沉聲叫道：「不好！這山上有人藏著？」

那黃衫頭陀青塵羅漢等也紛紛躍起身來，但大家運目搜尋了一遍，卻並未發現人影。青塵羅漢道：「五師弟你別太緊張了，必是蟲蛇竄動，偶發出聲音罷了。」

金魯厄道：「不！我清清楚楚聽得是衣帶飄起的風聲，絕不是蟲蛇小獸的聲響。」

溫成白羅笑道：「那就怪了，當今天竺那裡還有這種高手，能在我們波羅四奇置身近處縱容來去，使人一點影子也看不出來？」

加大爾突然低聲說道：「難道是鬼麼？」

這句話一出口，連金魯厄也不由自主機伶伶打了個寒戰，天竺人迷信極深，神鬼之說，人人深信，金魯厄等雖都是身負絕藝的武林高手，但作賊心虛，更加膽寒。

那加大爾頭腦最簡單，自己說了這句話，自己倒先頭皮發麻、心驚肉跳，膽怯地又道：「我看還是罷手吧！欺師滅祖，菩薩真會降罪的！」

青塵羅漢等面面相覷，六隻眼睛彼此相望，大家神情都緊張萬分。

金魯厄心念疾轉，忽然笑道：「啊！果然只是一隻野鼠，你們瞧，牠那一雙賊眼，還瞪著咱們瞧呢！」

眾人順著他手指的方向望去，果有一隻野鼠遠遠地望著他們，骨碌碌的小眼中充滿了驚疑和詫異的光芒。

青塵羅漢鬆了一口氣，道：「五師弟，你別再這樣大驚小怪了，一隻小鼠，把咱們全嚇了一大跳。」

金魯厄點頭笑笑，仍然反身端坐，不再出聲。

其實他心中分明知道，剛才的異聲絕非那隻小小的野鼠弄出來的，但他如果明言，加大爾等人勢必膽怯情虛，豈不壞了大事，他本是一代奸雄，心念微動，便自承聽錯了聲音。安定了眾人之後，自己卻傾神注意著周圍任何一點聲音和動靜！

響。

然而，他終於失敗了，任他凝神傾聽了許久，山頂上卻再也沒有任何人類呼吸或移動的音響。

時間在沉靜中緩緩流過，將近子時，金魯厄從地上騰身而起，低聲道：「各位哥哥，時間快到了，咱們動身吧！」

溫成白羅隨聲立起，摸了摸肩上長劍，顯得有些緊張不安，道：「下手之時如何分配，現在要不要再商酌一下？」

金魯厄道：「就用咱們已經商議好的方法，風火一熄，三師兄和我進洞下手，二師兄和四師兄把守洞口，就便擋住密陀寶樹那賊禿。」

他宛然像一個臨陣指揮的大將，眼珠轉了兩轉，伸手向加大爾道：「三師兄，把迷藥和解藥都給我。」

加大爾從懷裡掏出兩隻小紙包，慎重地遞給金魯厄，金魯厄拆開其中一隻，取出四粒藥丸，自己留下一粒，將其餘三粒分給了青塵羅漢、加大爾和溫成白羅，然後將另一個紙包揣進懷裡，揮揮手，當先馳下山頭。

四人展開身法，不久來到對山，金魯厄駐足在那片密林之外，側著耳朵聽了片刻，臉上突現喜色，低聲說道：「你們聽，風火之聲已經小得多了！」

青塵羅漢等也忙凝神傾聽，林後傳來一陣「霍霍」聲響，漸漸趨於低弱。

金魯厄擰身而起，直撲林中，沉聲道：「快些！風火要熄了！」話聲未落，人已隱入林中，青塵羅漢三人略爲一頓，也跟著騰身拔起，奔進密林。

密林外是一片峭陡的山壁，壁下一個石洞，正與密林遙遙相對，約三丈左右，地上一片枯焦，寸草不生。

那「霍霍」之聲正是從山洞中發出來的，不但如此，洞中更有一股熊熊火焰向外噴射，正像一隻被風搧得火勢旺盛的火爐。

那火焰並不泛紅色，卻發出一種暗綠色陰森森青濛濛的光芒，是以雖在黑夜，密林外也不易看見火光。

一個矮小粗壯的和尚橫杖坐在洞口一丈以外，正是「恆河三佛」座下大弟子密陀寶樹。

原來這風火洞終年噴出怪火封閉洞口，任何人無法進入，天竺人視爲魔鬼，連行經附近百里的人都遠遠避開，生怕沾染上邪惡之氣，金魯厄曾在「恆河三佛」處學得一身武功，自認將來必是天竺之主，便曾私下到洞口附近勘探多次，竟被他發現每年六月和十二月中各有幾個時辰，洞中風火會自動停熄，若是身負絕頂武功的人，不難運氣逼住洞口剩餘的火力進入洞中。

他當年雄心勃勃，幾次想要冒險入洞看個究竟，但終因三個時辰轉眼即過，只怕來不及退出，會被活活燒死在洞裡，所以一直沒有嘗試過。

後來他偷閱金伯勝佛秘文，知道師父不肯將掌門之位傳給自己，一氣之下，便設計哄騙兩位師叔伯羅各答和盤燈孚爾，說風火洞中藏有上古奇珍，只要在一個對時之內退出洞外，必可毫髮不損，伯羅各答等信以爲真，冒險進入風火洞，終於陷在洞中未能出來，金魯厄這才放膽下手暗算師父金伯勝佛，迫他將掌門大位交給自己。

金魯厄狡計被高戰無心撞破，金伯勝佛負傷進入風火洞，金魯厄兀自不肯死心，曾潛來洞口窺探，發覺「恆河三佛」在洞中不但未死，相反地倒練成一種驚世駭俗的外門奇功，他暗思一旦三佛脫身出洞，定然放不過自己，這一次特地從漢人手中高價購來一包烈性迷藥，名叫「透骨香」，決心使用迷藥下手除去「恆河三佛」。

不想這事，恰巧竟被平凡上人撞見，這也是天意如此，冥冥之中，對一切似乎早已安排妥當了……

那一片密林枝葉密茂，林中黑漆漆不辨五指，金魯厄壯著膽領先開路，才行了不到一半，突覺有一股微熱的細風，吹向自己頸脖。

他駭然一驚，反掌一揮，身側碗口粗一株大樹應手而斷，沉聲喝道：「是誰？」

這一聲呼喝，使後面的青塵羅漢等人大吃一驚，一齊停步錯掌而待，半晌卻沒有聽見第二次異動，加大爾問道：「老五，是怎麼一回事？」

金魯厄心裡毛骨悚然，但卻勉強笑道：「沒什麼，原來只是一支垂下的葛籐，我還以爲真有什麼膽大包天的人要來找死呢！」

青塵羅漢鬆了一口氣，埋怨道：「下次你千萬弄清楚再動手，像這樣草木皆兵的窮緊張，只怕沒出林子，咱們全被你嚇死了！」

金魯厄不便分辯，傾聽片刻，左右的確未聞呼吸聲響，心裡暗懷鬼胎，硬著頭皮緩緩舉步……

誰知才走了丈許，突又有一個毛茸茸的東西，在他面頰上拂動！

他又是一驚，但卻不便叫出聲來，連忙停步不動，兩雙眼骨碌碌一連數轉，掌上暗蓄真力，凝神而待。

過了片刻，他已查覺那東西不過是一株馬尾草，但那草尖一會在他臉上撫動，一會鑽他耳朵，一會兒又戳他眼睛，分明有人操縱，存心戲弄自己。

金魯厄心裡「砰砰」狂跳，駭然忖道：「這傢伙隱藏林中戲弄，身手矯捷無匹，天竺當今何來這等高手？」

心念未已，那馬尾草突然向下一滑閃電般探進金魯厄鼻孔之中，金魯厄一陣酸癢，忍不住「阿欠」打了一個噴嚏！

加大爾心頭猛地一跳，抱怨道：「金魯厄，你忍住一些不行嗎？人家都在心驚之際，打什麼噴嚏？」

金魯厄真是有苦難言，他明知這林中藏著絕世高人，自己只要出手，保準落空，那時不但被眾人抱怨，更怕眾人膽怯不肯再向前走，他有心要一舉迫使對手現身，無奈林中太過陰暗，敵暗我明，只怕難如所願。

心念疾轉，金魯厄突然揮手一掌向林中拍了過去，卻沉聲叫道：「各位哥哥快些，風火快要熄了！」說著身形如電，早已穿林而出。

他這一手用得果然有效，青塵羅漢等人精神齊都一振，果然聽見那「霍霍」風火之聲已漸趨低微，於是一齊放開腳程，飛奔搶出林來。

密陀寶樹正盤膝趺坐爲師父護法，陡聽得林中聲響，抬頭一看，登時怒火上衝，提杖躍起身來，喝道：「金魯厄，你們又到這裡做甚？」

金魯厄逃出密林，心裡方才一鬆，掃目四顧，火光照映之下，風火洞前只有密陀寶樹一人而已，他暗吁了一口氣，陰陰笑道：「咱們特來恭賀大師兄，今後你便是天竺門的掌門人了，難道還不值得慶賀嗎？」

密陀寶樹正色道：「師父尚在，你怎敢這麼說？」

金魯厄緩步欺了過去，一面取了一小撮「透骨香」暗藏指甲中，一面笑道：「大師兄，你真的不知道麼？師父、師叔他們今天都要歸天啦！」

密陀寶樹是個忠厚人，聞言吃了一驚，急問：「這是什麼話？你從哪裡聽來的？」

金魯厄嘿嘿乾笑著，腳尖猛點地面，身如鬼魅般閃電欺身而上，左掌一揚，喝道：「我就是從這裡聽來的！」
那密陀寶樹駭然退後一大步，巨杖掄起，「呼」地一聲橫掃過來，應變卻是十分迅速。
無奈金魯厄早已處心積慮，趁他杖端掠到，忽然深吸了一口氣，胸腹一收，密陀寶樹的杖頭已貼身走空，只見他右手疾抬，屈指輕彈，「透骨香」已經出手！
密陀寶樹一招落空，大喝一聲，帶轉杖身，正要反劈上去，突覺一股濃香撲鼻，登時頭昏目眩，機伶伶打了個寒戰。
那「透骨香」端的藥性極烈，才一觸及，任他密陀寶樹內功深厚，也覺真氣窒阻，再也支撐不住，舉起的禪杖尚未落下來，剎時天旋地轉，業已頹然倒在地上。
金魯厄得意地向三個師兄笑道：「如何？有了這個寶貝，一招之下便制住了密陀寶樹，師父功力再高，今夜也叫他超昇極樂。」
青塵羅漢等人喜道：「這東西果然妙用無窮，虧那大力神想得出來，今番成功，倒是不可忘了他的功勞。」
金魯厄撒出長鞭，湧身越過密陀寶樹竄到洞口，這時恰到午夜，那風火洞口的火焰已經只剩一小點綠色暗光，加大爾提著長劍緊隨金魯厄身後，青塵羅漢和溫成白羅分立洞口兩側，八隻眼睛灼灼不瞬地注視那即將熄滅的火光。
碧綠的光芒照射在他們四張神情凝重的臉上，使他們臉面髮梢也蒙上一層青光，遠遠望去，顯得猙獰萬分。

過了約莫半盞熱茶光景，洞口火焰只餘下最後一股跳動的火舌，接著，那火舌伸縮兩次，也遽然滅盡。

金魯厄招招手，低聲道：「三師兄，請跟我來。」一低頭便向尚有餘煙的洞口鑽去。

那洞口大約有三尺高，壁間光滑整齊，宛如人工砌造，金魯厄剛鑽進一個頭，突然空中弧光一閃，「轟」然一聲霹靂，震得萬物一慄。

青塵羅漢等盡都嚇了一大跳，仰頭望天，一片又濃又厚的烏雲從西飛馳而來，緊跟著閃電和雷聲滾滾而至，眼看一場大雨就要降落。

加大爾膽怯地說道：「老五，咱們別進去吧，天神都在發怒了！」

金魯厄陰沉沉道：「良機即逝，你們要想永霸天竺，只有這短短三個時辰，再要遲疑，就萬劫不能超生了！」

青塵羅漢道：「這風火洞是魔鬼之地，進去的人，必死無疑，我看師父他們只怕早死在洞裡了，何必再去查看呢？」

金魯厄突然猙獰地吼道：「你們這般膽小，怎能成得大事？師父如果已死，密陀寶樹還呆坐在這兒做甚？難道你們連他也不如嗎？你們不進去，我一個人去！但掌門大位，你們卻沒有份了！」

青塵羅漢爲難地望望加大爾和溫成白羅，面上頗有心動的表情，原來金魯厄煽動他們叛師欺宗的時候，曾許他們每人輪流執掌天竺掌門大位，這青塵羅漢乃天竺門第二名弟子，私心何嘗不早覬覦那掌門大位，聽了這話，不禁怦然心動。

金魯厄察言觀色，已有主意，突然大聲喝問道：「誰願意跟我去的，事成之後，便由他先登掌門大位！」

青塵羅漢果然忍不住，一橫心道：「好！我和你去走一趟！」說著提劍跨到洞口！

金魯厄嘿嘿一陣冷笑，掃了溫成白羅和加大爾一眼，笑意之中，頗有譏嘲之意，溫成白羅垂頭道：「那麼，三師兄和我守洞口。」金魯厄應了一聲，正要轉身入洞，驀聞一聲冷冷的聲音發自身後，道：「誰敢踏進洞口一步，老衲就叫他永遠也別再出來了！」

加大爾最畏鬼神，聞聲扭頭看見電光閃爍之下，竟有一個十分威嚴的老和尚屹立在自己身後不足一丈之處，那老和尚飄然而立，僧衣微擺，不是神仙降世是什麼？登時兩腿一軟，「噗」地跪倒，叩頭求道：「老菩薩，這事全是金魯厄逼我們幹的，求菩薩大發慈悲！」

平凡上人緩緩舉手招了招，道：「金魯厄，你過來！」

這時候，青塵羅漢和溫成白羅都驚得目瞪口呆，動也不敢稍動，因爲平凡上人口裡講的是梵語，神態又飄逸出塵，在天竺境內，他們可從未見過這樣一個和尚，也暗暗猜想必是天上老神仙無疑。

金魯厄雖然也心驚肉跳，但他凝神看一會，卻突然認出這和尙竟是中原武林的泰山北斗，大戢島主平凡上人。

他不由自主的驚呼出聲：「啊！怎會是他……」

平凡上人笑道：「是我老人家又怎樣？莫非你還敢不服管教嗎？」

金魯厄沉聲叱道：「加大爾，你起來，這傢伙那兒是什麼神仙，他只不過是中原來的野和尙，咱們合力上前，一定能打贏他的。」

加大爾半信半疑，注目向平凡上人看了又看，自覺也對這和尙似曾相識，只是一時記不起來，吶吶道：「真的麼？我也好像在哪裡見過他？」

金魯厄喝道：「你忘了咱們在中原揚威稱霸的時候，這和尙不是分明跟咱見過面？中原和尙，只有他會講梵語。」

他轉頭又大聲用漢話向平凡上人叱道：「野和尙，你到天竺來管咱們的閒事，我看你是活得不耐煩了。」

平凡上人淡淡一笑，也用漢語答道：「你這背師欺祖的小賊，你師門待你何等恩重，你竟敢忘恩背義，幹起殺師的勾當來，既然被我老人家撞見，少不得要代你師父懲處你這畜牲！」

加大爾苦心思索，忽然記起「無爲廳」的往事，膽子登時又壯，躍起身來，用梵語咒罵道：「他媽的，原來是你這老東西裝神扮鬼，害得老子向你叩頭，金魯厄，讓我去鬥一鬥。」

金魯厄自然求之不得，長鞭一抖，叫道：「這老東西功夫不壞，咱們乾脆用陣法對付他，早些把他了結！」

青塵羅漢慨然應諾，四人一齊躍身過來，分站四方，布好陣勢。

平凡上人搖頭笑道：「當真是不見棺材不落眼淚，這區區陣法，又怎放在我老人家眼中，看來不重重處罰一番，你們是不會醒悟的了。」

金魯厄振索一揮，大聲道：「各位哥哥，大家動手，千萬不要放走這老鬼。」

波羅四奇三劍一齊出手，陣法一施，四股兵刃同時向平凡上人捲了上來。

平凡上人輕嘆一聲，大袖微拂，繞身一個疾轉，四周登時成了一堵看不見的氣牆，金魯厄等吃那內家至高勁力一擋，個個倒退兩步，半招也遞不進去。

金魯厄又高聲用梵話叫了一遍，陣法頓時飛動起來，四面八方，人影幢幢，全是金魯厄等人蹤影，四股兵器狂掃疾捲，彷彿一隻插著利劍的車輪，圍著平凡上人飛捲。

這陣勢當年圍困辛捷、吳凌風、孫倚重和金欹，後來又曾經困住密陀寶樹，每一次都發揮了難以想像的威力，幾乎使辛捷等小一輩的英才束手無策，平凡上人雖然功力精深，一時也被這種陣法弄花了眼睛。

他起初想不到這陣法有如此威力，略一疏神，險些吃了大虧，連忙收斂心神，全心應付，直過了半個時辰，才漸漸能夠應付裕如，但卻絲毫也不敢大意。

金魯厄見陣法仍不能勝得平凡上人，時間卻耗去不少，心裡焦急，越加怒叫連聲，催動陣法加速轉動。

平凡上人雙掌不停揮動，一面拆招護身，一面細心審視那陣法的破綻，又過了快有一個時辰，才漸漸被他看出一些端倪來。

原來這陣法本從「六合陣式」蛻變而來，昔年「恆河三佛」傳授這套陣法，乃係專爲門下六名弟子合擊之用，後來四弟苦行僧巴魯斯偷了達摩秘笈輕功篇脫逃，門下只剩五個弟子，不過密陀寶樹內功極佳，尚能彌補人手的不足，如今只有金魯厄四人施展這「六合陣」，難免便有許多破綻顯露出來。

平凡上人是何等眼光，略一沉吟，已知道只有使用「達摩秘笈」輕功篇所載快速身法，不難以快制快破去此陣，但他終是有道高僧，轉念又想道：「我破了此陣之後，金魯厄情急之下，勢必惹得我老人家出手傷人，但我修爲百年，從未傷過任何敵手，又豈能在天竺破此戒律？何不等三個時辰拖延過去，那時再懲戒他們一番，也就罷了。」

他懷著悲天憫人之心，只採守勢，不作進攻，這一來，卻把金魯厄急得頭上冒煙，七竅火生！

眼看時間無情地消失，風火洞最多還有半個時辰又將發出怪火，現在立刻進洞，還不知來不來得及退出來，而平凡上人卻愈來愈沉住氣，彷彿那凌厲陣法不在他意中。

他惡念陡生，忙探手抓了一撮「透骨香」在手，同時高聲叫道：「各位哥哥，快準備解藥。」

青塵羅漢知他必要使用迷藥，三人抽劍停身，撤去陣法，各自躍退了一大步，忙忙向懷裡去取解藥應用。

平凡上人笑道：「金魯厄，你要用透骨香對付我老人家？那敢情很好，我老人家準備好啦，你這就開始吧！」

他一面從懷裡掏出一粒藥丸，塞在鼻孔上。

金魯厄大感奇怪，忖道：「這老狗怎的也有解藥……？」心念未已，忽聽加大爾大聲叫起來。

「不好，我的解藥被這老東西偷去了！」

金魯厄氣得狠狠一跺腳，低聲咒罵幾句，握手道：「咱們用車輪戰累死這老狗，今夜大事反正被他壞了！」

青塵羅漢一挺長劍便想上前動手，平凡上人笑道：「傻瓜，你們四人齊上尚且奈何我老人家不得，你何必當先一人上來送死呢？」

青塵羅漢聽這話有理，果然遲疑起來。

金魯厄大怒，只好一抖長索，準備自己先上，打一個榜樣給師兄們壯壯膽，那知人還未動，突聽身後「轟」地一聲巨響，火舌閃動，「霍霍」之聲又起，顯然時辰已到，風火洞口怪火又起，這次他們是註定又失敗了。

金魯厄一番心血，盡付東流，不禁呆了，扭頭向洞口望去——

這一看，卻把他嚇得三魂出竅，敢情他身後不遠正赫然並肩站著三人，竟是他一手騙進風火洞的兩位師叔和師父金伯勝佛。

「恆河三佛」臉上一片木然，六道懾人心魄的灼灼目光，射在這四個叛徒身上，青塵羅漢等嚇得失魂落魄，怔怔呆立著，幾乎忘了自己是生是死！

半晌之後，金伯勝佛才緩緩說道：「孽障們，還不跪下領罰麼？」

青塵羅漢，溫成白羅身不由己，雙雙跪倒，加大爾張惶地望了金魯厄一眼，也跟著俯跪地上，金魯厄自知罪孽深重，橫豎是死，狠狠一挫牙，一聲不響騰身而起，右手飛快的一揚，「透骨香」向「恆河三佛」迎面撒去，右手長索疾抖，竟然暴點師父金伯勝佛的雙眼。

他是存心拚命，出手既快又狠，迷藥和長索幾乎同時襲到。

金伯勝佛大袖一揮，刹時漫天勁風飛捲，「蓬」然一聲，金魯厄登時像斷線風箏，幾個翻滾，直墜入三丈外的密林之中，但金伯勝佛卻同時嗅到一股異香，腦中頓時昏眩起來，身子搖了兩搖，險些栽倒。

他不由大吃一驚，慌忙閉氣護住內腑，驀覺一縷勁風射到，探手一接，竟是一粒藥丸，他感激地抬頭向平凡上人笑笑，平凡上人卻對他擠擠眼，又將手向鼻孔上一比，示意要他塞住鼻子。

金伯勝佛塞上解藥，果然眩昏之象盡失，他且顧不得懲處叛徒，大步走向平凡上人，拱手躬身道：「天竺一派，已多次承中原武林援手，敝師兄弟終身難忘！」

平凡上人卻笑道：「我可不是為了幫你來的，你先別謝錯了人。」

金伯勝佛訝道：「不敢動問，老菩薩果為何事蒞臨邊土？」

他心中對平凡上人已衷心敬服，這才改口稱他為天竺至高尊稱——老菩薩。

平凡上人笑道：「說出來不怕你笑話，老衲此來，正是要向你們天竺討一點東西。」

金伯勝佛面露喜色，忙道：「老菩薩需用何物，只要天竺有，那怕是皇宮珍品，在下也能替老菩薩取到。」

平凡上人便將辛捷受了「腐石陰」重傷，需用蘭九果解毒之事，大略說了一遍。金伯勝佛駭然道：「原來是辛少俠受傷，蘭九果區區之物，不須老菩薩掛懷，但不知可有需用在下師兄弟之處，在下等願同老菩薩往中原一行。」

平凡上人笑道：「這卻不必，你只送我幾個果兒，老衲便感激不盡了。」

那金伯勝佛沉吟片刻，急忙用解藥救醒大弟子密陀寶樹，令他立刻馳返北天竺金英家中去取蘭九果，然後從身邊掏出一本小冊子，雙手遞給平凡上人，虔誠地道：「在下那大弟子腳程極快，大約一、二時辰便可返回，這是在下師兄弟困居風火洞中所悟一點武學，權當敬禮，奉獻老菩薩消閒。」

平凡上人知他這小冊子上必然載著什麼曠世絕學，但卻淡然笑道：「老衲雖然嗜武，但豈肯掠人之美，這東西還是你們自己收著吧！」

金伯勝佛尷尬地道：「在下也知這不過微末之見，難邀老菩薩青睞，但總是我等一番心意，老菩薩如不屑一顧，就請代贈中原少年英傑高戰高大俠如何？」

平凡上人不好意思再推卻，只得稱謝接了過來，看也不看，隨手塞在懷裡。

那金伯勝佛對平凡上人敬服萬分，師兄弟三人邀請上人就在風火洞前席地坐下，暢談起來，青塵羅漢等三人直挺跪在地上，他們竟如未見。

倒是平凡上人忍不住，問道：「那三個叛師之徒，各位準備如何處置呢？」

伯羅各答正色說道：「欺師滅祖，在天竺刑責來說，是要挖目斷體，受十日煉魂苦楚的。」

平凡上人聽了笑道：「這原是貴門之事，老衲本不該置啄，但據老衲觀察所知，罪魁全在金魯厄一人，他們不過受人挑撥，盲從行事，而且在來到此地之際，三人俱已有悔意，我佛說：『放下屠刀，回頭是岸』。三位若願聽老衲愚見，何妨賜彼自新之途，命他們痛改前非，既往便可不究了。」

伯羅各答肅然道：「老菩薩慈悲襟懷，令人敬仰，我等定當遵行便是。」回頭向青塵羅漢等叱道：「聽見了嗎?還不趕快拜謝老菩薩恩典。」

青塵羅漢等慌忙膝行上前，叩首見血，心裡莫不對平凡上人感戴無涯。平凡上人今日一念慈悲，將來果然收得善果，那青塵羅漢後來累助中原，天竺一門從此輸誠愛戴，對後來辛平成名，實有莫大助益，這是後話。

恆河三佛陪著平凡上人直談到天色破曉，密陀寶樹果然取來十隻蘭九果，三佛責令青塵羅漢等就在風火洞前面壁三年，由密陀寶樹監視，然後三佛歡送平凡上人動身，直送到走完了沙漠，方才依依告辭。

卅一　大地蒼茫

日落西山，寒鴉繞林，淡淡的晚風，將小鎮村野的炊煙，吹得搖擺不停，正像一個個披著烏紗的女郎，在輕擺柳腰起舞。

慘淡暮色之中，一輛篷車，緩緩向沙龍坪前進。

篷車上坐著四個人，三個人愁眉苦臉，另一個人卻沉沉昏睡，不省人事。

那心情沉重的三人，乃是辛捷閤家三口，不用說，昏迷沉睡的便是高戰了。

馬車緩緩地前進著，高低不平的道路，使車身不斷左右搖擺，車底的軸上，傳來陣陣吱吱格格的聲響，車座內誰也沒有開口說話，各人心頭卻像壓著一塊沉重的鉛塊。

高戰臉色蠟黃仰身而臥，兩眼緊緊閉著，但悠緩的呼吸卻使他的胸部在劇烈地起伏著，像一個重病的人，正爲生命作最後的掙扎。

張菁傍著高戰而坐，兩道黛眉緊緊鎖在一起，一隻手摟著辛平，愁思滿懷望著道旁緩緩後退的山景樹影，忽然輕輕嘆了一口氣，道：「唉！總算又到家了！」

她這句話不對誰而發，因此也沒有人回答，只有辛平仰起頭來望了母親一眼，又黯然垂下頭。

張菁愛惜地輕撫著愛子，柔聲問道：「等一會又可見到梅公公了，你高興嗎？」

辛平卻沒回答母親的話，竟反問道：「媽，妳看梅公公會有辦法治好高大哥的傷麼？」

張菁笑道：「梅公公學究天人，世上沒有什麼事能難得了他，他一定會想出辦法替高大哥療好傷勢。」

辛平忽然吁了一聲，道：「能這樣就好了，媽！我真擔心高大哥的傷會……」

張菁忙掩住愛子的口，沉聲道：「平兒，不許胡說，高大哥捨命救你爹爹，咱們便是拚了性命，也要替他治好傷勢。」

辛平點點頭，眼眶一陣紅，沒有再說什麼，他年紀雖然甚小，但此時卻也嘗到人世感情的煎熬。

車子轉過一處，那精緻山坡的小屋已然在望。

張菁探頭窗外，向那小屋張望一眼，皺著眉道：「奇怪，怎不見汶兒和玉兒呢？」

這時，梅香神劍辛捷高踞車頭駕車，他本是低垂著頭在沉思，聽了這話，忽然心中一動，抬起頭來。

那小屋仍然無恙屹立在梅林中，紅梅似海，遍地嫣紅，風光依舊，只是現在正當晚炊之際，怎不見屋頂煙筒冒出炊煙呢？

屋前林中，一片死般沉靜，連鳥語也未聞一聲，死寂之中，透著一些古怪。

如果在平時，晚炊之際，林汶在廚中作飯，梅山民一定在屋前逗弄林玉，或在梅樹下獨酌，或在曠場中賞梅，或者說個故事，逗得林玉笑鬧不依，梅山民老懷大暢，總是宏聲大笑……然而，今天情形竟有些不同，屋頂不見炊煙，屋前不見人影，那麼屋中的人，都到哪裡去了？

辛捷說不出爲什麼，突然心裡一陣狂跳，竟忘了車中重傷的高戰不能劇烈顛動，長鞭一揚，鞭梢在空中「啪」地捲起一聲脆響，拖車的馬兒放開四蹄，急急向小屋奔去。

轉瞬間，已到屋前，辛捷一手猛地拉住馬韁，尙未等馬車停穩，竟從車轅上縱身而起，落在地上，大聲叫道：「汶兒！玉兒！妳們在哪裡？」

張菁從車篷中伸出頭來，埋怨道：「噓！輕聲一些，你這樣會把戰兒嚇一跳的……」

辛捷狂呼兩聲未見回應，心裡已知必有變故，招招手道：「菁兒，妳快下來，家裡有些不對勁了……」

這句話還沒說完，掃目一瞥，果見大門之上，掛著一把鐵鎖。

辛捷心中「噗噗」亂跳，下意識的縱身上前，手掌起落，拍斷鐵鎖，一抬腿踢開屋門，沉聲叫道：「梅叔叔！梅叔叔！」

屋中陰森森沒有一絲人聲，靠牆桌上，還放著一隻酒壺一個酒杯，辛捷掠身縱上前去，取了那酒壺一搖，裡面尚有半壺剩酒。

這時，張菁和辛平均已奔來，三人飛快地在屋中搜了一遍，梅山民和林氏姊妹床上俱都被褥未整，但人卻不見蹤跡了。

辛捷神情激動萬分，急聲道：「菁兒，妳在車旁守護戰兒，平兒快往山後找一找，我進地下秘室去搜一遍，這事太出意外，只怕不妙得很。」

張菁和辛平應聲奔出屋外，辛捷剛撥動牆上壁圖開啓暗門，突聽辛平一聲驚呼：「爸！你來看，這是什麼？」

辛捷轉身一掠出屋，只見辛平手指抖動，又驚又怕的指著門邊梅樹下一堆新土。

他忽然感到體內熱血沸騰，足尖猛點地面，騰身趕到那土堆前，低頭看看插在土堆的一塊木牌上字跡，頓時失聲驚呼，手掩著口，一連向後退了三四步。

原來木牌上寫著五個字，正是：「梅公公之墓」

張菁駭然呼道：「呀！這是汶兒的手筆……」

她用力搖撼著頭，眼中熱淚盈眶，喃喃又道：「啊！這不會是真的！這不會是真的……」

辛平道：「我知道了，這必是玉妹妹知道咱們要回來，故意弄出一個假墳，想騙我們……」

辛捷叱道：「胡說，這是什麼事，豈能開得玩笑麼？這墓裡難道……難道真是梅叔叔？」

梅山民十年撫育之情，歷歷如在他眼前，饒他現在已是一代大俠，但說到後面幾個字，卻已哽咽不能成聲，眼淚像斷線珍珠般滾落下來。

他從一個無依無靠的孤兒，十年養育授藝，一手將他造成武林奇葩，如今他名成藝就，娶妻生子，哪一樣不是出自梅山民所賜？

假如沒有梅山民，他縱或不死在「海天雙煞」掌下，也必會餓死在五華山深山之中……往事像一陣煙逝去，但留在辛捷心中的烙印，卻永遠是那麼清晰，那麼深刻，那麼難以遺忘。

因此他不能相信，也不願相信這墳堆中所埋葬的，竟會是他奉若神明，尊若親人的武林鬼才梅叔叔！

可是，那新堆的墳土，墓前的字跡，卻千真萬確的告訴他，梅山民已經死了，而且就埋葬在他腳下的泥土之中。

淚水早已模糊了他的眼簾，他感到腦海中一陣震人雷鳴，踉蹌幾步，險些跌倒地上，這一刻心中感受，竟比中了大魔一掌「腐石陰」毒掌還要難撐百倍。

他喃喃地說道：「他老人家怎麼會死的？誰害死了他？誰害死了他？」

張菁雖然也傷感泣涕，仍然關懷地上前扶住丈夫，柔聲道：「捷哥哥，你先別太難過，咱們……」

那知辛捷突然振臂一揮，竟然將張菁摔開，怒叱道：「若不是妳帶平兒自顧離家，梅叔叔怎會死去？梅叔叔怎會死去？」

辛平驚呼一聲：「媽！」張臂撲上前去，一把抱住母親，回頭叫道：「爸！你怎能怪媽呢？」

張菁扶著愛子緩緩站起身來，垂淚道：「孩子，是媽不對，媽不該撇下梅公公，使他們老的老，小的小，沒人照顧……」她抬起頭來，癡癡地望了丈夫一眼，又道：「但是，捷哥哥，我們母子是來尋你的呀，聽人說你受了重傷，你想咱們夫妻父子，又怎能放心得下呢？」

辛捷大聲哭著，用力揮舞著手臂，叫道：「你們不該來，我便是死一百次，也報不了梅叔叔大恩啊！」

張菁輕移步走到辛捷身旁，溫柔地說道：「捷哥哥，是我不該離開梅叔叔，你打我吧！只要你能不再傷心，便是打死我，我也甘心瞑目……」

辛捷一陣悲慟，探臂又將嬌妻摟在懷裡，泣道：「菁兒，菁兒，你不知道我多愛妳，但是梅叔叔死了，咱們竟連他老人家最後一面也不能見到，他老人家養育我十年，想不到臨死之際，身邊竟沒有一個親人。」

他此時已從有聲的慟哭變成了無聲的飲泣，在他英俊的面龐上，幾乎已佈滿了淚水，張菁陪著丈夫嚶嚶泣，只有辛平似乎迷惘的站在一旁，竟未聞一聲哭聲。

辛捷偶然抬起目光，掃過愛子的臉上，卻不由心底一震。

原來辛平正一瞬不瞬地凝視著梅山民的墳土，眼中雖然熱淚盈眶，但他卻極力忍耐，不使淚水滴落下來，上齒咬著下唇，白森森的牙齒，早就深陷在唇肉之中，鮮血從他那細嫩的嘴角流下來，滴落在衣襟之上。

辛捷驀地從愛子身上，看到自己幼年的影子——

當「海天雙煞」羞辱他的母親，掌劈他的生父，他那時不過十二歲，豈不正與辛平現在的年紀相仿，但他又何曾流過一滴眼淚？他只在心裡反覆的念著兩個字——報仇！報仇！

然而，他畢竟是老了，老，使他喪失了當年堅忍的傲性，使他流下了那可恥的淚水，使他自覺與兒子相較，已成了一個怯懦的懦夫。

辛捷緩緩舉起手來，拍拍辛平的肩頭，沉聲道：「孩子，你要立志替你梅公公報仇！」

辛平突然仰起面孔，輕聲問道：「爸，是誰害死了梅公公？」

「這個……」辛捷被他突然一問，自己也答不上來，心忖道：「是呀！誰害死了梅叔叔呢？」

張菁皺著眉頭，插口道：「或許沒有誰害死他老人家，捷哥哥，你別忘了，他老人家已經七十……」

辛捷猛力搖搖頭，道：「不會！不會！他老人家雖然失去功力，但身體素來硬朗，決不會七十餘歲便遽然死去，何況，他老人家若是老病而死，汶兒和玉兒又怎會一起離開此地呢？」

張菁道：「正因汶兒和玉兒不在，才足見他老人家只是天壽已終，你想想，如果真是什麼大膽狂徒來沙龍坪尋仇，汶兒和玉兒豈能倖免？而且還能從容替他老人家堆墳立墓？關鎖屋門？」

辛捷沉吟地點點頭，半晌之後，突然目射異光，沉聲道：「為了證實他老人家死因，只有一個辦法，平兒，你去拿一隻鐵鏟來。」

張菁驚道：「你……你要開墳？你要他老人家死了也不能安身？」

辛捷毅然道：「妳別攔我，咱們除了要查出他老人家死因，同時也該另備棺木，擇地安葬，豈能就此草草了結他老人家一代盛名。」

片刻，辛平已取來一柄鐵鏟，辛捷跪倒在地上拜了三拜，舉起鐵鏟，一鏟一鏟鏟開那墳上新土！張菁睜大了眼睛看那條起條落的鏟頭，心裡也恰如鏟頭般起落不安。

她多麼盼望墳上鏟開，梅叔叔並沒有死，抑或真的死了，也僅只衰老而終，別無他因。因為她知道，一旦辛捷證明了梅叔叔是死於仇家之手，勢必天涯海角，搜索仇人，這個家又將淪於刀口邊緣。

十多年來，她提心吊膽地生活著，無時無刻不在為丈夫的安全而焦急，仗劍江湖固然無可厚非，但她是女人，是妻子，她不能沒有一點自私的關懷，辛捷名聲愈響，仇家也就愈多，她也越發爲他感到恐懼和憂愁。

她只望能和丈夫像自己的爸媽一樣，隱居海島，過著自由無拘，安全而坦然的生活，但辛捷卻天生急公好義，並不像她爸爸無恨生一般孤芳自賞，寧願將那錦繡年華，消磨在海闊天空，悠遊浪蕩之中……

那鐵鏟愈鏟愈深，漸漸已鏟開一個深有二尺的大坑，驀地一片衣角，從泥土中飄出。張菁心情向下一沉，就像一根拉緊了的琴弦，再一用力，便要「錚」然而斷了，她不敢想像下一步將會發生什麼事，如果梅山民果真是死在仇人手中的話。

辛捷的心情更比妻子緊張百倍，鐵鏟每一起落，如今都變得那麼沉重，那麼遲緩。衣角展露愈來愈大，不多久，已能看出墳中屍體的大約輪廓，一代鬼才「七妙神君」的葬身之塚，竟連一片薄棺也沒有。

謎底轉眼就要揭穿，這個謎，也許又將爲武林帶來無數血雨腥風，駭然巨波。

辛捷垂首注視坑中半晌，突然跨進坑中，拂去梅山民面上泥土，雙手將屍體托出土坑，張菁忙掩面轉身，嗚嗚咽咽哭出聲來。

那梅山民的屍體面目如生，絲毫也未腐敗，在他那微微下彎的嘴角邊，似還掛著對這世界未盡的傲意。

辛捷屈膝跪倒，解開梅山民胸前衣襟……

觸目處，胸前赫然一隻清晰的焦黑掌印。

辛捷狠狠咬著牙，激動地道：「菁兒，妳看，妳看，我猜得沒錯吧？」

張菁「哇」地一聲痛哭失聲，一轉身撲在屍體上，哀痛地叫道：「啊！梅叔叔，梅叔叔！」

辛捷父子並肩而立，四隻眼睛怔怔凝視著梅山民的遺容，這容貌對他們早已清晰得不能再清晰了，但他們此時目不轉瞬，就像唯此深深的一瞥，他們才能記牢梅山民的一鬢一髮，一肌一膚……

那蒼老的面龐漸漸模糊了，不知是淚水浸透了視線，或是暮色罩臨大地，落梅如雨，象徵著生命的渺茫，人世的短促。

不知過了多久，痛哭的已經嘶啞，飲泣的淚已流乾了，忘了跋涉的疲憊，也忘了飢餓和寒冷，梅樹下又復寂靜了，若非那繼續的「悉悉率率」哽咽，幾乎使人會懷疑這樹下已是四具化石了。

夜已深沉，夢已渺，梅林中才飄出幾聲輕語：「平兒，趕車進城去替梅公公選一副上好棺木來。」

「但是，爹……車上的高大哥……」

「移他下來，就安置在梅公公的床上吧！」

星移斗轉，黑夜逝去，曉色又爬進小屋窗口。

陰影中，屋裡默默坐著三人，在他們面前，是一具厚厚棺木，不用說，棺中的人，便是那曾經叱吒風雲，名震天下的「七妙神君」梅山民了。

他無聲無息地來到這個世界，又無聲無息地離開，死時一片淒涼，死後並沒有哀榮，守候在他棺木旁的，是他在這世上唯有的三個親人了，雖然他們也並沒有在他臨死之際，親視含殮。

這一夜裡，他們只是默默地坐著，誰也沒有開口說過一句話，一盞孤弱的油燈，放置在棺木的一端，火光閃耀照著這淒涼的屋宇，也照著這悲傷的闔家三口。

突然，後房傳來一聲微弱的呻吟聲！

張菁霍地站起身來，匆匆進入後房去了，這前屋的父子也緩緩抬起頭來，迷惘地互望了一眼，辛平低聲問道：「爹！你看梅公公是被誰害死的呢？」

辛捷沉默半晌，搖頭道：「從傷勢一時看不出是什麼功夫所傷，這件事，只怕唯有等尋著汶兒姊妹，才能明白！」

「那麼，咱們什麼時候才去尋她們啊？」

「唉！」辛捷輕嘆一聲道：「論理說，應該愈快去愈好，但是我走了，你高大哥怎麼辦呢？」

辛平吶吶地道：「爸！能不能你和媽照顧高大哥，我……」

辛捷似憐惜又似哀傷的望了愛子一眼，道：「你還太小，怎麼可以一個人在江湖上奔走呢？」

辛平奮然道：「爸，我不小啦！我今年已經十三歲了。」

辛捷臉上綻出一絲苦笑，搖搖頭道：「十三歲雖不算太小，但也算不太大，我縱放心得下，你媽也會放心不下的。」

李平道：「只要爸爸答應了，我自己去求媽去！」

辛捷想了一會，仍是搖頭道：「你別胡思亂想了，天涯無邊，你一個十三歲的孩子，能到哪兒去尋她們姊妹呢？別叫你媽聽見又好罵你啦！」

辛平沒再開口，但眼中卻隱隱射出無比堅決的神光，低下頭自去思索。

過了片刻，張菁從後屋出來，辛捷急問，「戰兒怎麼樣了？」

張菁輕嘆一口氣，道：「傷勢倒沒有什麼惡化，只是時昏時醒，口裡一直囈語叫著，又聽不清在說些什麼？」

辛捷似乎鬆了一口氣，忽然柔聲道：「菁兒，要是戰兒傷勢不再惡化，只好暫時讓他在家調息，我想……」

張菁深情的望了丈夫一眼，她從辛捷眼中，已明白他將要說出什麼話，於是喟然道：「我知道你放心不下汶兒和玉兒，同時也急著要想查出梅叔叔死在誰手中，但是，你若去了，又只剩下我們母子在家，要是戰兒突然有什麼變化，你叫我怎麼辦才好呢？」

辛捷無言可答，只是垂首沉思，辛平站起身來，輕聲道：「我去看看高大哥。」匆匆進入後屋去了。

張菁緩步走到丈夫身邊，偎著他坐下，柔聲道：「捷哥哥，我知道你心裡急，但你總得等戰兒傷勢略好一些，再去尋汶兒她們不遲，何況，如果她們並沒遭人毒手，她們去尋我們不到，一定也會趕回來。」

辛捷道：「但願她們只是去尋我們就好了。」

張菁輕輕執著他的手，道：「我猜她們一定未遭意外，你想，如果她們是被人擄去的，怎能從容替梅叔叔掩埋，而且鎖上屋門才離開呢？」

辛捷點點頭，：「這話卻也有理，那麼我就等她們十天，十天之後如還未見她們回來，說不得，只好去尋一趟了。」

說到這裡，突然一頓，側耳傾聽道：「馬蹄聲？」

張菁也聽到一陣快速的蹄聲漸去漸遠，頓時心頭一震，急忙趕到窗前！

「呀！是平兒，這孩子到哪裡去？」

辛捷長長吐了一口氣，拍拍妻子的肩頭，苦笑道：「讓他去吧，這孩子脾氣比我更強，叫他去受點折磨也好。」

辛平催馬騎離沙龍坪，回頭數次，未見爹媽追出來，心裡一塊石頭才算落了地，伸手拍著坐馬，道：「黑龍駒！黑龍駒，這一次要看你的啦！你要是誤了大事，從今別想我再騎你。」

這神駒似通人意，引頸長嘶一聲，放蹄如飛，霎眼間，已將沙龍坪遠遠拋在後面。

行行重行行，辛平並無一定的目的地，只憑意念，一路催馬狂奔，饑餐渴飲，這一天來到一處極熱鬧的市鎮，他毫未猶豫，一提馬韁便馳進大街。

街上行人正多，辛平人兒英爽，馬兒神駿，雖然滿臉風塵，仍掩不住他宛若金童臨凡的俊逸，登時引得街上行人紛紛注目。

他策馬到了一家酒樓，老練萬分地要了一個座位，叫幾樣可口菜餚，悶悶吃著飯，心裡直在盤算，自己這樣漫無目的亂撞，難道真要踏遍天涯，去茫茫人海中尋找林汶和林玉麼？

心裡一陣煩，便招手將店伙叫了過來，老氣橫秋的問道：「夥計，我向你打聽兩個人，你可知道？」

店伙忙躬身道：「不知少爺要打聽什麼人？小店生意極廣，但凡本地有名聲的士紳，莫不是小店的老主顧。」

辛平道：「我打聽這二位，既不是本地人，也沒有一點名聲，她們只是兩個姑娘，一個十五、六歲，另一個只有十一、二歲，兩人長得極像，本是姊妹二人。」

「兩位姑娘？」店伙搖搖頭道：「倒沒有見過這麼兩位姑娘。」

辛平又道：「你仔細想想看，有沒有這麼樣兩位年輕姑娘，或是來用過飯？或是從附近經過？」

那店伙沉吟片刻，突然笑道：「小的倒見過那麼一位姑娘，年紀與少爺相仿，十二分標緻，梳一對蝴蝶辮子，兩隻眼睛大大圓圓的……」他笑容忽又一斂，道：「不過，她似跟少爺一般，年輕輕出門，竟只有一個人……」

辛平大喜，心忖：「這必是玉妹妹無疑了，但不知她怎會跟汶姐離散，獨自來到此地？」憶道：「她現在哪兒？你在哪裡見到過了？」

店伙道：「今兒上午，她曾到小店用飯，向小的打聽這附近什麼地方好玩，小的告訴她城西玉盤洞，是個古蹟，她聽了很是高興，此刻大約尚在玉盤洞遊玩呢，少爺你要找她，就請……」

他後半截話還沒說完，辛平「噹」地摔了一錠銀子在桌上，人如箭矢，已穿出店門外，揚鞭催馬，向西狂馳而去。

店伙手裡掂著銀子，搖搖頭笑道：「這般性急的小孩子，倒是少見！」

辛平一面催馬西奔，一面心裡暗罵：好呀，玉妹妹妳倒痛快，爹快急死了，妳倒獨自遊山玩水起來，我趕上妳不給妳一些厲害才怪哩！

黑龍駒腳程如飛，轉眼早出了西城，辛平在馬上抬頭一望，見一座不太高的小山橫在前面，暗忖：「大凡什麼洞必在山上。」馬韁一抖，直撲上山。

這山並不很高，但狹窄的山道兩旁夾路儘是梅花，紅白相映，蔚成一片花海，竟與沙龍坪的梅林很有幾分相似之處。

辛平觸景情生，不期然又想起酷愛梅花的梅公公，心裡一陣莫名惆悵，猛砸馬腹，發狂的奔上山去。

他在山坡上轉了幾圈，這兒除了成嶺梅花之外，並未看到一個洞穴，那玉盤洞更不知在什麼所在了，辛平不禁暗急，忖道：「難道她已經走了？要不然，便是我找錯地方啦！」

他悵然若失呆立了一會，正準備下山，突聽得遠處傳來一個清脆嬌嫩的聲音叫道：「是誰？是誰啊？快到這邊來！」

辛平吃了一驚，扭頭望去，那聲音似從十餘丈外一處山崖後傳出來的，當下未遑多想，滾鞍下馬，縱身掠去！

轉過石崖，卻見一叢梅花樹下，果然隱著一個低矮的洞穴，這時洞前蹲著一個渾身紅衣的女童，正兩手緊緊按在地上，不知在做什麼？急得滿頭大汗。

辛平見那女童年紀模樣雖然與店伙所說一樣，但卻不是林玉，忙趕過去問道：「姑娘，妳要幹什麼？按著是個什麼東西啊？」

那紅衣女童急道：「快幫我一個忙，我的衣袋裡有一隻白玉盒兒，你替我取出來！」

辛平伸了伸手，突然想起那衣袋正在女童腹部，自己跟人家一面不識，男女有別，怎好伸手到人家一個姑娘懷裡去掏摸？忙又縮手，吶吶道：「姑娘！我替妳按著這地上的東西，妳自己取那玉盒可好？」

紅衣女童猛搖著頭，道：「唉呀！你快一些吧！這東西難得捉到，一換手，必被牠逃了，求你替我把玉盒兒取出來，等一會我送你一件好東西！」

辛平十分爲難，兩隻手伸縮幾次仍是不好意思探到那女童懷中。

紅衣女童跺腳急道：「你這人是怎麼搞的呀！我這東西要是逃了，我可要你賠的！」

辛平無奈，只好閉上眼睛，伸出右手，探到那女童懷中，觸手處一陣溫暖感覺，似有一股暖洋洋的熱流，循指而上，嚇得他又是一怔。

那紅衣女童急聲道：「唔！就在這只袋裡，你摸呀！快些！快些！」

辛平咬著牙，緊閉雙眼，右手飛快地探進那女童貼身衣袋中，掏出一隻盒兒，看也不看，隨手向地上一摔。

那女童又叫道：「喂！你別摔呀！你快把盒兒打開，蓋在我手臂上。」

辛平只得照她吩咐打開玉盤，覆在女童手上，那女童突然快逾電閃般雙腕一翻，「蓬」地一聲，合上盒蓋，把那玉盤兒抱在懷裡，閉目向天，長長吁了一口氣，道：「啊！總算被我捉到了，總算被我捉到了！」

她只顧心滿意足，喃喃不休，好像把辛平幫她取盒之事，早忘到九霄雲外，連睜眼看他一眼也沒有。

辛平不禁有些忿忿，冷冷道：「妳捉到了什麼？值得這樣高興？」

紅衣女童好似一驚，睜開眼來，眨眨兩隻大眼睛，笑道：「對啦！我該謝謝你才對，要不是你趕來，我真拿這隻綠色蜈蚣沒有辦法呢！你不知道，我就這樣按著牠已經快兩個時辰了，偏是忘了先取出玉盒出來，這兒又連一個鬼影子也見不到！」

辛平吃驚道：「綠色蜈蚣？妳要這蜈蚣做什麼用？」

紅衣女童笑道：「你不知道，這東西好處大了呢！我師父尋了一輩子，到現在也只捉到過一隻，據他老人家說，這種綠色蜈蚣天下只有三對，想不到竟被我捉到一隻。」

她娓娓道來，似是十分得意，辛平卻愈聽愈驚，忍不住問道：「蜈蚣全都有毒，妳不怕牠會咬了你的手？」

紅衣女童格格笑起來，俏皮的一歪頭，道：「你真是傻子，我要是怕被牠咬，還敢空手捉牠麼？你瞧，牠咬著我了沒有？」說著雙手向辛平面前一攤，一副嬌憨姿態。

辛平低頭一看，但見她那一雙小手又細又白，直如玉石雕就，連一絲疤痕也沒有，青蔥般十個指頭，更比出土新筍還要嫩上一倍，他心頭一陣狂跳，緩緩抬起目光，見她穿一身猩紅短襖，頭上梳著兩根髮辮，紅唇白齒，笑起來露出大大兩個酒窩，被背後梅影一襯，真如圖畫中人，一時倒不覺看得呆了。

那女童見他失神之狀，「噗哧」笑了起來，道：「你瞧我很美嗎？」

辛平臉上一紅，突然想起方才探手入她懷裡取盒之事，更加羞窘萬分，半晌竟答不上一句話。

紅衣女童自負地道：「你不說我也知道，我師父就常說我很美，說我將來長大了，必是個美人胚子呢！啊！對啦，我正要問你，什麼叫做胚子呀？我一直就不懂，美人就美人，幹嘛又加上胚子呢？」

辛平聽著問話，睹著秀色，幼小的心靈，頓時也激盪異常，連忙鎮攝心神，笑道：「這意思是說，妳從娘胎之中，便已註定將來是個美人了。」

紅衣女童道：「這就對了，我娘一定也很美的，唉！可惜我已經記不清她是什麼模樣了。」

辛平不解地問：「妳自己的親娘，怎會記不起來，難道妳從小就離開了她？」

「是啊！」那女童點點頭，「我聽師父說，兩歲時我娘就死了，以後我便跟著我師父，是師父帶我長大的。」

辛平詫道：「那麼妳爹爹呢？」

那紅衣女童聽了這話，突然臉上笑容一斂，隱隱竟掠過一抹怒意，冷冷搖搖頭道：「我沒有爹爹，你不要問他。」

辛平暗地一驚，忖道：「哪有人竟沒有爹爹的道理？」但他看她不悅之色，卻不便再問。

紅衣女童似乎也覺得有些歉意，笑笑又道：「談了半天，我還不知道你姓什麼？」

辛平挺了挺胸，道：「我姓辛，名平，人家都叫我小俠金童辛平。」

紅衣女童「噗」地掩口笑道：「啊！原來是辛小俠，久仰得很。」

辛平忙道：「不敢，不敢，不知姑娘名字叫什麼？」紅衣女童笑道：「我姓何，名叫何琪，就是斜玉旁一個莫名其妙的其字。」

辛平忍不住也笑起來，忽然心頭一動，暗道：「這就怪了，她既然沒爹，怎知道自己姓何呢？」

他張張嘴想問個明白，但想到剛才已惹她不快，只好把問到口邊的話，又硬生生咽了回去

卅二　步步驚魂

那紅衣女童好似看透了辛平的心事，笑道：「你奇怪我沒有爹爹，怎會姓何是嗎？告訴你，我是跟我師父姓的，我師父姓何，所以我也姓何。」

辛平恍然道：「姑娘令師一定是武林極有名的前輩了，但不知大號是怎樣稱呼的？」原來他想起何琪先前翻腕將「綠色蜈蚣」捉入盒內的快速手法，絕非普通庸手所能辦到。

何琪笑道：「你錯啦！我師父雖然一身武功很是了得，但他老人家從未在江湖中走動過，你一定沒聽過他的名字。」

她略爲一頓，又道：「不過，我有一個師兄，他卻在江湖上很有名聲，想必你們都聽過他的名字。」

辛平自忖對武林掌故知道甚多，聞言忙問：「妳的師兄是誰？」

何琪忽然瞟了他一眼，搖搖頭道：「我不能告訴你，師父說過，大師兄在外面名聲不大好，叫我別在人前提他名字，怕人家會連我也恨上啦。」

辛平心裡登時不悅，道：「既是這樣，我要告辭了，省得一會咱們成了仇人，大可不必。」

何琪一把拉住他，笑道：「你在生我的氣嗎？我答應送你一件東西。來！現在就給你看看。」

辛平用力一掙，道：「謝謝啦，我不要……」但他突然察覺那何琪的纖手雖然輕握著他的曲肘，似乎絕未用力，方才用力一掙，竟分毫也掙她不脫，何琪的手指生像跟他的手臂已溶接在一起，肌膚緊貼，牢不可破。

他駭然回眸望去，何琪依然淺笑盈盈，悄聲說道：「瞧你！男子漢大丈夫，心眼怎會這麼狹？你別急，讓我來想個辦法……」大眼睛眨了幾眨，忽然笑道：「啊！有啦，師父只叫我不要告訴人家，那麼我不告訴你，寫給你看可好？」

辛平心裡暗笑：「這女孩真是掩耳盜鈴，口說與手寫又有什麼分別？」但仍矜持地道：「既然妳不便告人，我也不想知道，何必寫什麼……」

可是，當他說到這裡，卻猛地一驚住口，嚇得倒吸了一口涼氣！

原來在他說話之際，何琪已拾起一段樹枝，在泥地上寫了五個字，這五個字竟是「毒君金一鵬」。

辛平目瞪口呆地看著地上的字跡，剎那之間，心頭百念飛轉，只覺十分混亂，說不出一句話來。

這簡直是件絕無可能之事，想那毒君金一鵬早年與梅山民齊名，可說得上名震宇內，威懾天下，被人尊爲「北君」，從未聽說過他還有一個師父，一個師妹？

何況金一鵬年逾六旬，他若有師父健在，年齡應該有多大了？而何琪今年只不過十一二歲，假如她真是金一鵬的師妹，師兄妹何異祖孫三代，這筆賬實在難算。

然而，天下奇事甚多，何琪又赤手捕捉「綠色蜈蚣」，看起來果然也是個弄毒的高手，這麼說來，她雖與金一鵬年紀相差懸殊，但同出一脈所傳，又並非絕不可能之事。

辛平一時信疑參半，只顧瞪著何琪，眼睛眨也不眨，就像石雕泥塑的一般。

何琪嫣然笑道：「你莫非不相信我的話？」

辛平忙道：「那裡！那裡！我很相信。」因爲他忽然想起邪王仇虎來，仇虎不是也看來只有四五十歲年紀麼？誰又想到他曾獨敗少林寺三大高僧，在南荒稱霸已垂百年，連白婆婆一見他那虎頭銀牌，也會望風而遁！

何琪鬆了一口氣，道：「你相信就好了，我最怕說出來的話別人不肯相信，連師父也一樣，我說一句話他要是不肯相信，我會一哭就哭上三天三夜呢。」

辛平道：「妳師父一定是個了不起的高人，妳能把他的名字也寫給我看看麼？」

何琪想了想，終於重又抬起樹枝，在地上寫了「何宗森」三個小字，但未寫完，便忙又用腳拭去，同時神情凝重的說：「你千萬別把我師父的名字對人說，你不知道，我師父脾氣很怪，他最恨人家提他的名字！」

辛平見她說的慎重，不由一驚，也輕聲問道：「那是爲什麼呢？」

何琪搖頭道：「我也不知道，但有好幾次我親眼看見他殺人，都是爲了別人提他的名字。」

辛平心頭一跳，道：「只是提提名字，他便出手殺人嗎？這樣狠？」

何琪道：「誰說不是呢，我師父脾氣才怪哩，我和他一起十幾年，他就從來沒有對我笑一笑，你知道爲什麼嗎？」

辛平茫然搖頭道：「我不知道。」

「嘿！」何琪陡地手掌一揮，低聲道：「他老人家每逢對人笑，便是要殺死那個人，笑得愈開心，殺起來愈心狠，他不想殺我，幹嗎要對我笑啊？」

辛平想到何琪動輒笑臉迎人，頓時心冒寒氣，不由自主機伶打了個冷戰，忖道：「這位姑娘雖然笑靨可人，貌美如花，但她師父怎恁般狠毒，只怕她也不好沾惹，我還是早些走的好！」

主意暗定，忙道：「咱們談得太久了，我還有事，必須上路，將來有機會再見吧！」一面說著，一面站起身來，就要離去。

那何琪又一探手，快得無法形容的將他曲肘間一把拉住，笑道：「慢一些，咱們結識一場，你又幫我一次忙，我送你一件東西。」

辛平笑道：「適逢巧遇，談不上幫忙，謝謝妳的好意，我並不需要什麼東西。」

何琪道：「你還沒看見是什麼東西，怎知道不需要用呢？」

她說著話探手入懷，取出另一個白玉製成的小巧玉盤，遞給辛平，又道：「這東西也不是天下難尋的寶貝，我一共有兩對，便送你一對做個紀念，它的好處才多哩，不信你打開來看看。」

辛平茫然接過盒子，見這玉盤與方才自己從她懷裡掏出來的一隻形式完全一樣，只是體積甚小，僅有五寸見方，製作得十分精緻好看，好奇心一起，便依言揭開盒蓋來……

那知低頭一看，那盒中卻盛著兩隻姆指大小的猙獰蛤蟆，通體碧綠，正瞪著四隻綠眼，氣鼓鼓地對著他吹氣。

辛平駭然一驚，慌忙「拍」地闔上盒蓋，心裡猶在「噗噗」狂跳，雙手將玉盒還給何琪，道：「謝謝妳，這東西我怕收不妥當，遲早被牠逃掉……」

何琪笑道：「你真是個傻子，這種綠色蛤蟆和我剛捉到的綠色蜈蚣是一樣珍貴的東西，專解天下奇毒，這兩隻已經餵養了十幾年，早就養馴了，絕不會逃走的。」

辛平兀自難信，道：「天下蛤蟆全是土黃色的，已經奇毒無比，這一對連眼睛全是綠色，一定更毒，碰一碰怕也會中毒，怎能解得百毒呢？」

何琪道：「所以你就外行啦，這叫做以毒攻毒之法，你在江湖走動，難免會被人用毒器打傷，那時候你只要打開玉盒，綠色蛤蟆嗅到毒味便會自動躍出來，替你將傷口毒液吸得乾乾淨淨，吃飽了又會自己回到盒裡去，這樣的好東西，你尋一輩子只怕也尋不到呢。」

辛平聽她說得認真，倒不由自己不信，心忖道：「要是早有這妙物，爹爹中的毒，說不定倒可用這東西解去，也不至高大哥捨命護送，反遭重傷了。」

他又輕輕揭開盒蓋，果然那兩隻蛤蟆只管奇怪地望著他，並不準備逃走，辛平也是孩子心重，漸漸對那醜惡物引起好感，噘唇向盒裡吹了一口氣！

那綠色蛤蟆突然張口「呱」地大叫一聲，其聲竟十分粗渾，把辛平嚇了一跳，慌忙蓋上盒子，自己也忍不住開心的笑起來。

何琪又笑道：「你知道我這東西是從什麼地方來的麼？」

「妳不是捉到的？」

何琪含笑搖頭道：「我哪有這麼好運氣，捉到綠色蜈蚣，又捉到綠色蛤蟆！」

辛平奇道：「那麼妳是從哪裡得來的呢？」

何琪將頭湊到辛平耳邊，輕聲而神秘地說道：「我是偷來的！」

辛平又是一驚，忙問：「妳是從哪裡偷來的？」

「從我師父那裡偷來的。」何琪詭秘地道：「他現在正到處追我，你拿著這東西可要小心，要是被他看到，只怕會……」

辛平聽了大急，但此時玉盒已收進懷中，要是再取出還她，又怕被她恥笑自己膽怯，只好硬著頭皮應道：「好的，我不拿出來就是。」匆匆扳鞍跨上馬背，他已經打定主意，這何琪詭異神秘，還是愈早離開她愈好。

這一次何琪沒有再攔他，只大聲問道：「辛平，你家住在哪兒？過幾天我到你家裡去找你玩好嗎？」

辛平漫應道：「我家住得太遠，妳只怕不容易找到！」說著，一抖轡繩，催馬便走。

何琪又叫道：「辛平，你用馬兒帶我下去好不好？」

但辛平只當沒聽見，黑龍駒邁開四蹄，霎眼奔出十餘丈，直到轉過一處山坡，辛平回頭未見何琪趕來，心裡一塊大石，才算落了實地。

經過這一陣耽誤，天色已漸昏暗，暮色四合中，辛平策馬下了山，回想山中所遇，竟似做了一場迷糊的幻夢，但他伸手向懷裡一摸，那玉盒赫然仍在，顯見這事情又是真實不過。

他懷著忐忑難安的心情，獨自回到城中，已是萬家燈火，不禁又有些替那尚在深山中的何琪擔心，她一個孤零零的女孩子留在山裡，不知會不會害怕呢？

想到這裡，他又懊悔沒有用馬帶她一起下山，至少他是個男子漢，竟然把一個少女棄於山中不顧，那種行徑，只怕有愧「俠義」二字吧！

辛平心裡盡在胡思亂想，隨意尋了一家客店，略用些飲食，倒頭便睡。

他身體雖然很疲倦，躺在床上卻始終無法入夢，黑暗中，他好像看見何琪在山中獨自行走，迷失了道路，又好像看見何琪正被野獸和壞人追逐，前是絕崖，後是追兵，正驚惶失措無處可逃……

好幾次，他從床上坐起想立刻再趕回山中去尋何琪，終於又被對她師父的下意識恐懼所阻止，他一再告誡自己，何琪或許比金一鵬更毒，比她師父更狠，玫瑰雖然嬌艷，但卻有刺的。

於是，他又想到林玉。林玉這時會在什麼地方呢？天涯茫茫，自己準備到何處去尋她呢？要是找不到她們姊妹，拿什麼臉回沙龍坪去見爹媽和高大哥？

辛平不過十二三歲的少年，尚不解「情」爲何物，但在這夜闌人靜的深夜，輾轉難眠，不免將林玉和何琪私下裡作個比較，少男的心湖中，不自禁蕩起幾絲漣漪。

直到漏鼓三盡，才恍恍惚惚步入夢鄉。不想第二天，辛平卻突然發燒發寒生起病來，起初他自恃修習的內家正宗心法，勉強在床上行功想驅退病魔，那知他愈是運功，寒熱便愈重，漸漸神智也有些昏迷不清，只覺腦中似有一隻極細的小蟲，在裡面緩緩爬行一般。

他不住用手拍打著頭，那小蟲竟然拍之不去，恍惚中那小蟲爬到那裡，那裡便奇疼無比，只有當他幻想起何琪的影子時，頭疼便覺稍好，他試了幾次，屢試不爽，不由心中駭然起來。

店家見他年輕輕一個人上路，病倒在旅店，心裡全害怕惹上麻煩，掌櫃夥計穿梭不停去替他請大夫，煎湯送藥，求神許願，只求他早些痊癒，早些離開，無奈群醫竟診不出他到底得了什麼怪病，醫藥無效，病勢越加嚴重。

辛平整日囈語不休，口裡一直呼喚著何琪的名字，無論是誰走近床前，他必定當作何琪，不由分說一把抱住，哭鬧不止，四五天過去，眼見出氣多入氣少，店家搖頭嘆息，只得去替他準備棺木，店中客人全都嘆道：「唉！可憐，不知誰家孩子，這般少年英俊，竟會死在客店裡！」

這一天辛平頭疼欲裂，病況加劇，在床上不停翻滾，眼看便要斷氣，突然店後馬槽中一片人聲吆喝：「嘿！這畜牲好可惡，七八個人還制不住牠！」

「快拴住牠，別讓牠弄斷馬韁，到前面踢傷了客人！」

隨著人聲，驀地一聲馬嘶，乒乒乓乓一陣人群倒地之聲，眾口吶喊，霎時從馬槽裡衝出一匹烏黑色的健馬。

這馬兒正是辛平的坐騎「黑龍駒」，不知怎地掙斷韁繩，放蹄直奔前廳，眾客人一見怒馬奔來，發一聲喊，紛紛閃讓，後面緊追來八九個店伙，一湧上前竟然制牠不住。

那黑龍駒揚蹄掃開人群，發狂似向客房裡衝去，掌櫃的只苦叫：「壞了！壞了！這一下不知要踏壞多少傢具……」

正在紛亂，突然從店門閃身進來一條人影，悄沒聲息掠到馬側，探腕一把，扣住轡繩，腳下一沉，石柱般定在地上，任那馬兒掙扎騰躍，那人紋風不動。

掌櫃的鬆了一口氣，喝夥計上前勒緊馬口銜鐵，打量那人，卻是個滿頭銀髮的老者。

老者大約總有七八十歲光景，但生得面如嬰孩，白眉紅顏，眼中神光湛湛，威稜四射，穿一身皂色土袍，宛如蟠溪垂釣歸來的姜子牙。

掌櫃見他氣度非凡，慌忙躬身謝道：「多承老當家的制住這畜牲，否則小店勢被牠賠累了。」

那老人雙眼注視黑龍駒，詫然問道：「這馬神駿非凡，乃一匹難逢的千里黑龍駒，不知馬主人可落腳在貴店之中麼？」

掌櫃的嘆息一聲，道：「不瞞老當家說，牠那主人，才連累小店夠大了呢！」便把辛平暴疾將卒的經過，詳詳細細的說了一遍。

老人更驚道：「果有這般怪病？你快帶我去看看。」

那掌櫃將老人帶到辛平房中，才到床沿，辛平突然一把將老人抱住叫道：「何姑娘，我錯了，我就來找妳啦，妳不要走，妳不要走！」

那老人任他緊抱，用手翻開辛平眼皮，一看之下，臉色陡然變色，道：「呀，這是中蠱，不知誰人下的毒手？」

掌櫃的嚇了一跳，忙道：「老當家的，你老人家千萬別亂說，小店向來安靜，誰敢對他下甚毒手？」

老人並不答話，駢指起落點了辛平幾處穴道，然後從身邊取出一枚金針，手起針落，「噗」地插進辛平的「太陽穴」上。

「太陽穴」乃是人生最弱的死穴，別說用針穿戳，便是撞擊略重，也會制人於死地，但那老人金針閃晃，在辛平兩側「太陽穴」上各紮了三針，辛平不但毫無痛苦呼聲，反倒安靜的閉目睡去。

老人搖頭輕嘆道：「好險！好險！此子體內暗蓄異秉，竟比常人多通一處穴道，這倒是難逢的怪事，但饒是如此，老夫若來遲一步，他難逃癲狂而死！」

他回頭又問掌櫃的道：「這孩子住店之時，可曾有人同來？或者與什麼古怪的人交往過沒有？」

掌櫃搖頭道：「沒有呀！他來時單身一人一騎，才住了一晚，第二天便發了怪病，直到現在。」

老人沉吟道：「這就怪了，他既無仇家，誰會暗下這毒手呢？」忽又神色一動問道：「他來店之際，店裡可曾有個奇裝異服的女子也來住過店麼？」

掌櫃又搖頭道：「沒有，小店從來少有女客光臨，即便有，也沒見過服裝怪異的女人。」

老人聞言緊鎖白眉，不再開口，似在思索一件重大疑難的問題。

掌櫃最關心莫過辛平的生死，停了半晌，忍不住輕輕問道：「老當家的，你老看這小客人還要緊嗎？」

老人搖頭道：「他身中奇毒之蠱，老夫雖知病因，卻無法解得這種蠱物，必須要找到那下蠱的人，方有救治之法。」

掌櫃又急道：「他獨自一人來去，現在可到哪兒去尋那下蠱的人呢？這麼說來，八成是救他不活啦？」

那老人忽然神色一振，揚目道：「我看那黑馬極是通靈，掌櫃的，你把這孩子交給老夫帶去，把那馬上好鞍韉，牽到店門候我。」

掌櫃聽他願意把瀕死的辛平帶走，心裡那有不願之理，趕忙應聲出去，不一刻便將黑龍駒配置齊備，由八名大漢牽到店門口。

老人抱起辛平，來到馬邊，先將辛平放在鞍上，然後輕輕拍著馬頸，柔聲道：「神駒！神駒！你主人被人陷害，命在頃刻，你若真是通靈，快帶我到下毒的人的地方，腳下快些，或許還能救你主人一命。」

黑龍駒似乎懂得他所說之意，昂首一聲長嘶，果然馴服地讓那老人跨登馬背。

那老人暗地點了點頭，輕抖絲韁，黑龍駒放開四蹄，飛一般出了西城。

不消半個時辰，二人一騎又到了那座小山之上，老人放眼四顧，但見遍山梅花，交織如錦，繽紛錯落，燦爛奪目，但山上竟無半個人影。

那馬兒並不停留，直奔到「玉盤洞」口，老人觸目一震，見一個渾身紅衣的女童，正雙手支頤，呆坐在一塊大石上。

何琪聽得蹄聲，抬起鳳眼，喜得從石上一躍而起，叫道：「辛平，我只當你不回來了，原來你……」

她遽然發現那老人，頓時臉上笑容盡斂，冷冷問道：「你是誰啊？」

那老人微一晃身，從馬背上飄落地上，凝目打量了何琪許久，方才冷冷說道：「女娃兒，他身上的蠱毒，可是妳做的手腳？」

何琪不悅地道：「你管不著，他是你什麼人？」

老人冷笑道：「他與老夫素昧平生，但妳小小年紀，竟用這種卑劣手段陷害別人，我老人家既然碰上，少不得要管管這件閒事。」

何琪臉上一紅，怒道：「你配管嗎？」

老人笑道：「天下人管天下事，妳是何人門下，從那兒學得這種歹毒的放蠱之法？」

何琪不屑地冷哼一聲，道：「告訴你，你管不著，人家又不是惡意，不過要他再回來陪我玩玩罷了。」

老人道：「女娃兒說得好輕鬆，他若不是巧遇老夫，現在哪還有命……」

何琪十分不耐地打斷他的話，道：「他死了自有我替他抵命，不用你這臭老兒來白耽心這事。」

老人被她幾次頂撞，不禁怒道：「好一張利口，我老人家這閒事管定了，今天便代妳師門教訓教訓妳這妖女！」

何琪抗聲道：「好！你就教訓教訓試試看！」

那老人飄身欺進兩步，，左掌虛揚，右手突然閃電般從袖下穿出，快擬石火電光，逕扣何琪的「曲池穴」，誰知招出之後，見何琪竟然不閃避，就像沒有看見一樣，突然心念一動，忙又將探出的手縮了回來。

何琪笑道：「怎麼不動手了呢?告訴你，老東西，只要你敢碰我一碰，我立刻就要你好看。」

老人念頭疾轉，忖道：「這妖女渾身是毒，必須事先防她一防。」便從懷裡取出一個小瓶，倒了兩粒藥丸用口液化開，塗擦在手心背上。

何琪見了笑道：「你那兩粒太心丹對付旁的毒物也許還有些用，要是跟我身上的碧鱗五毒比，卻不一定有效呢。」

老人聞言大吃一驚，心道：「這女娃兒來歷可疑，怎的竟能一口道出老夫的獨門秘藥名稱？」這一來，他更加不敢擅自出手，沉聲喝道：「女娃兒，妳是誰？快報上妳的師門！」

何琪笑道：「虧你口口聲聲自稱前輩，你不認得我，我倒知道你姓什麼叫什麼，你信不信？」

老人驚道：「那麼妳就說說看！」

何琪道：「你可是人稱妙手神醫盧鏘是嗎？」

老人嘿嘿笑道：「盧鏘早被歹人所害，十餘年前早已仙逝，女娃兒，妳弄錯了……」

何琪接口道：「那麼你一定是盧鏘的哥哥盧鈞，這是一定錯不了的。」

那老人聽得渾身猛地一震，失聲道：「好厲害一對毒眼，妳既知老夫的名諱，想必妳師門亦非泛泛之輩……」

何琪笑道：「你不用捧我師父，他老人家早告訴我，天下能製那種太心丹的，只有盧氏兄弟，但天下能煉碧鱗五毒的，除了我師父，再沒有第二個人了。」

盧鈞心裡念頭數轉，忽然「哦」地一聲，冷笑道：「聽妳這句話，敢情妳師父乃是當年號稱毒中之王的毒君金一鵬麼？」

何琪咯咯大笑起來，道：「他嗎！他是我的大師兄！」

盧鈞臉上登時變色，駭然道：「什麼？妳是何宗森的徒弟！」

這話才出，何琪陡地笑聲一斂，用手指著盧鈞道：「好！你竟敢直呼我師父的名諱，我看你要不得好死啦！」話聲才落，蠻腰陡折，一條紅線遙向盧鈞胸腹撞到。

盧鈞不敢大意，單掌斜撥，游身半轉，翻肘之際，一連拍出七掌。

這七掌一氣呵成，掌掌帶著勁風，遠遠將何琪封拒在一丈以外，其意便是不使她能欺到近身來。

何琪身法竟異常矯捷，只見紅影不停晃動，忽前忽後，繞著盧鈞疾轉，眨眼二十餘招，二人竟扯了個平手，誰也奈何誰不得。

盧鈞心中焦急，心忖：「我若用武功連一個小丫頭也制不住，這張老臉還向哪裡放？」大喝一聲，掌上登時又加了三成真力。

轉眼已近百招，盧鈞雖是稍占上風，但仍十分顧忌她身上的毒物，是以礙手礙足，一時也勝不了她。

激盪的勁風刮起地上落花，空中梅瓣飛舞，一瞬間，已纏鬥了將近半個時辰。

盧鈞突然記起辛平，雙掌全力拍出四掌，飄身閃退，沉聲喝道：「丫頭，妳既說對那孩子並無惡意，何不先替他驅去蠱毒，咱們再較量勝敗？」

何琪道：「你只管放心替他解開穴道，他只要在我身邊，便與常人無異，蠱毒絕不會發作。」

盧鈞沉吟片刻，走到馬邊，運掌拍活了辛平的穴道。

辛平果然病態盡失，悠悠睜開眼來，叫道：「何姑娘，咱們怎麼又在這裡遇見啦？」

何琪道：「你願意再見到我麼？」

辛平道：「怎麼不願，這幾天我像做了許多夢，每個夢裡，都夢見……」

說到這裡，臉上頓時一陣紅，轉開話題問：「這位前輩是誰？可是妳的師父？」

何琪小嘴一撇，道：「他配麼？人家是好心來救你的，怕你被我毒死了。」

辛平忙道：「這位前輩想是誤會，何姑娘與在下雖是初識，但彼此無仇無怨，她怎會害我？」

盧鈞聽了，暗道：「癡兒！癡兒！你生死已操在此女手中，可憐尚不自知。」但他礙於何琪在旁，不便開口，只長嘆一聲，轉過頭去。

辛平興高采烈，上前拉著何琪雙手，不住問長問短，親切萬分，盧鈞終於忍不住，向他招手道：「小娃兒，你過來一下，我有話要單獨向你說。」

何琪笑著推推辛平道：「快去吧！我在那邊等你，待會別讓人家又說我要毒死你了。」

辛平茫然不解他們言中之意，看看何琪，又看看盧鈞，心裡詫異地想，這究竟是怎麼一回事呢……

盧鈞將辛平帶到一旁，慎重地從懷裡取出三粒太心丹交給辛平，又將在客店中的經過大略說了一遍，方道：「老夫和你素昧平生，只因不忍見你暴斃客店，才插手管這閒事。此女貌美如花，卻心狠手毒，你身上既被她下了蠱毒，從此以後，唯有常伴著她，唯她馬首是瞻，才不致毒發身死，老夫本有意迫她替你驅毒，但看來已無能爲力，以後的事，只有看你自己的命運和造化了，也許你們兩情歡洽，她會自動替你驅除蠱毒，也難以預料。」

辛平聽了半信半疑，渾身汗毛全豎立起來，驚問道：「老前輩，你這三粒藥丸能解得了蠱毒嗎？」

盧鈞搖搖頭道：「這三粒太心丹乃老夫化了半生心血煉製，雖不能除去蠱毒，但你若在離開她以前，偷偷服用一粒，可保十日蠱毒不發，三粒藥丸共可支持一月，一月之後，就看你造化如何了。」

辛平恐懼地問：「難道天下就無人再能解得這蠱毒嗎？」

盧鈞苦思良久，終於搖搖頭，道：「據老夫所知，除了施毒的本人，旁人實無力解得那種奇毒。或許你以情化之，尚能解脫！」

說罷，黯然下山而去。

辛平茫然站了許久，似信又似不信，手裡拿著那三粒藥丸，不知該如何是好？

驀地忽聽何琪叫道：「傻子，話說完了嗎？還不快些過來！」

辛平驀地一驚，慌忙將藥丸揣進懷裡，匆匆奔去，何琪笑盈盈坐在一塊石塊上，歪著頭問：「盧老頭兒走了麼？」

辛平點點頭。

何琪又問：「他對你說了些什麼？」

辛平料想瞞她不過，只好據實以告，何琪又問：「你信不信？」

辛平道：「妳和我並無仇無怨，他這話叫人難信！」

誰知何琪卻正色點頭說道：「他說的句句實話，你應該相信他才對。」

辛平驚道：「妳也這般說，難道妳真的要害我不成？」

何琪幽怨地說道：「我不想讓你離開我，一時忍不住，便對你下了蠱，不過，我卻不是有心要害你，只希望你再回到我身邊來，咱們長遠地在一塊就好了。」

辛平不禁怒道：「但是妳這樣做，如果使我病死在客店裡，那又怎麼說呢？」

何琪輕嘆一聲，道：「你放心，要是你死了，我也不會獨活，那天自你去後，我就一直坐在這塊石頭上等你，我不停地算計時間，如果過了七天你還沒回來，我也會死在這裡，到陰司去尋你一塊玩去！」

辛平長嘆一聲，道：「這是何苦？妳要我陪妳，盡可明說，爲什麼做出這種傻事？」

何琪忽然笑起來，道：「你以爲我傻嗎？其實我一點也不傻，你不知道，我一生從沒有求過人家，要是開口求人，反被人家拒絕，我就會難過死了，上次我要送你東西，你說不要，我求你帶我一塊下山，你又不肯答應我，我事後想想，覺得這方法並沒有做錯，若不是這樣，你又怎會回到山上來尋我呢？」

辛平聽得背脊冒出一陣寒意，忖道：「這女子對我雖然很好，但手段卻恁般狠毒，今後真該特別當心她才好。」便道：「妳這樣自認爲很對，卻沒想到若非巧遇盧老前輩，我就算病死在客店裡，也決不會想到自己再回山上來的。」

何琪笑道：「那樣也好，我得不到的東西，乾脆毀掉，也不要讓別人得去。」

辛平機伶伶打了個冷戰，再有千言萬語，也不敢隨意出口了。

何琪好像發覺他神色不對，回眸對他嫣然一笑，道：「現在你可以放心了，咱們永遠也不會再分開的，除了咱們兩人中死了一個，而且那死的人必須是我！」

辛平茫然不語，怔怔地望看山邊飛過來一朵烏黑的雲塊，剎時整個山頭都被沉甸甸的雲層籠罩，而他的心境，正像那雲層一般沉重、一般陰暗！

頃刻間，大雨傾盆而至，何琪忙拉辛平奔向洞口避雨，但辛平卻下意識地希望站在曠地裡，讓那冰涼的雨水，浸浸他那快要崩潰的意志。

雨愈下愈大，這一剎那間，彷彿天地全要崩塌了似的，暴雨的山中，依偎著一男一女，然而，他們卻加起來不過二十五歲。

夕陽輕輕吻著西山，繁亂的一天，又趨寂靜，天色雖然還未黑，但東方的黃昏星已經早早地爬了出來。
密林中，緩緩走著三、四條黑影。
他們分由四個不同的方向，提著兵器，向這座茂密的林子中央搜索，行動是那麼緩慢、謹慎而細心，兵器撥動野草，目光注視著地面，八隻耳朵，卻聚精會神傾聽著林中每一個細微的聲響或動靜。
顯然，他們在搜索什麼，但看來已經失望。
四個人終於在林子中央碰了頭，從透過林葉的夕陽碎影下，看出那是三女一男。
他們彼此交換一下無可奈何的目光，大家頹喪地搖搖頭，其中一個婦人低聲說道：「小余，你確定這個林子沒有錯麼？」
那男的點點頭道：「決不會錯，我和魯前輩便是在這兒和高少俠分手，妳們瞧那篷車，不是仍然留在那兒嗎？」
婦人回目掃了五丈外一輛空篷車一眼，心裡泛起濃重的哀愁，喃喃道：「這麼說，我們都來晚了？」
她這話像只是問著自己，所以其他二女一男也都沒有回答，婦人緩緩走到篷車旁，伸出青蔥玉手，黯然神傷地撫摸著車轅、車窗……從她心底突然泛起一陣激動的波瀾。
就憑這輛車，曾帶著身負重傷的一代大俠辛捷，從遙遠的東海，馳回沙龍坪，行到這座林子裡，突遭黑道高手圍攻，高戰單戟護著辛捷突圍逃走，卻留下了這空車無聲無息地藏在野草叢中。

車輪也夾裹著野草，有幾處轅槓旁已經撞損破傷，從這些傷痕和跡象，不難想像當時驅車奔逃時的倉皇和急促……

如今，她們聞訊趕來，辛捷和高戰卻已下落不明，生死難測（她們尚不知辛捷脫險之事），林中只有這輛空車，似專爲供她作哀傷憑弔。

她——方少堃曾經癡戀辛捷，爲他埋葬了多少真情，辛捷在她心中，永遠是那麼高貴和值得人敬慕，現在雖然時過境遷，她自己也已是孩子的媽媽，但那份崇高的情態，卻永遠也不會從心中泯滅的！

方少堃睹車思人，正沉浸在一片冥想之中，林玉悄悄走過來，輕叫道：「方阿姨，咱們找不到辛叔叔，該怎麼辦呢？」

方少堃驀然驚覺，探手摟著林玉，悽然道：「如今妳梅公公已經去世，辛叔叔又生死下落不知，妳們姐妹年紀輕輕，也不用再回沙龍坪去了，跟著方阿姨，咱們再打聽妳辛叔叔的消息。」

林玉道：「不！辛叔叔雖然不知下落，但辛嬸嬸和辛平哥哥總會回到沙龍坪去的，我和姐姐，還是回四川去的好！」

方少堃輕嘆一聲，道：「唉！他的孩子都已經十幾歲了，時間過得真快，好吧！妳們既然要回去，我就送妳們回到沙龍坪去一趟。」

她牽著林玉的手緩緩踱了回來，問余樂天道：「辛大俠生死不知，咱們留在這裡已無益處，她們姊妹要回沙龍坪去等辛夫人，小余，你準備到哪兒去呢？」

余樂天道：「林姑娘如要回去，在下願隨行相送。」

方少堃道：「這倒不必了，有我送她們，路上不會出什麼錯的，你如另有他事，就別勉強了。」

余樂天沉吟片刻，道：「在下孤身一人浪跡天涯，本無一定的去處，既是林姑娘已有女俠護送，那麼在下踏遍江湖，也要打聽出辛大俠和高少俠的生死下落，他們已脫險固是最好不過，假如萬一……在下必然邀集天下英雄，替辛大俠報仇。」

方少堃讚賞地點點頭道：「難得你一片赤誠，要是能得辛大俠下落一鱗半爪，還盼立即送信給辛夫人，別讓她空閨焦急，久作懸念才好。」

余樂天拱手道：「在下定當盡力而為，就此告辭，各位保重。」說罷，分別向林氏姊妹一揖，大踏步出林而去。

方少堃望著他隱去的背影，良久良久，才嘆道：「唉！不愧是條血性漢子，只可惜未遇良師，竟未學得出類拔萃的武功，否則武林中豈不多添一位俠士！」

嗟嘆一陣，才攜了林氏姊妹，緩步向外走去。

剛到林邊，突見遠處一條黑影如飛而至，馳到林前，略爲一頓，扭頭張惶地瞥了一眼，大袖忽地一抖，身形騰升而起，「刷」地輕響，便沒入林中。

方少堃在那人略頓之際，已看出那人一身僧袍，竟是個中年和尙，但當她心念才動，那和尙早已快速絕倫地鑽入林中，林玉失聲叫道：「呀！好俊的輕功，方阿姨，妳知道那人是誰嗎？」

方少堃搖搖頭道：「此人一身武功已臻化境，不知怎會這樣慌張？」

林玉道：「我看他身法，怎麼有些和辛叔叔相似呢？」

方少堃笑道：「不會的，那人是個和尙，怎會與妳辛叔叔……」

哪知話還未完，突聞遠處一聲怒喝，又見一條人影，如狂風劇雨捲到近前。

這人一身奇高輕功，顯然更是在那前面的和尙之上，聲才入耳，人已在近處現身，林玉慌忙倒退一步，定睛看時，卻是個三尺高矮的老頭兒。

矮老頭疾行遽止，竟然神態散閒，毫無急迫的模樣，一雙眼神卻是灼灼逼人，輪流在方少堃三人面前掃了一遍，突然沉聲問道：「妳們看見和尙嗎？他逃到哪兒去了？」

林玉吃了一驚，正要回答，方少堃卻接著道：「什麼和尙，咱們沒有看見。」

那矮子怒目一瞪，道：「我老人家親眼看見他向這邊逃過來，此地又無岔路，難道他會飛上天去？」

方少堃冷冷一笑道：「這個我們更不知道了，或許他真長了翅膀，會飛上天也難說。」

那矮子精目掃了方少堃她們身後的密林一眼，揚聲笑道：「難道躲在林裡，我老人家便搜你不出來？臭婆娘妳不要走，等我老人家捉住和尙還要跟妳算帳。」話落人影一晃，已向密林撲了過去。

方少堃冷笑道：「姑奶奶還有事呢！誰耐煩跟這種三寸丁矮鬼打交道……」

矮子本已躍離丈餘，突聽這話，竟然一眨眼又掠了回來，問道：「婆娘，妳在罵我老人家？」

方少堃傲然不懼，道：「我在罵那出口傷人的蠢物，但不知是不是你！」

矮子大怒，一探臂，「呼」地一掌便劈了過來。

方少堃好像早有準備，矮子手肘才動，她左右手分牽了林汶、林玉，柳腰疾搖，橫移五尺，恰好將那矮子的掌力避開，但勁風過處，身後一丈以外三株倂生的大樹卻被矮子一掌盡都打斷，轟然倒地。

方少堃倒料不到這矮子掌力如此雄渾，連忙推開林氏姊妹，左手一掏，從懷裡掏出一副鹿皮手套來，三兩下便戴在手上。

那矮子笑道：「臭婆娘，妳敢情想跟老夫動手？」

方少堃探手入囊，扣了一把烏油發光的細砂，沉聲道：「矮鬼，你若敢再出手，別怪你姑奶奶要用煨毒的東西招呼你了！」

矮子仍是笑道：「那再好不過，我老人家最喜歡挨有毒的玩意兒，婆娘，妳不要客氣，只管施展出來。」說著，左臂一圈一吐，又是一掌向方少堃橫推過來。

方少堃側頭向林汶、林玉叱喝一聲：「快躺下！」腳下一旋，業已繞到七尺以外，左掌一揚，登時一篷黑雨，向矮子當頭罩了下去。

那矮子長嘯一聲，翻腕一撥，只聽「嗤嗤」一陣亂響，方少堃的黑砂被他撥落左側地面上，剎時間青煙亂冒，五六尺寬一片野草盡都枯萎倒地，矮子也不禁駭然道：「好婆娘，居然煉了血魂毒砂，今天我老人家定饒妳不得。」

他顯然已動了真怒，掌指猶如劇雨般捲攻上來，眨眼間戳出三指，拍出五掌，方少堃被迫退了一丈四五，雖然奮力撒出兩次毒砂，卻盡被矮子雄厚的掌力撥落。

「血魂毒砂」威力驚人，那矮子搶盡上風，但卻始終無法欺近下手，方少堃身形靈巧，使他遠攻也很困難，那矮子突然大喝一聲，抽掌掠退，眼神瞪著方少堃瞬也不瞬，兩臂下垂聳動，渾身骨節不住「格格」作響。

方少堃知他必是在運聚什麼功力，心裡暗暗焦急，因爲她囊中「血魂毒砂」已所剩無幾，她深深明白，要不是毒砂之力，自己和他的功力相較，何啻小溪之比大海，萬萬不是矮子的對手。

但是，事實既到如此地步，勢又無法轉身逃走，她兩手緊捏著兩把「血魂毒砂」，不期然從心底發出一陣顫抖。

那矮子冷冷說道：「臭婆娘，妳再不棄砂投降，老夫一出手，勢必叫妳挫骨揚灰，那時後悔就遲了。」

方少堃螓首一昂，傲然道：「姓方的豈是畏死之人，你不必想拿言語就能唬住我。」

矮子道：「倔強的婆娘，老夫就叫妳見識見識！」

「識」字才落，破空一拳遙擊而至。

方少堃目不轉睛注視他的動作，只見他出拳之時彷彿並未用甚力量，拳出不聞風聲，就知這種功力必難防備，心念才動，仰身倒射，急思趨避。

那知她身形才起，突感左腿上好似被重錘猛擊，一陣椎心刺骨的奇痛，使她忍不住痛哼出聲，真氣一沉，墜落地面，一連踉蹌向後退了七八步，終於一跤跌坐地上，手上的毒砂還沒有來得及出手，嗤嗤散了一地。

她知道自己這條左腿算是廢了，銀牙狠挫，強忍痛楚，從懷裡取出一支綠色小箭，一揚手，那小箭破空升起，直達十丈以上，突然「波」地一聲爆裂，化著一篷綠色光圈，從空中緩緩降落。

矮子笑道：「臭婆娘，妳還會變戲法？但妳便招了幫手，也不過在我老人家手上多送幾條性命罷了。」說著向前踏上一步，右掌虛提，又是一拳對方少堃遙擊而出。

方少堃此時無處可避，一橫心，運起畢生功力，奮力一掌迎擊過去……

掌勢才出，陡聽後面一聲大喝：「千萬使不得！」暗影一晃，閃出一人，擋在方少堃前面，兩手一合一翻，拚命向矮子打出兩股拳風。

空中響起「波波」兩聲脆響，剎時勁風迴盪，狂風滾捲，那人拿樁不住，登登登一連倒退了三步。

方少堃凝目望去，見竟是那逃入林中的中年和尚。

矮子面帶詫異喝道：「開山破玉拳！好賊禿，你是太極門雲冰若的什麼人？」

中年和尚合掌凝神答道：「雲爺爺正是貧僧授藝恩師。」

矮子叱道：「你是少林門下，雲冰若怎會授你武功？」

和尚道：「貧僧未落髮前，難道就不能從師習藝嗎？」

矮子頓了頓，笑道：「原來你是叛師另投，老夫更饒你不得。」說著，又是一拳遙擊而至。」

中年和尚奮力一封，當場又被震退六七步，忙低頭對方少堃道：「姑娘快帶她們逃走，貧僧全力擋一陣。」

方少堃感激地點點頭，但爬了幾次，終因左腿折斷，竟無法站立起來。

矮子又笑道：「和尚，你能接得老夫三拳，放你們逃生，否則今夜一個也別想離開。」

那和尚連受兩拳，內腑已覺翻騰難抑，心知萬難再接下三拳，但他眼見方少堃重傷倒地，林汶姊妹又稚齡無法自保，一股義憤，猛從心底升起，沉聲問道：「施主只要言而有信，貧僧不敬，捨命也要接下施主三拳。」

矮子朗笑道：「姓仇的何曾失信於人過？三拳之後你如能不死，那時大可去問問雲老兒，南荒仇某是誰？泰山之行，老夫也懶得要你引路了。」

和尚深深納了一口氣，勉強壓制住內腑浮動，兩腳丁字一站，毅然道：「施主盡可放手施為，但貧僧尚有一句話，須得先請施主俯允。」

矮子笑道：「有話你快說出來。」

那和尚略為一頓，挺胸說道：「要是貧僧接了施主三拳，不幸喪命，還請不要為難這三名婦孺。」

矮子臉色微微一變，道：「你和她們認識嗎？」

和尚搖搖頭道：「貧僧與她們素無一面之識，但施主既是前輩英雄，又何必為難婦女幼弱之輩？」

矮子緩緩頷首，突又問道：「你不避不讓，招招硬接老夫的無形拳力？」

和尚點頭不答。

卅三　島上風雲

「你自以爲那開山破玉拳能接得住老夫的無形神拳麼？」

「這個……貧僧願勉力一試。」

「你爲她們而死，也不後悔麼？」

「寧捨一命，焉能後悔。」

矮子臉上大有讚賞之色，笑道：「那麼老夫就要動手了？」

那和尚拿樁站好，凝神而待，挺立有如一座山岳，面上果然毫無一絲懊喪之色。

矮子右臂一圈一吐，左腳忽然跨進一步，虛空一拳雄撞而出。

和尚「嘿」地吐氣開聲，雙拳齊出，果然一招硬接。

那一股有形之力與空中無形暗勁一觸之下，登時暴起震天巨響，矮子分毫未動，那和尚卻踉蹌連退了十餘步，晃了幾晃雖然全力定樁站穩，卻忍不住「哇」地張口噴出一大口鮮血。

方少堃心裡一陣淒涼，大聲叫道：「大師父，你自顧去罷，別再護著咱們……」

和尚嘴角血跡斑斑，但卻堅毅地屹立如故，綻出一絲苦笑，向矮子道：「還有兩招，施主放心出手吧！」

矮子哈哈大笑道：「好！老夫索性成全了你！」話落笑容突然一斂，肩不見晃，人如鬼魅般陡地欺近三步，雙拳連揚，擊出兩招。

拳出並無一絲風聲，待那和尚拚力握拳硬接時，突然覺得自己的力道全落了空，身後轟然兩聲，兩株二人圍抱的大樹，齊腰折斷，倒塌下來。

塵砂飛揚之後，和尚再看那樹身折斷之處，猶如斧劈鋸拉般整齊，待他駭然回頭，已不見了矮子人影。

他心裡不禁一陣神傷，一陣羞慚，明知那矮子若非有意成全，今夜便有十條命，也難擋這威猛無儔，無形無風的內家至高掌力。

精神一洩，他忍不住又一連吐了兩口鮮血，但他卻沒有低頭呻吟一聲，昂首闊步，向前走去。

林玉驚魂南定，急忙攔住叫道：「和尚伯伯，你歇一會再走不行嗎？」

和尚微笑輕拍她的頭頂，低低說道：「伯伯還有要緊急迫的事，必須馬上趕去，妳們……」說到這裡，忽然「哇」地又嘔出一口淤血，但他竟一口將血嚥回肚裡，握握手，步履蹣跚地向前走去。

林玉一把拉住他的僧衣，叫道：「和尚伯伯你不能走，看你傷得這樣子，走不到一里路，必會傷勢發作的。」

中年和尚仰天長嘆一聲，幽幽說道：「唉！伯伯也知道內傷甚重，如不及時調息，勢難到達東海，但這件事又如此促迫，我豈能為了一己之私，誤了他老人家的大事呢！」說著神情遽又振奮，提了一口氣，邁步向前奔去。

但他才奔了不趨數丈，突然兩腿一軟，「噗」地栽倒地上。

林玉驚呼一聲衝上前去扶那和尚，但見他僧衣上腥紅一片，已滿是鮮血。

這時候，方少堃已尋了兩根樹枝作杖，一拐一拐地過來，低頭凝視，她雖然從未見過這和尚，但心靈深處，卻深深為他而震撼，和尚與自己無一面之識，方才竟甘願為自己與林氏姊妹捨命赴死，這種英風義烈，怎會發自一個出家人心中？

那中年和尚並沒昏迷，只是眼中無神，顯得異常疲憊，望著方少堃淡淡一笑道：「女施主，妳腿傷不要緊嗎？」

方少堃感激的含笑頷首，道：「我只是一點骨傷，想來不會太嚴重的，大師父為了我們身負重傷，真使咱們過意不去。」

和尚笑道：「路見不平，尚且拔刀相助，何況女施主代貧僧隱匿行蹤，以致開罪那魔頭，女施主身上之傷，才正是因貧僧而起呢！」但他忽然想到這樣說法十分不妥，忙轉開話題，輕嘆一聲道：「可惜貧僧正有要事，一時間只怕無法……」

方少堃忙道：「大師父有甚麼急事？假如用得著我們之處，咱們極願為大師父代勞。」

那和尚搖搖頭道：「這件事非同小可，一刻也耽誤不得，女施主身上也帶重傷，焉能代貧僧一往？」

林玉突然插口道：「和尚伯伯，你看我能替你去一趟嗎？」

那和尚慈祥的看了她一眼，微微一笑，正要說話，林玉怕他看不起自己，忙又道：「和尚伯伯，別看我年紀小，這次我和姐姐從沙龍坪出來，還是我一人……」

和尚突地神情一震，脫口道：「什麼？妳從沙龍坪來？」

林玉點頭：「正是，自從梅公公死了以後……」

那和尚猛的一跳，臉上一片蒼白，失聲叫道：「什麼？梅叔叔……他……他死了……」

林玉詫道：「是啊！他老人家被人害死了……和尚伯伯，你認識梅公公嗎？」

和尚淒聲一嘆，雙目熱淚滾滾而落，吃力的探手握住林玉的小手，唏噓說道：「才聞捷弟遭危，梅叔叔又喪在奸徒之手，群魔紛現，武林大劫又將來臨了……」

林玉陡然記起一個人來，失聲叫道：「呀！你是少林寺的吳凌風吳伯伯？」

和尚含淚而笑，頷首道：「這麼說來，妳們必是林家姐妹，但不知這位女施主尊姓？」

方少堃道：「我姓方……」

「方少堃？」那和尙失聲呼出方少堃的名字，眼中閃出一抹異樣的光彩，但隨即廢然輕嘆一聲，惶然垂頭不語。

原來他雖然未見過方少堃的面，但曾從辛捷口中，早聞方少堃的姓名，記得有一次辛捷身負重傷，昏迷之中便曾頻頻呼叫方少堃的名字，那時辛捷爲情所困，豈不就是爲了眼前這位秀麗脫俗的少婦。

然而，辛捷如今身爲人父，妻美子聰，這少婦的遭遇，卻不知又是如何呢？

吳凌風想到這裡，更覺世事皆幻，不由自主又憶起自己的心上人蘭姑，愴然中又偷彈了幾滴清淚。

方少堃道：「吳師父怎知我的賤名呢？」

吳凌風喟然道：「這還是多年前聽捷弟提起，方施主一向可還好麼？」

方少堃一聞辛捷之名，芳心也怦然而動，但她極力鎭靜，淺笑答道：「托佛祖的保佑，尙能平安。」

吳凌風道：「能這樣便最好了，安居便是福，願菩薩多多保佑。」

林玉問道：「吳伯伯，現在你總可以把那緊急事情告訴我們了吧？」

吳凌風喘息片刻，點頭道：「貧僧聞得傳言辛捷弟被南荒三奇所傷，連夜從嵩山趕來，不想途中竟遇上那南荒第一奇人——邪王仇虎。」他忙又補充一句：「就是方才那矮子。」

方少堃和林汶林玉都點點頭，等待他繼續說下去。吳凌風卻吃力的伸手入懷，掏出一件東西，微顫的遞到林玉手中。林玉接過一看，卻是一面銀製的精巧虎頭圓牌，上面綴著一根拇指粗細的黃金鍊條，不禁奇道：「吳伯伯，這是什麼東西啊？」

吳凌風揮揮手道：「妳趕快收藏起來，千萬不能被那仇虎看見，這虎頭銀牌乃是那姓仇的獨門標記。他現在還不知銀牌遺失，否則方才決不會輕易放過我們的。」林玉連忙把銀牌塞進懷裡。

吳凌風繼續又道：「我離了嵩山，途中偶落客店，發覺隔房有人喃喃而語，好奇的一聽，原來那仇虎正把玩著這面銀牌，口裡緬懷當年許多英雄往事，並且提到少林寺三位祖師的法號，我一驚之下，趁他出房便潛進他房中，從桌上盜了這面銀牌，正要退出來，不想竟被他適巧撞上……」

林玉失驚問道：「他看見了你沒有？」

吳凌風道：「他當時並未發現銀牌失竊，只見我身著僧衣，竟一把扣住我的腕間穴道，迫我說出昔年少林三老的生死下落……唉！他武功真是高不可測，憑我多年潛修，居然未能避開他那石火雷光般的手指……」

方少堃等聽得毛骨悚然，誰也沒有開口，吳凌風似乎餘悸猶在，也怔怔未再說下去，良久，林玉才低聲問道：「吳伯伯，你告訴了他嗎？」

吳凌風陡的一震，道：「這件事何等重大，我怎能輕易告訴他，那時迫於無奈，便虛與委蛇，不得已只好說了一個謊……我生平未曾說過一句謊話，這次迫於情勢，只好違心……」

方少堃插口道：「對付那種人，原不必再講信義的。」

吳凌風並未答她，仍然繼續說道：「我騙他說少林三老全都隱在泰山絕頂，正苦修絕世武功，他一聽果然信以為真，立迫我引他同往泰山，好不容易才被我藉機脫身逃出，不想卻在此地連累了妳們。」

方少堃道：「只恨我們力薄，未能有助於大師父。」

林玉又道：「那麼吳伯伯說的緊急大事又是什麼？」

吳凌風凝重的說道：「我騙他前往泰山，不過只能奏效於暫時，待他發覺受騙，必趕回少林滋事，同時大戢島主平凡上人便是昔年少林三老之一，這件事江湖已有人知，要是被他查出，上人無備，豈不要吃大虧？」

林玉道：「我聽辛叔叔說過，大戢島主武功高得很呢，他不去便好，去了一定討不了便宜。」

吳凌風正色說道：「林姑娘千萬不可作如是想法，那魔頭功力詭異難測，只在平凡上人之上，聞昔年他曾獨闖少林寺，單人力敗少林三憎，天下已無敵手！」

林玉這才驚道：「真的麼？那咱們該怎麼辦呢？」

吳凌風道：「我本有心即趕往大戢島送信，使大戢島主能早作準備，但現在……」

林玉道：「吳伯伯你不用急，我替你把這銀牌送去，決誤不了事。」

吳凌風懷疑的問：「妳……妳能夠嗎？」

林玉一挺胸脯，笑道：「怎麼不能？吳伯伯你放心調養吧，我立刻就動身。」她回頭對林汶說道：「姐姐，我不能和妳一起回沙龍坪了，妳跟方阿姨同去，在家等我，好嗎？」

林汶居然毫不阻止，僅淡淡點頭道：「好！妳快去快回，途中不要耽誤。」

吳凌風不禁大奇，方要叮囑她幾句話，林玉已轉身如飛一般馳去，一會兒便轉過林邊，望不見了。

方少堃輕嘆道：「這孩子小小年紀，膽識遠逾成人，將來前途真不可限量。」

林汶癡癡望著妹妹的去向，卻偷偷背轉身去，假作理弄鬢髮，抹去兩粒晶瑩的淚珠。

柔風拂面，海濤粼粼，旭日從東方升起，海面上金蛇飛舞，映成一條條一串串扭動的光波。

一艘海船，正迎著東方旭輝，張帆疾馳。

船上空蕩蕩的，除了一個五十多歲的老船家，艙面上只立著個十一二歲的小姑娘，勁裝疾服，背負長劍，煞有介事的叉腰而立。

她——便是孤身趕往大戢島送訊的林玉。

林玉雖是初次出門，又單獨前往大戢島，仗著性慧嘴甜，路上居然並未耽誤。那一天趕到海邊，僱船出海，眼見海闊天空，一望無涯，心裡不覺舒暢了許多，連對辛捷和高戰的思切之情，也暫時壓抑下來，站在船頭，眺望這海上日出的瑰麗美景。

那船家一手把舵，一手撐著帆索，不住好奇的打量著這位怪異的小客人，好半天終於忍不住叫了一聲：「姑娘！」

林玉一動，回頭笑道：「老伯伯，有什麼事嗎？」

那船家吞吐半晌，囁嚅問道：「小的想問一句，姑娘要到大戢島去，可有什麼大事呢？」

林玉答道：「自然有事，要不然匆匆趕到海島上去作甚？」

船家道：「小的倒並不是問姑娘有什麼事？只是想問問那大戢島上，最近可是發生了什麼大事呢？前幾天，也是有兩個人，僱在下的船到大戢島去了。」

林玉暗吃一驚，忙問：「真的？那兩人是什麼形狀？」

「那兩人長得才難看哩！身材都一般高大，一個臉上枯槁，像是披了一層樹皮，一個滿臉蠟黃，就像是大病快死了似的，兩人手面很闊綽，只是脾氣卻古怪得很，他們也是趕到大戢島去的。」

林玉聽了這話，駭然忖道：「我的天，難道會是他們兩個魔頭？」

沙龍坪的慘境，頓時又浮現在她腦際，林玉狠狠一挫牙，問道：「他們去了多久啦？」

船家道：「前天晨間出海，已有三天了，但他們在大戢島上停留不到一個時辰，便命小的又送他們往小戢島……」

林玉驚道：「什麼？你說他們在大戢島上只停留了一個時辰？你有沒有看見他們和一個老和尚見面，或者？……」

「他們大約也是去找一個人，後來沒有找到，才氣呼呼離開。」

「啊！這麼說平凡上人不在島上了？」

船家叫道：「對！對！他們也是要找什麼平凡上人。」

林玉似覺往海下墜沉，對那船家的話，恍如未聞，也沒有再開口。

她在想：「難道他們真是枯木黃木兩個老怪？他們來找平凡上人何事？平凡上人不在島上，他會去什麼地方呢？我要是找不到上人，那時應該怎麼辦才好？」

許許多多問題都匯聚在她腦海中，憑她一個年紀十二歲的小姑娘，要想遽爾從那些紛亂之中下個適當的果斷，的確不是一樁容易的事。

她默然無語地立在船頭，眉間緊鎖，沉吟難決，那瑰麗燦爛的初升旭日，那浩翰無際的偉大海洋，對她已經失去了美麗和誘惑。

舟行一日，午後才到了大戢島，林玉從懷裡掏出一錠大銀，遞給船家道：「老伯伯，煩你在這等我兩個時辰，或許我還得乘你的船回去呢。」

船家答道：「姑娘只管放心，今天反正是晚了，便明日回去也不要緊。」

林玉摸了摸肩上的長劍，又下意識地按按懷中那「虎頭銀牌」，然後放開大步，直奔島中。

果然大戢島上空無一人，除了遍地野果和那樹間的小屋之外，林玉足足找了將近一個時辰，並未見到平凡上人的蹤影。

她自然不知道平凡上人為了辛捷求取蘭九果，早已遠走天竺，她只是覺得自己所負付託是那麼重要和緊急，見不到平凡上人，頓時令她徬惶起來。

大戢島上風光秀麗，但林玉已無心細賞，她苦思半晌，突然下了最大的決心，快步奔回船上，向船家揮揮手，道：「快！快到小戢島去！」

這時，夜幕已張，海上勁風逐漸加強，潮水急劇的上漲著，那船家瞥了神色凝重的林玉一眼，一聲不響，收錨揚起了風帆。

風急浪高，小船比來時搖晃得多，一蓬蓬鹹鹹的海水，被風刮起撲向船中，林玉身上衣衫不久便濕透了，但她仍然挺立在船頭，面對那即將來臨的黑夜，沒有一絲退縮之意。

小船在風浪中起伏，但風大船也行得迅速，天色已暗盡了，船家忽然指著左前方一大堆廣大的陰影向林玉道：「姑娘，那就是小戢島了，天黑不便近岸，是不是先找一處地方避風等到天亮呢？」

林玉凝目望去，果然那陰影竟是一座光禿禿的孤島，就像一隻海獸蜷伏在波濤中，她毫未猶豫，沉聲道：「你盡量將船移近海灘，我立刻要下船。」

船家無可奈何的移船近岸，林玉凝目看得清楚，前面二三丈已是一片泛白沙灘，當下深深提了一口氣，雙足一蹲，嬌小的身軀，已騰昇拔起，宛若一隻掠波海燕，曼妙地飄落在沙灘上。

她腳一落在這海外三仙之一的土地上，心裡突然有說不出的惶恐和畏怯，因為她早知這些蓋代奇人必然都孤僻怪誕，他們所居之處，不會輕易容許閒人亂撞，何況那枯木、黃木早來島上，要是這島上正發生甚麼大事，自己插足其中，更難獲人諒解。

夜是那麼陰霾，沙灘上除了潮水澎湃之聲，既無人聲，更不見一草一木，小戢島宛如一條巨魚的背脊，陰冷而死寂的浮在海面上。

林玉緩緩移動腳步，足尖踏過沙礫，發出沙沙聲響，那一聲聲脆而細微的聲響，都像重錘似的撞擊在她幼小的心靈上。

島上寧靜得有些出奇，她一面緩緩移步，一面不停地左顧右盼，一面暗忖道：「枯木、黃木難道已經離開了嗎？如果他們還在島上，豈會如此寂靜……」

那知心念未已，突聽一聲刺耳大笑，破空傳來。

林玉駭然一驚，心悸地暗道：「不好，這聲音多麼像那天在沙龍坪聽到的笑聲！這必是那兩個魔頭所發。」

她未遑多想，腳下突然加力，向那笑聲發出的方向奔去。

約行了數丈，迎面一根高插入雲的石筍擋在面前，而且這種石柱般的小峰尚不止一處，正星羅棋布，何止數十根。

林玉曾聽辛捷提到過小戢島上的「歸元古陣」，心知這兒已是陣勢邊緣，要是隨意亂撞，必然再難出來，當下連忙止步。

恰在這時候，忽聽笑聲又破空而至，緊接著一個蒼勁的聲音說道：「老尼婆，妳這種小小障眼法兒，怎能瞞得了咱們兄弟，那天有機會，讓妳見識見識咱們那松樹林子，妳就知道天地之大，能人眾多。」

另一個冷冷的聲音答道：「大話且慢些說，二位若能出得貧尼這陣，那時你我再分高下，貧尼這就前往陣外候駕。」

話聲才落，一條黑影已從陣中飛縱而出，眨眼便到了海灘邊。林玉凝目望去，見是個身著破舊僧衣的老尼姑，知道必是小戢島主慧大師，連忙躬身施禮道：「晚輩林玉，拜謁小戢島主老前輩。」

慧大師凝目向林玉打量半晌，冷冷問道：「妳小小年紀單獨一人，鬼鬼祟祟來到我這小戢島，準備幹什麼？」

林玉忙道：「晚輩因有要事往謁大戢島平凡上人，適上人不在，所以……」

慧大師冷目一睜，喝道：「休管老和尚在與不在，妳胡亂撞來此地做甚？現在老尼尚有正事，姑赦妳擅入本島之罪，限妳即刻離島，否則，別怪老尼要懲治妳了。」

慧大師這般狂傲專橫，倒是大出林玉意料之外，她原本還有一些畏怯之意，聽了這些話，反而一怒之下怯意全消，也大聲答道：「晚輩受人付托特來送訊，因聞得枯木、黃木已經趕到小戢島來，所以順道也欲把警訊向老前輩一說，既是不蒙見諒，晚輩自當告辭。」

她氣呼呼說完，掉頭向海邊便走，心裡卻暗道：「妳不要神氣，人家邪王仇虎要是找不到平凡上人，難保就不來找妳！」

慧大師似乎一怔，身形微晃，已攔在林玉面前，沉聲問道：「小娃兒，妳比我老人家還要倔強，妳究竟有什麼事要找大戢島主，說出來我聽聽。」

林玉心念轉動，正要開口，陡聞一聲長笑，兩條人影已穿過石筍布成的陣勢，飛躍撲來。

慧大師臉上驀地變色，探手扣住林玉的手臂，大袖一抖，身形疾昇而起，輕輕落在一個石筍上，將林玉安頓在石上坐穩，低聲道：「坐著不許亂動，待我退了這兩個強敵，再與妳細談。」話聲才畢，人已翻落地面。

枯木黃木並肩立在陣邊，陰陰笑道：「老尼婆，妳服了吧？這區區歸元陣法，怎能困得我兄弟，現在再無別的話說，我兄弟便與妳見個高下。」

慧大師臉色數變，雖然沒有開口，卻顯得內心激動已極，目光在枯木、黃木身上掃視了兩遍，微微頷首說道：「不錯，你們能出得老尼的歸元古陣，足見不是等閒之輩，老尼正要領教二位的絕世武功。」

枯木老人笑道：「好說，好說，兄弟們不揣冒昧前來，也正是要見識所謂海外三仙，究竟有甚麼驚世駭俗的絕藝……」

他尚未說完，黃木老人接口道：「只可惜大戢島主適巧外出，否則，倒正好以咱們兄弟兩人，邀戰海外三仙，那才叫人如願以償呢！」

慧大師冷哂道：「二位好大的口氣，老尼在三仙中是最無能的一個，還不知二位能不能討了好去哩。」

黃木老人笑道：「那就由咱們兄弟中功力最弱的在下，向老尼婆領教幾招如何？」

慧大師冷哼一聲，傲然道：「也好！那麼就請閣下出手。」

黃木老人道：「妳我僅是武林先進，彼此全有身分，若學那庸俗之徒過招拚鬥，豈不貽笑天下。」

慧大師不耐地道：「依你便怎地？」

黃木老人道：「這法兒不難，咱們各以功力護身，可不許動手拆招卸勢，妳打我三掌，我再打妳三掌，誰要腳下移動了半分，便算他輸了。」他說了這話，忙向枯木老人揚眉一笑，蠟黃的臉上，泛起一抹得意之色，好像自認這方法想得極是絕妙一般。

枯木老人點頭笑道：「這樣自是最好，功力厚薄，一試便知。」

慧大師叱道：「究竟你們哪一位出面？抑或聯手合上，怎的這般多話！」

枯木老人臉上微感一熱，但卻只是冷笑兩聲，並未還嘴。

慧大師心中暗忖：「這二人膚色大異常人，必然練就甚麼左道邪功，否則焉敢與我拚掌？我須不要著了他的道兒才好。」於是冷然問道：「那麼咱們誰先守？誰先攻？如何決定呢？」

黃木老人胸有成竹的放聲笑道：「常言道，強賓不壓主，我等來者是客，自然是先請島主動手。」

慧大師駭然一驚，凝目向黃木老人看了好一陣，忖道：「好狂的東西，你邪功再高，真能硬接我老尼姑三掌的，天下只怕還沒有這人出世呢！」

她私下正在思忖，黃木老人已將樁站好，笑著道：「老尼婆，就請動手吧！」

慧大師提聚真力貫注右臂，緩緩說道：「你當真硬受三掌，手上不能卸勢，腳下不能移動？」

黃木老人答道：「那是自然。」

慧大師心中怒起，左腳一劃，向前欺身進了一大步，右掌揚處，頓時風聲疾嘶，竟用了十成真力，拍出了一掌。

但她何嘗知道枯木、黃木這種怪誕的「枯木神功」最是護身絕藝，黃木老人才練到第二層，一般內家功力已無法傷得了他，枯木老人已練成第三層神功，天下已再無一種掌力能傷得他分毫，他們若非有所自恃，怎敢狂言挑戰海外三仙，並且自願一動不動地硬接三掌呢！

掌風過處，果然那黃木老人動也未動，慧大師全力的一掌，竟如擊在腐木敗絮上，一絲也著不上力。

黃木老人笑道：「老尼婆儘管放手施爲，這點掌力，在下還禁受得起！」

慧大師一顆心「噗噗」狂跳，這時她知道已經上了這兩個怪物的大當，要是三掌不能將他打動，自己再接他三掌，只怕大事不妙。

惶然之下心中一陣急，低叱一聲，騰身上步，右掌一圈一收，運足了十二成真力，「呼」地一聲，又是一掌拍了出去。

這一掌乃是她畢生功力所聚，慢說是個人，便是一座小山，受這一掌，也難免崩塌一半，掌起處風聲怒號，地上沙粒飛捲半天，威勢端的猛烈異常。

黃木老人果然並不閃避，只是真氣一沉，兩腳深深陷入沙中半尺以上，慧大師一掌擊中他的胸口，只將他打得晃了幾晃，居然分毫未傷。

黃木老人得意地放聲笑道：「堂堂海外三仙，原來也不過如此。」

慧大師一連兩掌無功，一股無名怒火已猛昇起來，冷哼一聲，不進反退掠身飛返一丈，兩袖一撲，身體借那一捲之力騰空拔起三丈有餘，及待將升到力盡之際，雙袖交拂一張，身形竟然在空中一停，緊接著一個盤旋，閃電般急撲而下……

這一次她已使出了平生絕技「蒼鷲七式」，雙袖滿蓄內力，準備和黃木老人一分高下。昔年辛捷初到小戢島，慧大師也是使這一招「蒼鷲七式」，連平凡上人也不禁駭呼出聲，只此一點，便足見慧大師這招「蒼鷲七式」威力之大了。

但那黃木老人卻似勝券在握，真氣一沉，兩腳又陷進沙中四五寸，挺胸昂首，準備硬受這一招。

轉眼間兩個便將高下立判，林玉在石筍上忽然大聲叫道：「老前輩且慢下手！」

林玉坐在石筍尖端，目睹慧大師和黃木老怪賭掌，已經連施二掌，竟傷那黃木老人不得，心裡替她一陣急，不禁突生異想，忙大聲叫道：「老前輩且慢下手。」

慧大師此時已施出平生絕技「蒼鷲七式」，正要凌空下擊，和黃木高下立判，陡聽這一聲呼叫，心中一動，腰間一弓一折，竟然懸空一個觔斗，不但收斂住下撲之勢，而且仰身翻轉，退落原地。

這一式美妙靈捷，若非是慧大師，旁人也難以應變如此迅疾沉穩，連枯木老人也忍不住輕讚一聲：「好身法！」

慧大師騰身掠上石筍，沉著臉問道：「女娃兒有什麼事？還不快講！」

林玉卻向她連連搖手，將嘴湊在她耳邊，低聲說道：「我想到一個方法，包管一下子就能把那黃木老怪打動。」

慧大師頓時不悅道：「我說有什麼重大的事？原來只是這麼一句廢話，何須妳小孩子多嘴，難道他還真能接得住老尼的『蒼鷲七式』不成！」說著，便想飛落石筍。

林玉連忙伸手拖住她衣角，急聲道：「老前輩，妳聽我說，那怪物仗著邪門功夫，妳要是不施巧力，怎能傷得了他……」

慧大師一捽大袖，沉聲叱道：「妳還配教訓我老人家！」身形凌空而起，重又飄落地面。

其實慧大師口裡雖傲然不聽林玉的話，心中卻被她那短短幾句言語說得怦然而動，一面緩緩步向黃木老人，一面心裡私自暗忖：「這女娃兒的話果然有幾分道理，我苦修近一甲子，自問掌力不輸任何人，方纔那黃木竟然硬挨了兩掌，怎會絲毫也傷他不得呢？」

「唔！」她若有所得地輕點著頭，臉上掠起一抹淡淡的笑容，忍不住回過頭去，讚許地向林玉頷首兩下。

黃木老人笑道：「老尼婆如有後事尚需交代，在下極願多候片刻，反正再有一掌，妳要傷不得在下，在下便不跟妳客氣了！」

慧大師冷冷一笑道：「匹夫休要賣狂，你能受我三掌，老尼照樣也受你三掌，仔細了！」

那「了」字方才出口，左臂虛虛一揚，作勢欲要出手……

黃木老人連話也顧不得回答，慌忙運起「枯木功」，準備硬受這最後的一掌——

但他卻未料到，慧大突然左掌向後一縮，頓時一股強勁無比的吸引之力將他身子反向前一帶，他駭然一驚，剛要定樁抗拒，說時遲，那時卻快，眼前人影一花，慧大師早踏著她那妙絕天下的「詰摩神步」搶到黃木老人身側，手起掌落，拍在他左肩肩頭。

這幾個動作一氣呵成，當時不過霎眼之間，而且這一掌之力，遠在先前所施兩掌之下，但黃木老人一著失措，定樁未穩，竟被那輕易的一掌之力打得斜衝三四步，一個「餓狗吃屎」，弄了滿臉砂粒。

林玉在石筍上鼓掌笑道：「好一個王八吃西瓜，連滾帶爬！這一來不該再叫黃木老人，該改作土頭老人才好！」

枯木老人冷哼一聲，身不見晃，突然欺近丈許，冷冷說道：「堂堂小戢島主，原來只是個偷機取巧之徒。」

慧大師傲然道：「你若不服，貧尼也照樣奉陪三掌！」

枯木老人憤然跨前一步，但他側頭看看黃木，突又改變了主意，將手一拱，道：「大丈夫一言九鼎，今日我們弟兄自認失敗，三月之內，必然再來拜領教益。」說完和黃木老人轉身向海邊馳去。

慧大師沒有再開口，只是怔怔凝視著枯木、黃木逝去的身影，心中卻感到份外沉重，她雖然狂傲不群，一向自視極高，但今夜枯木和黃木輕易撞出「歸元古陣」，黃木老人並且硬接二掌，腳下竟分毫不動，這等怪誕絕世的武功，已使她心靈深處重重被震撼著，她比誰都明白，若非林玉提醒自己一個「巧」字，這次賭賽，勢必敗在那滿臉蠟黃的怪人手中。

方在沉思，林玉突然一聲驚呼！

「哎呀！不好了……」同時人影一閃，從石筍上飛墜下來。

慧大師大袖一揮，閃身攔住問道：「女娃兒，什麼事？」

林玉用手指著海邊，著急地道：「他們把我的船坐走了。」

慧大師展顏一笑，道：「讓他們乘去吧！這有甚麼大不了呢？」

林玉道：「可是我沒有船，怎能離開這兒啊！」

慧大師道：「妳先不用急，把妳來此的原故詳詳細細告訴我老人家。」

林玉望望那帆船業已遠去，追亦不及，只得嘆口氣，便將辛捷受傷，梅山民去世……這些經過大略述說一遍，慧大師聽得屢屢動容，但總極力鎮靜，一直靜聽沒有開口，及至林玉說到途遇吳凌風，囑托傳訊大戢島，邪王仇虎重蒞中原這段經過，慧大師卻頓時神情大變，驀地插口說道：「妳把那牌子快給我看看！」

林玉從懷裡取出「虎頭銀牌」，雙手遞給慧大師，老尼姑伸手來接，雙手竟已微微發顫，顯得心中極端激動。

她反覆地將那「虎頭銀牌」看了幾遍，仰首望天，口裡喃喃說道：「啊！當真是他來了，當真是他來了！」

林玉不禁詫道：「老前輩，妳認識那姓仇的矮子麼？」

慧大師茫然點了點頭，低沉地道：「豈止認識，說起來，他與我還有一段淵源……」

林玉驚道：「真的？老前輩可不可以告訴我聽聽？」

慧大師微微頷首，拉著林玉就在沙灘上席地坐下，悵然許久，然後幽幽說道：「這是很多年以前的事了，那時候，我也才不過二十歲吧！有一年爲了一件事遠走南荒，聽說南荒有一個絕世異人，一身武功，已達化境，自號天下第一高手，我一時年少氣盛，便尋那異人比試，誰知不出百招，果然敗在那人手下……」

林玉忍不住插口問道：「那位異人就是邪王仇虎嗎？」

慧大師不答，仍繼續說道：「我技不如人，敗得口服心服，於是轉念便求他傳授我曠世絕學，因爲我聽說那人年近百歲，尚無一傳人……」

林玉又問道：「他肯了沒有？」

「他不但不肯，反把我重重奚落了一番，說他的武功，必須要傳給他師父的轉世化身，此外誰也別想投拜在他門下……」慧大師忽然一頓，斜瞥了林玉一眼，似乎對自己親口向別人述說當年被奚落的往事，難免有些尬尷之意。

林玉卻對慧大師如此坦然告訴當年恨事，一些也不覺得奇怪，詫異地又問：「什麼叫做轉世化身呀？難道他師父不會死？」

慧大師淡淡一笑道：「所謂轉世化身，乃是說他師父死後投胎轉世，再世為人，他便又將從師父那兒學來的武功再還授給師父，如此等自己死後轉世，他的師父又將武功還授給他，這般交相傳授，他們那獨門武功，永遠也不會流傳到外人手中。」

林玉一驚，道：「這真是怪事，他師父就算轉世投胎，他又怎知道在什麼地方呢？」

慧大師笑道：「他們自有他們的尋覓之法，據說做師父的在臨死之際，用手指著那一個方向，便是說他死後要向那兒投胎轉世，做徒弟的按方向去尋，只要是他師父逝世那一年出世，面貌又酷似他師父的，便確定是他師父轉世化身，一定千方百計帶回南荒，將自己獨門絕藝傾囊相授，當作自己的傳人！」

林玉也笑道：「這簡直是胡鬧嘛，單憑臆測，如果找錯了，那該多糟啊！」

慧大師道：「天下怪事正多，他們一派自定律例，是以從不將武功傳授外人，同時代代相傳，只有一個人，而且師父與徒弟面貌一定十分相似，師父就是徒弟，徒弟又變成師父，糾纏不清，若非只傳一個人，那就更要弄不清楚了，所以他們也有個奇怪的門派名稱，叫做『師徒門』。」

林玉聽得大感有趣，忙又問道：「那麼他們這一塊虎頭牌又是作什麼用的呢？」

慧大師道：「這銀牌便是他們『師徒門』的獨門標幟，師父死時傳給徒弟，徒弟死後又傳給師父，從來不准許落入旁人手中。」

林玉頓時一驚，道：「可是，現在這牌子已落到我手裡，這可怎麼辦呢？」

慧大師臉色一沉，道：「所以我要把這些奇事告訴妳，這面銀牌必須趁早設法還給那仇虎，否則被他查覺，持牌之人，難免不慘遭橫禍。」

林玉聽慧大師也說得如此嚴重，心裡不覺害怕起來，吶吶半晌，才道：「老前輩，這麼說來，那仇虎的武功，真是天下無人能敵，我只有死路一條了？」

慧大師沉吟不語，許久才道：「這話也難說，但據我看來，當今之世，尙無人能勝得邪王仇虎，譬如天下至今均認爲人身穴道共三百六十五穴，死穴僅二十四穴，但師徒門卻能辨認人身三百六十六穴，而且能練閉二十五處死穴，這等玄妙之學，怎是中原武林所能及的。」

林玉更加毛骨驚然，目瞪口呆，說不出一句話來。

慧大師輕嘆一聲，拍拍林玉肩頭道：「妳也不必害怕，這件事乃中原數百年難逢的大事，妳一個小孩子如何能擔當得了，妳只管安心住在我這島上，待我親往大戢島和無極島走一遭，務要和他們共議一可行之法來。」

林玉喜道：「老前輩，妳准我住在這島上了麼？」

慧大師笑道：「徒弟自然應該住在師父身邊，妳說對不對？」

林玉雀躍而起，張大眼，半晌才驚喜交集的叫道：「師父！」倒身拜了下去。

慧大師從來孤獨不群，亦未起過收徒的心願，今日情不自禁，收了林玉作爲傳人，自己也是覺得感慨不已。

林玉則乍聞喜訊，出乎意外的投靠在海外三仙之一門下，那芳心中的欣喜之情，竟遠遠將邪王仇虎的陰影撇在腦後去了。

師徒二人各懷心念，直在沙灘上盤桓到紅日東昇，燦爛的日光湧出海面，慧大師方才攜了林玉的手，展開身法，馳向內島居住之處，那地方除了慧大師自己，林玉可說是第一個踏進內島的人。

當然，她如今已是慧大師的傳人，也就不覺得特別了。

時日飛逝，一年已盡。

漫天雪花在空中飛舞，落梅遍地，映著皚皚白雪，沙龍坪上的小屋中，一如往年生著熊熊爐火，但火邊圍坐著三個淒涼的人影，卻再也找不出年節歡欣的氣氛。

高戰仗著師門「先天氣功」精博雄渾，傷勢雖然已略見起色，獨個兒也能扶拐漫步，喝點酒，陪著辛捷夫婦在小廳裡坐坐，但他目睹辛捷夫婦臉上的戚容，自己也感到無比的空虛和沉重。

一樣是過年，有酒也有火，然而，這裡卻好像失去了什麼，爐火雖旺，室中竟似沒有一絲暖意。

張菁不住地向爐火中加著柴塊，好像嫌那火燒得還不夠大，不能驅去心底的寒冷，辛捷悵然而坐，兩眼瞬也不瞬地注視著爐中火苗，一杯一杯酒，毫不停留地向口裡直灌，彷彿他心底也有一塊難以溶解的冰塊，要藉那酒精的熱力，將它澆化溶去。

高戰忍不住輕聲叫了一聲：「辛叔叔……」

「唔！」辛捷茫然地抬起頭來，問：「戰兒，有什麼事嗎？」

高戰遲疑一會，說道：「辛叔叔，我的傷勢已經不要緊了，我看……我看明兒您還是去尋平弟和林家姊妹要緊。」

辛捷臉上綻出一抹苦笑搖頭道：「你千萬別小看了這傷，運功之際分神禦敵，傷在脈絡，如要在旁的人身上，也許一命不保，至少也得廢去武功，你雖然得天獨厚，又仗著師門先天氣功護住內臟，但也不是鬧著玩兒的……」

「我自會靜靜在這兒療養傷勢，辛叔叔你們放心去尋平弟，他已經半個月沒有回來，汶姐和玉妹也沒有消息……」

辛捷揮揮手不讓他說下去，道：「你不必替他們擔心，他們自己總會照顧自己，再等十天牛月，想來不會要緊的。」

正說著，張菁突然「噹」地拋了火鉗，凝神傾聽道：「噓！你們聽，好像有馬蹄聲……」

辛捷側耳一聽，臉上微微變色，從椅上站了起來，道：「你們坐著，我出去看看！」

但張菁早從坐椅上一躍而起，奔到窗邊眺望，驚呼道：「呀！是一輛馬車。」

辛捷迅速地拉開屋門，一蓬雪花猛地裡衝進屋來，但他略未稍顧，身子微晃，搶出屋門。

那馬車疾馳到梅林邊停住，車上跳下一高一矮兩個人，矮的一個早揚手大叫道：「辛叔叔，辛叔叔……」飛奔過來。

「呀！是汶兒！」張菁快步衝出屋來，張臂一把摟住林汶，眼中熱淚潸潸而下，低問道：「乖孩子，乖孩子，妳妹妹呢？」

林汶已經泣不成聲，緊緊抱著張菁，宛如摟抱著自己親娘，她眼睛一瞥屋邊梅山民的墳墓已經改建，心裡一酸，越加忍不住淚水滂淪，泣道：「辛嬸嬸，梅……梅公公他……他死了……」

張菁點點頭，淒然道：「我們知道了，好孩子，快進屋裡再慢慢說吧！」她一抬頭，見一個清麗脫俗的中年婦人含笑站在面前，頓時一怔。

辛捷忙道：「難得方姑娘也能同來，快請到屋裡坐！」

進了屋門，林汶一眼看見高戰，神色一陣激動，但她卻不似往常那麼羞怯，反婷婷走上前去，低聲道：「高大哥，你也回來啦！」

高戰忙拄拐立起，含笑答道：「謝天謝地，妳總算平安回來，玉妹呢？」

這時，辛捷也將方少堃介紹給張菁，大家重去圍爐坐下，林汶才將梅山民去世前後的經過，詳細說了一遍。

高戰第一個驚問道：「汶姊，妳說那害死梅公公的，便是上次擄妳到松樹林去的兩個怪老人？」

林汶切齒道：「正是他們，只不過這一次他們已經一個變成枯木，一個變成黃木了。」

高戰失驚道：「啊！他們已經練到第二層了，說起來這真是我做出來的恨事！」

辛捷道：「這也不能怪你，你縱然不代他們取書，他們終有一天，總會得到那本秘笈，只是，勾漏二怪除了秉性剛強之外，一生尚無大惡，想不到竟是他們害死了梅叔叔。」言下大有淒惶之意。

張菁忙道：「你說起那邪王仇虎，我倒記起來了，這次我和平兒林中遇伏，便是那矮子力退龍門四傑，後來又在崖上嚇走了白婆婆，那矮子看起來也不像壞人，怎會和吳大哥結下仇怨的呢？」

小屋中添了方少堃和林汶，頓時顯得熱鬧了許多，你一句，我一句問著離別後情景，時而驚訝，時而駭呼，時而淒然，時而又嘆息……爐中火勢已漸漸低弱，張菁也忘了再去加添柴塊。

辛捷喟然道：「能得汶兒平安回來，這個年也算熱鬧了許多，大家快來喝酒，凡事都等明天計議，是恩是仇，明年再結吧。」

眾人方起身，突聽門外一個蒼勁的聲音說道：「好呀！你倒要喝酒啦！我老人家跑了多少冤枉路，這筆帳，向誰算去？」

隨著人聲，屋門外邁進來一人，辛捷一見大喜，慌忙趕上前去，叫道：「上人，您老人家怎麼也來啦！」

原來那人正是遠從天竺趕回來的平凡上人。

眾人盡都欣喜，將平凡上人推到首席坐下，上人問明了高戰替辛捷療傷突圍的經過，笑道：「難得！難得！我這一趟總算沒白跑，那幾個果兒對你正有用處，恆河三佛還托我帶給你一件東西，恰好補償你捨己爲人的一番情意。」

說著，從懷裡取出蘭九果和那本小冊子，一併交給了高戰。

高戰稱謝接了過來，見那小冊之上，寫著一行梵文，自己看不懂，又請教平凡上人，上人一把抓了過去，塞在懷裡，道：「這叫做風火凝氣玄功，是恆河三佛被困在風火洞裡參悟出來，特囑我轉贈給你的，偏那金伯勝佛做事糊塗，明知你看不懂梵文，拿著豈不白費，還是那一天我再還給他們吧！」

張菁笑道：「既是三佛苦心參悟的東西，必然有些用處，上人何不替戰兒譯成漢文，也不負人家一番心意。」

平凡上人搖頭道：「我再不要找這種麻煩了，上次妳老公弄來一本達摩秘笈輕功篇，我也是替他代讀書上梵文，後來被小戢島那老尼婆好把我恥笑一番！」

辛捷也笑道：「小戢島慧大師輕功獨步天下，你老人家用達摩輕功篇的功夫去和她比，她自然會笑你，這一次咱們不給她知道便是。」

林汶幾次要將邪王仇虎的事轉告平凡上人，但見他正與辛捷夫婦說笑，未得機會開口，偷偷斜眼一瞥高戰，卻見他正癡癡捧著蘭九果在出神，好像對身邊歡笑之語，一句也沒有聽進耳中。

原來高戰睹物思人，眼見蘭九果，不期然想到金英，這果兒正是金英家中之物，但不知她為了自己累次開罪師父白婆婆，林中一別，將會遭到什麼樣的懲處？

他本是至情之人，回憶金英待自己的深情柔意，沙漠中的體貼纏綿，一顆心早已飄飄蕩蕩，飛出了小屋，重又飛到那奇幻莫測的沙漠之中了。

高戰正沉緬在一片往事之中，突覺一隻柔軟的手掌按在自己肩頭上，驀然抬起頭來，卻見張菁含笑向自己說道：「戰兒，這蘭九果乃是難得珍品，你幹麼不趕快吃下去，儘望著它出神作什麼？」

高戰忙道：「我自覺內傷已無大礙，這東西這麼珍貴，還是留著以備後用的好。」

辛捷聞言回過頭來，道：「這是什麼話？戰兒快快吃了，到房裡調息一會，早些治好傷，咱們還有很多事情要做呢！」

高戰進屋之後，林汶才乘機將邪王仇虎的事告訴了平凡上人，老和尚一聽大驚失色，從椅子上直跳起來，一聲不響，扭頭向屋外便跑。

辛捷忙攔住問道：「上人到哪裡去？」

平凡上人一摔大袖，閃過辛捷，晃身已到門邊，道：「那矮子不是好纏的，這件事，我得趕快去早作準備。」

說著拉開屋門，便想動身，那知屋門才開，驀地一股勁風迎面撞來，平凡上人舉掌一封，登時被那強勁的力道震退一步，屋外一人當門而立，冷傲地說道：「老和尚怎的這麼不中用，憑一個邪王仇虎，難道咱們海外三仙便懼怕了他不成嗎？」

張菁一見那人竟是無極島主無恨生，喜得叫聲：「爹！」便縱身撲了上去。

無恨生緩緩跨進屋來，見辛捷無恙，老懷大暢，笑向平凡上人道：「捷兒的傷，天幸竟痊癒了，你這一趟天竺沒有白跑，我也就便打聽到一件大事，正要尋你商議呢，你怎的便要走了？」

平凡上人苦笑道：「你要找我，準沒有好事。」

無恨生笑道：「這一次你卻猜錯啦，正是你天大的喜訊，你要不要聽吧？」

平凡上人道：「我和尚六根清靜，喜從何來？你不要誆我。」

無恨生道：「我自離了無極島，一路尋那毒君金一鵬不到，卻在無意之中，見到一位高人，這人跟你淵源深厚，我若是說出來，保管你要跪倒向我叩謝大恩，但你如急著要走，我也不用提他了。」

平凡上人上前一把拉住無恨生的手臂，叫道：「他是誰？他是誰？你趕快說出來，我一定不走。」

無恨生卻不肯便說，先自坐下，又斟了一杯酒，悠然啜酒微笑，直將平凡上人急得七竅生煙，順手從桌上撈起一隻酒杯，喝道：「小伙子，你再賣關子，我老人家要動武啦！」

無恨生笑道：「你如要聽，乖乖坐下來，替我斟上三大杯酒，先謝謝我這報喜訊的恩人。」

他愈是笑而不言，連辛捷等諸人都被他逗得心急起來，辛捷忙搶過酒壺替無恨生滿滿斟了三杯，無恨生一飲而盡，這才緩緩說道：「我一路尋那金一鵬不得，心裡正煩，一天偶經一座大山，被那山中景色所迷，漫步行去，忽有一處絕崖之上，似有個洞穴，洞口一株百年大樹，竟然無風自動，搖擺不停，而且樹上枝葉極盛，恰巧將洞口掩住，若非搖擺晃動，簡直使人看不出崖上竟有洞穴，我一時好奇，便想上去探一探……」

平凡上人插口道：「你能不能說得簡單一些，不要拐彎抹角，盡作那些酸文！」

無恨生笑道：「你要是不耐煩，我就不說也罷！」

平凡上人忙道：「我的好相公，你說！你說！我老人家耐著性子聽你擺佈吧！」

無恨生又道：「那時我雖想上去一探，但那片懸崖少說也在千丈以上，若憑輕身之術，萬萬上不去，要是用壁虎功游升，勢必也要耗去不少精力，我相度了好半天，才想到一個辦法，費了足有個把時辰，首先繞登崖頂，然後用一根長藤垂下一半，悄悄沿藤而下，待長藤已盡，才藉勢掠落在那洞口大樹之上……」

他說到這裡忽然一頓，側目望望平凡上人，見他果然沉住氣不再插口，於是淡淡一笑，繼續又道：「當我停身那樹枝上，才發現那洞穴並不太深，大約只有兩丈左右，洞裡只有一個蓬頭垢面的老和尙，盤膝而坐，正垂目閉眼，煉那混元真氣吞吐之法……」

平凡上人聽到這裡，渾身一震，忍不住又插口問道：「老弟，那老和尙是個什麼模樣？」

無恨生笑道：「我剛才看了一眼，又在洞外亮處看洞裡陰暗之處，如何能看得清切？」

平凡上人氣得一跺腳，地上登時陷下去一隻半尺深的腳印，揮手道：「好！好！你慢慢說吧！我老家再也不問了。」

無恨生見他真的著了急，這才臉色一正，說道：「那時候，我雖未能看清洞裡老僧模樣，但卻駭然發覺那巨樹搖擺的原因，正是受了那老和尙吐氣吸氣之故，似這等深厚的功力，我相信尚不能辦到，略一遲疑，洞中老和尚已經睜開兩眼，突然對著洞口，鼓氣吸了一口真氣……」

張菁失聲叫道：「呀！後來又怎麼樣了呢？」

無恨生笑道：「他那一口氣，被洞壁一阻一逼，何異千鈞重壓，洞外樹幹被吹刮得險些折斷，我急切間探手一揮，左臂貫足內力，插進石壁之中，腳下用『蜻蜓踏波』的內家功力穩立在樹上，那老僧見一口氣未能將我吹落，這才展顏一笑，邀我進洞裡相敘，原來他竟是當年少林掌門高僧——靈雲禪師。」

無恨生說到這裡，平凡上人早已大驚起立，失聲道：「啊！竟會是他？竟會是他？」一把拉住無恨生，急問：「你快告訴我，他在什麼地方？我和二師兄尋他將近百年，原來他並沒有死，至今尚還健在？」

他情緒激動，說著竟已熱淚盈眶，雙手顫抖，不知是喜是愁？

無恨生輕嘆一聲，道：「他雖然告訴了我昔年稱謂，但一再叮囑我不可以輕易對人提及，當時我曾對他談到你和你那位騎鶴的師兄，他只笑道了四句偈語，說是『木雕一虎在山林，遠望威儀宛若真，縱說是假終可畏，此身如在大江心。』要我轉告你不必尋他，時機至時，自會相逢。」

平凡上人熱淚紛墜，離席跪地遙拜三拜，道：「敬領師兄法諭，只盼仙佛久遠，終得一會。」

眾人見他那等高齡，對師兄尚且這般虔敬，不由都隨同起立，默然垂首，無恨生道：「我把這事告訴你，正是要你不再懸念，那知你這麼大一把年紀，修行多年，怎的竟還看不破這一關，早知如此，我也不說了。」

平凡上人盡斂平時嘻笑神態，正容說道：「當年我與二位師兄同離少林，曾發誓苦研絕學，要爲少林重振聲威，使少林武學光大武林，後來多年消沉，這事早成夢境，現在看來，顯然大師兄和二師兄尚未將此心願放下，越令我這不中用的師弟汗顏無地，說不得，只好捨命會會那邪王仇虎，了卻當年一番心願了。」

無恨生鼓掌笑道：「這番話才像個男子漢的口氣，張某不才，也不願有辱咱們海外三仙的名聲，咱們明天便動身，尋那老尼姑先訂一條計策出來，我就不信那邪王仇虎真有三頭六臂不成！」

辛捷也激動地道：「這樣最好，明日我便和戰兒趕往松樹林，替梅叔叔報了大仇，便當趕來大戢島替三位前輩助威，同時也見識一番邪王仇虎的絕世武學。」

只有張菁黯然不語，心裡卻泛起無限愁思，她固然不能阻止丈夫去江湖奔走，但卻又難以忍受這種夫妻分離，愛子遠走的寂寞和傷感，強顏含笑替三人加了一杯酒，借轉身添柴，暗地抹去兩粒滾落的淚珠。

卅四　惘然如夢

旭日初昇，天色方曉，東行的官道上，馳來一騎黑馬。

馬上坐著一對少年男女，女的艷若出水芙蓉，貌比花嬌，斜依在鞍前，不時揚起一陣銀鈴似的笑聲，冷風吹在她細嫩的臉蛋上，使她本已白中透紅的面頰，越發渾紅得像一隻熟透了的蘋果，她是那麼開心的依偎著身旁的人兒，可是那男的劍眉微鎖，笑意十分牽強，眉眼之中，都似乎隱著一層愁思。

他們都那麼年輕俊逸，並坐鞍上，看來直似一對金童玉女，是什麼刺傷了他那幼小的心靈呢？或是在純潔的心田上，埋藏著什麼難以告人的隱衷？

馬兒掠過鵝黃色的道路，揚起一片輕塵，那少女忽用手指著前面一片峻嶺，回眸向男孩笑道：「到啦！到啦！我常聽師父說泰山是五嶽之首，怎的看起來這山並不太高呀？」

男孩苦笑道：「泰山本來並不高，只因這附近沒有其他的大山，既是平地突出來的山峰，自然顯得高一些！」

女孩笑道：「原來是這個道理，那麼人家說登泰山而小天下，這不是吹牛了嗎？」

男孩道：「倒也不是吹牛，試想要是在西北高原大山叢裡，那些山雖然都很高，但高山之上，還有高山，一嶺之上，還有一嶺，令人心胸總不能開闊，只有在泰山上，一望無涯，村舍田畝，盡收眼底，才會令人生出俯覽的氣慨，何況泰山之上風景絕幽，天下也再難找到第二處……」

女孩嘴兒一抿，道：「我就不信，咱們住的玄玄峰上風景才好哩，一年四季花開不謝，整座山頭就好看呢，現在正是梅花盛開的時候了吧，唔！我前年親手植的梅樹今年只怕又發芽了。」

那男孩聽了這話，陡然聯想到自己的家園：「啊！是的！沙龍坪的梅樹早就開花了，梅公公不就是死在梅花樹下麼？我離家的時候梅花還正盛呢！」

想到這兒，一股鄉愁襲上心來，他不禁輕嘆一聲，黯然神傷的垂下頭來。

那少女好像並未發覺身邊伴侶的心情，兀自笑道：「平哥哥，泰山上有沒有奇毒的東西呢？咱們要是能像玉盤洞一樣，捉它幾隻綠色蜈蚣，那才妙哩。」

辛平沒有回答，只是悵悵望著遠方，眉梢愁意，卻愈來愈濃重了。

何琪回眸見他臉色有些不對，詫問道：「你怎麼啦？哪兒不舒服麼？」

辛平輕嘆一聲，只搖搖頭。

何琪笑道：「我知道，你一定想家，已經過年了，趕回去看爹爹媽媽是不？」

辛平苦笑道：「我只想問妳究竟還要到什麼地方去玩？要到何時才能玩夠呢？」

何琪格格嬌笑出來，道：「我這次來中原，本就是遊玩的，凡是天下有名的去處，我全想去玩個痛快……不過……」她俏眼瞬了瞬：「不過，這次泰山去過之後，定先陪你回家去，我也想看看你爹爹和媽媽，聽你說他們都那麼了不起，我也該去瞻仰一番呀。」

辛平心裡忽然一動，正要開口，黑龍駒已經馳到山腳下一處小市集中，何琪一收馬韁，從鞍上跳落下來，叫道：「咱們吃點東西，問清上山的路再走！」

市集小得可憐，從街頭到巷尾，總共不過十幾戶人家，其中大半販賣香燭，只有一家酒店，兼賣麵食乾糧。

兩人牽著馬走到店門口，何琪當先舉步跨了進去，辛平正要進店，那知一眼瞥見店裡已坐著一個客人，登時心頭一震，慌忙縮腿退出來。

何琪回頭詫道：「咦！你怎麼……？」

辛平連忙向她搖手示意，匆匆回頭便走，轉過街角，一翻身跨上馬背……

何琪掠身趕到，沉聲道：「平哥哥，這是怎麼一回事？」

辛平低聲急迫地道：「那人正是我的對頭，咱們別吃東西，趕快離開這兒吧！」

何琪眉一豎，道：「怕什麼？咱們偏不要走，讓我去會會……」

辛平道：「這人本領大得很，妳我都不是他的對手，還是不要跟他照面的好，幸喜他還沒有看到咱們……」

何琪好生不服，但拗不過辛平，只好依著他牽馬悄悄過小鎮，準備即行登山。

不料他們方才出鎮，辛平臉色又變，連馬兒也來不及帶，呼地縱身一掠，便匆匆躲到一家屋角後去了。

何琪扭頭看去，只見鎮中正大步走來一個矮子。這矮子銀髮蓬鬆，膚色卻猶如嬰兒，身高不過三尺左右，最奇怪的是面貌長得竟和辛平極爲相似，大刺刺循著登山道路走來。

何琪自然認不得這矮子竟是威鎮南荒的邪王仇虎，見他矮小醜陋之態，心裡先有三分輕視，忖道：「平哥哥也真沒出息，憑這樣一個三尺短命丁，有什麼值得畏怯的呢？」當下一手帶馬韁，一手叉在腰上，也大刺刺向路上一站。

仇虎手裡拿著一隻水煎包子一面走一面吃，驀然抬頭看見何琪和黑龍駒，臉上微微有些驚詫，上下將馬兒打量了一陣，點頭讚道：「唔，倒是一匹少見的好馬，可惜我老人家正要上山，暫時還用牠不著。」

何琪不屑地接口道：「用得著便怎樣？」

仇虎笑道：「那自然只好委曲妳忍痛割愛了呀！不過，我老人家向來不白要小輩們的東西，我給妳的，定勝這馬百倍。」

何琪存心要跟他找岔子生事，聞言嗤一聲，道：「看你個子不大，口氣倒不小，你就知道姑娘肯給你麼？」

仇虎卻不生氣，兀自笑道：「妳現在給我，我老人家也不要，等我要的時候，妳不給也不行。」何琪哼道：「那倒要試試看。」

仇虎怒目一睜，似要發作，但繼又自己一笑道：「可惜老夫有要事，否則真要教訓妳是誰家孩子，言語如此狂妄！」說罷掠身一閃，已越過何琪，急急向山上奔去。

何琪對著他奔去的背形，不屑地啐了一口，道：「哼！神氣什麼？姑娘也不是怕事的人……」但仇虎身形如電，早奔出甚遠，想來並未聽見這些話。

辛平直到望不見仇虎影子，才悄悄出來，餘悸猶存道：「好險，那矮老頭最能纏人，今天若不是他另外有事，準跟妳沒有完了。」

何琪冷笑道：「他能把我怎麼樣？我既敢惹他，便不會怕他。」

辛平道：「妳不知道他的武功多麼神妙，白婆婆何等了得，龍門五傑何等狂傲，都被他……」

何琪揮揮手，道：「不用說啦！你怕他我可不怕，下次再遇見時，瞧我給他一些厲害，走吧！咱們也上山去吧！」

辛平心裡對何琪的狂傲之態甚感到不悅，但隱忍著沒有表露出來，默默上馬，他已經暗暗下了決心，無論如何，最好早早擺脫這毒辣狂傲的何琪，設法趕回沙龍坪去。

馬兒驟登山，辛平下意識地摸摸懷中那三粒「太心丸」，神醫盧鈞的警語，又在他腦中響起……

他不知道這藥丸是不是有效？更不知三粒丸藥支撐一個月之後，自己能不能設法解掉所中的蠱毒呢？假如不能……唉！他真有些不敢往下想了。

這一剎那，他突然希望能再碰上邪王仇虎，要是仇虎能夠將她殺……

辛平不自禁地打了個寒戰，又用力搖了搖頭，他本是善良純潔之人，自己也說不出怎會忽然生出這可鄙的歹毒念頭來？

何琪待他不壞，除不願跟他分離而對他下蠱毒之外，使他再找不出一點憤恨她的理由，她是那麼美！又麼柔情蜜意……

然而，難道他就甘願永遠這樣受她挾制，一時一刻也不能離開她？

啊！不！當然不會！他雖然也喜歡何琪，但卻不願被她挾制，對她唯命是從，他必須要早早想個辦法，擺脫那隨時可制他於死的蠱毒。

山勢漸險，馬兒行得緩慢了許多，辛平皺眉沉思，忽然心裡生出一個奇想。

何琪不是說過「以毒攻毒」的話；又曾說「綠色蛤蟆」能解百毒嗎？假如用「綠色蛤蟆」不知能不能解去體內蠱毒呢？

這個想法雖然那麼不可思議，但辛平卻深深爲它而激動起來，他連忙用手按撫著懷中那隻小小的玉盒，一顆心「砰砰」狂跳不止。

泰山風光是那麼雄偉，但辛平毫無心情領略，他只盼早些天黑，等何琪入夢之後，用「綠色蛤蟆」試解蠱毒！

可是，他愈是心急，時間卻過得愈慢，好不容易熬過半天，兩人已逛到深山群峰之中，腹中雷鳴，大家全餓了。

何琪道：「這下糟透啦！咱們上山太匆忙，連乾糧也沒有備，荒山中哪兒去找東西吃？」

辛平想了想，道：「不妨，山上廟宇很多，咱們找到一間，便不愁沒有吃的東西了！」

二人催馬轉過山峰，但說也奇怪，極目盡是荒山，竟沒有找到一間廟宇，辛平也漸漸慌起來。

驀地，何琪用手一指峰下，叫道：「平哥哥，你看那是什麼？」

辛平凝目望去，見峰腰下隱著一片山谷，谷中滿積著厚厚的雪，但一叢蒼松之後，卻閃出一線屋角，竟然是一家人家。

二人大喜，忙策馬下山，遙趨谷底。

谷中左右邊有一片山坡上白雪如銀，襯著十餘株蒼松，景致絕幽，辛平道：「這種幽靜脫俗的地方，必有高人隱居，琪妹妹，咱們下馬步行如何？」

何琪道：「管他高人矮人，咱們不過是向他要點東西吃，何必這樣恭敬？」

辛平不悅道：「尊敬長者，是咱們練武的人最起碼的禮節，將來妳見了我爸媽，或是我見到妳師父，咱們難道也不必講禮，大家隨便好了？」

何琪笑道：「你和我自然又不同，好啦！別發牛脾氣啦，我依你下馬就是了。」

他們索性將黑龍駒鬆放在谷口，兩人牽著手踏雪入谷，走了十餘丈，那棟小屋已隱隱在望，何琪笑著道：「喂！是哪一位高人老前輩在家？討東西吃的晚輩來啦！」

辛平忙低喝道：「琪妹妹，別這樣嘻嘻笑笑……」

這話尚未說完，小屋中果然應聲出來一個人，辛何二人抬頭一看，不禁吃了一驚，不約而同齊聲詫道：「呀！是他？」

原來那人一身土布大袍，神態逸爽，正是在客店中救辛平一命的神醫盧鈞。

辛平喜出望外，忙施禮道：「原來是老前輩隱居此地……」

何琪輕輕拉了他一把，道：「咱們走吧！我不願看見這老頭兒。」

辛平道：「他是我救命恩人，再說，妳和他也沒有仇怨……」

何琪道：「但是，你忘了他曾經直呼我師父名字，將來這件事被師父知道，一定不會放過他！」

辛平怒道：「要是妳不肯多留，那就先走吧！我還要向盧老前輩拜謝救命大恩哩！」一摔手大步向盧鈞迎了過去。

何琪無奈，只好也跟在後面，那盧鈞見是辛平和何琪，似乎也微微吃驚，駐足而待道：「你們怎的也到這兒來了？」

辛平拱手道：「晚輩們欲遊東嶽，臨時匆匆忘了購備乾糧，正尋東西吃呢，不想老前輩適巧隱居此處！」

盧鈞淡淡一笑，道：「這兒也不是我的家，不過此間主人有事不在，留我替他暫看門戶而已，小兄弟的病已經大癒了？」說著，凝目向辛平仔細打量了幾眼。

辛平忙道：「多謝前輩關心，晚輩已經痊癒了。」

盧鈞微微頷首，道：「能這樣就最好了！你們既肚饑，快進屋來略坐。」

他一面舉手讓客，一面有意無意向何琪瞥了一眼，何琪冷哼一聲，掉頭他顧，只作沒有看見。

小屋中陳設著簡單桌椅，除了盧鈞，果然再無旁人，辛平稱謝落坐，何琪也默默跟著進屋坐下，盧鈞從廚房裡端來幾碟糕點，辛平實在餓了，毫不客氣便吃了幾大塊，但何琪卻沉默地坐著，連手指也沒有沾那些點心。

辛平奇道：「妳不是餓了嗎？幹嗎不吃呢？」

何琪只搖搖頭，仍是一聲不響。

盧鈞笑道：「姑娘儘可放心吃用，老朽這些食物之中，決無毒物的。」

何琪黛眉陡然一揚，冷笑道：「便有毒我也不怕，只是不想吃，你最好不要囉嗦。」

辛平連忙喝道：「琪妹妹，人家盧老前輩一番好意，妳千萬不可如此。」

何琪憤然站起身來，向辛平道：「我在屋外等你，你快些吃飽咱們好走了！」匆匆出屋而去。

辛平方要攔她，盧鈞忙以目示意，待何琪出屋之後，盧鈞以手沾了口液，急急在桌上寫道：「你的蠱毒怎麼還未解？」

辛平無可奈何的搖搖頭，忽然心中一動，忙也用手指寫道：「請問綠色蛤蟆可解蠱毒嗎？」

盧鈞看了頗顯吃驚，忍不住急寫道：「你有嗎？」

辛平便從懷裡取出玉盤，揭開盒蓋，將那兩隻通體碧綠的古怪蛤蟆遞給盧鈞。

盧鈞神情似乎十分激動！伸手接了玉盒，手指都微微有些顫抖，注目看了片刻，又將玉盒遞給辛平，但卻黯然搖了搖頭。

辛平不禁大感失望，忙寫道：「請前輩賜示，何物方能解毒？」

盧鈞輕嘆一聲，用手寫道：「必須五毒俱全，合而吞之。」

辛平看了那「合而吞之」四個字，頭皮一陣發麻，心裡一陣嘔心，差一點將吃下去的糕餅全吐了出來。

但他深知這片刻時間，便是決定自己命運的寶貴時間，忙又急急寫道：「何謂五毒？」

盧鈞振指疾筆，在桌上寫了蛇、蟆、蠍、蜈、蝪幾個字，又加上一句：「必須全用這類綠色異種……」

他似乎還有未盡之意要想再寫下去，但剛寫到「色」時，突聽何琪在門外冷笑一聲，冷冷說道：「寫好了嗎？吃飽咱們該走了。」

辛平駭然一驚，慌忙揮去桌上字跡，站起身來，拱手道：「多謝前輩厚賜，咱們就此告辭。」

盧鈞苦笑一聲，道：「這些剩下來的也一併帶著吧，荒山之中，總有需用的時候。」

辛平忙道謝，盧鈞卻趁他收藏糕餅之際，匆匆又運指在桌上寫道：「今夜三更，盼能獨來。」

辛平點點頭，急急告辭出屋，何琪正背負著雙手，仰面望天，嘴角掛著一抹冷笑，緩緩問道：「寫完了嗎？」

辛平情虛，吶吶答不出話來，兩人各懷著心事，直到出了谷口，何琪方才幽幽的說道：「平哥哥，我待你是好是壞，難道你還看不出來？」

辛平聞言一震，忙道：「妳待我的好處，我自然知道。」

何琪道：「既然知道，你就不該再鬼鬼祟祟跟那賊老鬼做那見不得人的事，你總拿他當作好人，遲早把命斷送在他手裡，那時後悔就來不及了。」

辛平聽得背上冒出冷汗，不明她這話中之意，是不是在警告自己，一時竟不知該怎樣回答才好。

何琪長長嘆了一口氣，道：「唉！一個人要得到別人的心，真是太難了，你就是爲了他去死，把心挖出來擺在他面前，他也不會相信的。」

說到這兒，眼眶已含孕著兩粒晶瑩的淚珠。辛平忽然感到萬分歉意，他自問何琪除了愛他有些不擇手段，此外似乎再找不到什麼缺點，像這樣一個秀外慧中的紅顏知己，別人做夢也想不到，自己怎竟對她畏如蛇蠍，處處走避她唯恐不及呢？

何琪本來已經很美，如今鳳目含愁，星眸帶淚，越發顯得嬌不勝悲，楚楚可憐，辛平不禁神馳目眩，心搖難持，探臂攫住蜂腰，愧然說道：「琪妹妹，我……我……」

何琪就勢偎在他懷中，低聲道：「平哥哥，不管你喜不喜歡我，但我是決心永遠也不再離開你了，你說，你願意長久跟我一起嗎？」

辛平連忙用力的點點頭，好像是生怕用力不夠，不足以表示自己的決心，這時他真有滿肚子話，但卻不知該從何說起才好。

何琪淒然笑道：「你願意就好了，只要能永遠跟你在一起，便是死了，也心甘的。」

辛平忙掩了她的嘴，激動地叫道：「不！我不要妳死，我要妳活著……」
何琪寬慰地依靠在他懷中，輕聲問道：「那麼，你還相信盧老兒的話嗎？」
辛平急道：「琪妹妹，妳不要誤會盧老前輩的好意，他並不想害妳，只是想替我……」
「替你解去蠱毒，是嗎？」
「是……是的！」辛平不能不承認。
何琪輕嘆一聲，道：「我何嘗又不想替你解了蠱毒呢，但我一則怕你從此會離開我，再則我自己也僅會放蠱，不會解蠱，這件事，只怕需求我師父才能作主了。」
辛平驚道：「真的？連妳自己也不會解蠱的方法？」
何琪臉上忽然一陣紅，羞怯地道：「我雖然知道一個方法，但現在卻不能實行……」
辛平道：「難道妳還不放心我，害怕我會離開妳……」
何琪搖搖頭，道：「不是，只因爲你和我都還太小，這件事，起碼得過四五年才能實行。」
辛平不懂，一味追問不休，何琪似乎被他逼得不耐，臉上紅暈愈濃，低啐了一口，悄聲道：「你難道沒有聽說過『雙體合修，百蠱自解』這句話麼？還問個什麼勁呢！」
這句話，好似一盆冰水，從辛平頭上直淋下來，他恍然暗忖道：「這麼說，我除了跟她成婚，再沒有自由的時候了？」他不禁重又跌進痛苦的沉默中，久久未再開口。

他倒並不是不願要何琪這樣美絕人間的妻子，但卻天生傲骨，不願意受人以蠱相迫，強逼就範，他要愛得光明磊落，愛得發自內心，豈能低頭屈服在女人石榴裙下。

原有的一些愛意，盡被何琪這句話沖得點滴不存，他突然覺得何琪竟是那麼可卑可恥，空有美麗的軀殼，卻掩不住那醜惡的靈魂，雖然她看起來對自己柔情蜜意，善良而順從。

這一天他們在山中遊玩，辛平便儘量設法繞著圈子，不肯離那山谷太遠，天才薄暮，便早早尋了個山洞，生了火堆，催促何琪早些休息。

何琪也許是飢疲交集，偎在火邊不一會便沉沉入睡，辛平卻假裝閉著眼，心裡思潮起伏，如何能睡得著。

看看將近二更時候，辛平假作翻身，緩緩滾近洞口，然後偷偷睜開眼來向何琪窺望——何琪睡得正熟，規律的呼吸襯著起伏的胸脯，紅衣映著火光，顯然臉蛋上也是暈紅一片，辛平躡足起身，輕輕在火堆上加了幾塊木柴，一步步向洞外退去！

忽然，何琪玉臂微探，呢語道：「平哥哥！平哥哥！你不要走……」

辛平大吃一驚，慌忙又躺在地上，裝著熟睡，直過了片刻，仍不見何琪另有動靜，才知她僅是夢中呢喃，當下再度壯著膽，弓身而起，緩緩地一步一步退出了山洞。

山中氣候入夜甚涼，辛平閃出洞口，被寒風一吹，不覺得神志爲之一爽，他緊了緊身上衣服，凝神又傾聽片刻，待確定何琪並沒有醒，這才辨明方向，展開身法向那山谷奔去……

辛平快如星丸飛瀉，一口氣奔到山谷谷口，凝目遠望，果見小屋中燈火猶在，顯然盧鈞正在等候著自己。

他一騰身掠進谷口，腳才落地，陡見一條黑影從右側疾閃出來，沉聲道：「小兄弟，這邊來！」

辛平扭頭見是盧鈞，連忙縱身倒射，隨他轉到一株蒼松樹蔭下，辛平叫道：「盧老前輩……」

「噓！噤聲！」

盧鈞以指按唇，示意他靜待，一面神情凝重注視著谷口，目光瞬也不瞬。

辛平大感詫異他究意在等誰，那知就在這刹那之間，忽聽見一陣極其輕微的衣袂飄風聲響隨風傳來。

片刻間，一條纖小人影宛如乳燕掠波般，腳不沾地直撲那燈火明亮的小屋，辛平一見，差一點驚呼出聲，原來那人一身猩紅衣襟，不是何琪還有誰呢？

他不禁對盧鈞的機警大感佩服，方才自己若不是跟他隱藏得快，行蹤必然便落在何琪眼中，同時，他也對何琪的詭詐，感到十分鄙視，憑自己那麼謹慎小心，竟險些上了她的大當。

心念之間，何琪那紅色身影又電馳而出，她顯然到小屋去撲了空，回到谷口，不覺略為一頓，左右張望一眼，大有遲疑之意。

盧鈞面露緊張之色，探手入懷，取出件形如兒臂的精巧點穴橛，辛平知道他已經準備出手了，卻見何琪纖腰一閃，已經奔出谷口馳去。

盧鈞長長鬆了一口氣，低聲道：「這妖女如此機警，稍等只怕仍會重來，咱們可不能回屋裡談話了，小兄弟，隨我來吧！」

說著，探手牽了辛平，繞登山坡，攀到谷左側一座小山頂上，這兒既可俯瞰小屋，又一眼能兼顧山谷外動靜，倒的確是個難覓的地方。

盧鈞叫辛平坐在一塊山石上，凝息片刻，忽然伸手道：「小兄弟，你把那一對綠色蛤蟆再給老夫看看。」

辛平雙手將玉盒遞過去，盧鈞掀起盒蓋，仔細看了一陣，又從自己懷裡也取出一隻檀木製的盒子，小心地抽開一絲小縫，卻將那一對「綠色蛤蟆」移到木盒盒縫邊！

突然，那「綠色蛤蟆」呱地一聲怒鳴，雙雙跳出玉盒，一齊鑽進那檀木盒內，登時木盒中一陣「噗噗」跳動，好像是什麼東西在裡面追驅打鬥似的。

過了片刻，盒中重歸寂靜，盧鈞神色一懈，抽開盒蓋，兩隻綠色蛤蟆一齊躍回玉盒，而木盒中卻僵伏著一條混身金色的小蛇，顯然已經死去了。

辛平目睹這幕表演，心裡噗通亂跳，卻見盧鈞長嘆一聲，道：「真虧了她，竟弄得這種天下至毒之物，而且養飼馴服，實在難得。」

辛平問道：「老前輩，你是說這綠色蛤蟆嗎？」

盧鈞點點頭道：「通常蛤蟆雖毒，蛇類專能克制牠，何況金蛇本身也是天下絕毒之物，不想只在瞬息之間，便死在這兩隻蛤蟆口下，小兄弟，你若聽我良言，還是早早離開這毒女的好，再要遲延，必受其害。」

辛平大感恐懼，吶吶道：「可是，老前輩，我身上的蠱毒……」

盧鈞神色一動，急道：「對啦，我倒忘了問你，難道你跟她相處這些日子，還沒探聽出那解蠱的方法來？」

辛平臉上一陣紅，道：「倒是探聽到一個方法，只是不能實行。」

盧鈞忙道：「是什麼方法，快說出來聽聽。」

辛平扭捏半晌，才說道：「她說，只有合體雙修，百蠱自解……」

盧鈞「啊」地笑了起來，道：「這乃是最平常的方法了，若依這方法行事，其實這蠱毒不解也是一樣，我的意思，是說除了這個方法，她可曾提到旁的解蠱方法呢？」

辛平搖搖頭道：「沒有，她說她自己也只會放蠱，不會解蠱，必須等她師父親到，才能……」

盧鈞忙問：「她提到她師父已經到了中原沒有？」

辛平道：「她這一次自己也是偷偷離山，所以不知道她師父是不是也到了中原！」

盧鈞點頭笑道：「她雖然如此說，但老夫已親眼見過她那歹毒的師父，而且早就到了中原……」

辛平驚道：「當真，老前輩你見到了她的師父？」

盧鈞道：「正是，這就是老夫特意約你獨自到這兒來的原因，那老毒物何宗森可不是鬧著玩的，老夫上次和你分手，便在太原附近發現他的蹤跡，那老毒物沒有認出是我，急急向東趕路，現在也許正在泰山附近呢！」

辛平聽得機伶伶打個冷戰，連忙左右顧盼，生像那何宗森已經到了身後似的，他雖沒有見過何宗森，但曾聽何琪述說他的怪誕狠毒之處，至今猶有餘悸，忙道：「老前輩，咱們該怎麼辦呢？」

盧鈞道：「你也不必害怕，那何宗森雖然狠毒，但卻十分護短，你只要暫時仍跟那妖女一起，便不必畏懼他對你加害，如今最重要的，是如何想出一種能克制他那奇毒的方法，不知你肯不肯將這一對珍貴的綠色蛤蟆暫借老夫一用？何宗森武功並不驚人，全憑一身奇毒令人難近，老夫若有了綠色蛤蟆，不難想出克制他的方法了。」

辛平忙道：「老前輩儘請拿去，反正留在我身上，我也用牠不著……」但說到這裡，忽然想起盧鈞曾說「五毒俱全」，可以解得蠱毒的話，忙問道：「盧老前輩，假如我能弄到五毒，前輩可肯成全……」

盧鈞奇道：「五毒均非常物，必須湊全五種，而且，更必須都是這種綠色異種珍物，你怎能找得到呢？」

辛平道：「我想這些東西，或許她身上會有的……」

盧鈞一驚，道：「正是，她前次跟我動手，曾提到煉有碧鱗五毒，想必身邊定有此物，你大可覓機偷它一些……」

但才說到這兒，忽又語聲一頓，凝視著谷口，喃喃低語道：「果然不出我所料，她真的又回來了。」

辛平循他目光望去，果見一條人影正飛快地穿進山谷，直撲小屋，忙道：「晚輩該回去了，別讓她發覺我在這兒，反倒不妙……」

那知正說著，突地一叢火光，從小屋中騰昇而起，剎時烈火熊熊，那小屋竟成了一片火海，照耀得谷中景物，纖毫俱見。

盧鈞一躍而起，低喝道：「好狠的ㄚ頭，竟敢縱火焚屋，老夫倒要試試妳仗恃些什麼？小兄弟，趁此良機，趕快出谷去吧！」話落時，人已騰身掠起，疾向山下奔去。

山谷中有火光，火光中有人聲呼叱，大約盧鈞已經跟何琪動手，但這些辛平已無法回顧，他像是一個從牢獄門口脫逃的小偷，急急奔出山谷，奔過山脊，奔過荒嶺，一口氣不停便奔回這個歇息的山洞……

洞裡火堆只剩下一小叢餘火，黑龍駒在洞外不耐地敲著蹄子，果然，何琪不在，只有幽散的餘香，沙地上留著她臥躺過的身形！

辛平爬進洞裡，長噓幾口氣，依著洞壁坐下，他好像覺得自己做了一件見不得人的事，不禁心裡尚在狂跳，火快熄了，他也無意去加添枯枝，只是怔怔望著那跳動的火舌發怔，這一刹那，他想到許多許多事。

他想——

這時候盧鈞該與何琪分出勝負了？不知誰勝誰敗？何琪還會不會回來？

假如她回來時，問起自己剛才到哪裡去了？自己該怎麼回答呢？她會不會一氣之下對自己下了什麼毒手。

何琪渾身奇毒，要是她真的生了氣，只怕……

他又想——

假如她傷在盧鈞手中不再回來，自己身上的蠱毒，不知能否自解？

他突然又有一絲恐怖，如果何琪死在盧鈞手中，或者盧鈞傷在何琪手下，這份情感的負疚，都將沉重的壓在他自己肩上，他固然不願盧鈞受到傷害，同樣也不希望何琪爲了自己而遭到損傷，她是那麼年輕，那麼美，像一朵剛欲開放的玫瑰，他怎忍心讓她燦爛而美麗的生命受到摧殘呢？雖然她曾經殘酷地在自己身體中下了蠱毒……

矛盾的企求，矛盾的思想，在他腦海中毫不留停地翻騰著，火堆閃動幾下，最後終於熄滅，辛平驀地一驚，似乎那火焰便是何琪的靈魂，已經冷漠飄然遠離了自己，從此將他棄留在無邊的黑暗之中……

他說不出對何琪是愛是恨？也分不出何琪待他是假是真？因此，他陷入世上最難解脫的苦惱之中，無力自拔！

靜靜的沉夜裡，他瞪著雙眼，癡癡望著火堆上的餘燼，突然，似有一陣沉重而緩慢的腳步聲傳進耳裡！

辛平從地上一躍而起，側耳細聽，只覺那腳步聲行行止止，落腳時十分不均，並且不時停下來，粗濁地喘著氣。

啊！那是何琪！

他不用眼看已知道是她的聲音，難道她真的負了傷？驀然間，黑龍駒一聲長嘶，辛平快如飛煙從洞裡奔出來，抬頭看時，不禁驚得呆了！

何琪身上紅衣撕破多處，嘴角腮邊一片鮮血，蓬亂著頭髮，狼狽而淒涼地依在一株樹幹上，頻頻喘著氣，但當她看見辛平從山洞中奔出來，疲憊的臉上，卻綻出一絲慘淡的笑容，嘴唇蠕動幾下，似要說些什麼！

辛平大感不忍，心裡一陣酸，連忙奔了上去，攙住何琪的腰肢，輕問道：「琪妹妹，妳怎麼啦？」他自覺明知故問，罪責在心，問過之後，忙慚愧地低下頭。

何琪寬慰地笑道：「沒有什麼，平哥哥，你回來多久了？」

辛平微微一怔，吶吶道：「我……我……？」

何琪無力地靠壁坐下，喘息片刻，竟自又道：「唉，都怪我太傻了，要是早知道你會回來，便不用急著去追你啦！」

辛平又是一驚，忙道：「我只在附近走走！並沒有……」

何琪搖搖手，道：「你不用告訴我，只要你沒有離開我，我已經心滿意足了。」

辛平心裡好生感動，喟然道：「琪妹妹，妳怎會受傷的？傷得重麼？」

何琪閉目調息了半晌，忽然笑道：「這點傷算得了什麼？盧老鬼也沒討了好去，他已經中了我的碧鱗五毒，不出三天，必死無疑。」

辛平駭然一震，問道：「妳怎麼跟他動手的呢？」

「我去谷中找你，第一次沒有找到，一氣之下，便放火燒了那間小屋，盧老鬼趕來攔阻，便跟我動了手……」她輕笑一聲，又道：「他雖然仗著功力精湛打了我一掌，但卻被我放出五毒，咬傷了他的手和腳，嘿嘿！他縱是一代醫聖，這一次相信也無法救自己的性命了。」

辛平聽得心驚肉跳，毛骨悚立，吶吶問道：「什麼五毒呢？有這麼厲害嗎？」

何琪笑笑伸手指指自己衣領，道：「你看看這兒是什麼？」

辛平忙撥開衣領一看，只見何琪衣領之內縫有一個密袋，這時袋口邊正爬著一隻狀貌猙獰的毒蠍子，通體慘綠，蠕蠕而動。

他駭然一驚，連忙鬆手，何琪又撈起兩袖和兩隻裙角，在這四處隱蔽的地方，赫然各有密袋，分藏著一隻蛤蟆，一條毒蛇，一條蜈蚣和一隻頭尾擺動的蜥蜴，這幾樣絕毒之物各匿在何琪貼身的密袋裡，全都是碧綠怪異的奇種，令人見了不寒而慄。

辛平雖知何琪身藏奇毒，但卻料不到她竟會將這些活生生的毒，收藏在貼身處，回想自己常與她依偎摟抱，不禁頭皮發炸，寒意陡生。

何琪見他滿臉恐懼之色，展顏一笑道：「你別害怕，這些毒物都是天下難尋的珍品，並且經過我師父馴養了多年，不得我的示意，決不會胡亂傷人的。」

辛平忍不住問：「被這五種毒物噬傷，不知還有救沒有？」

何琪臉上浮起一片冷傲的笑容，搖搖頭道：「沒有，天下再無藥可以解得碧鱗五毒，盧老兒是死定了。」

辛平垂頭不語，但心裡卻暗暗替盧鈞發愁，要是盧鈞竟因此中毒而死，這件事，將令他今生今世也無法安心，若非自己潛離山洞，何琪決不會放火燒屋，那麼，盧鈞也就不會傷在「碧鱗五毒」之下了……

他方在自怨自責，何琪又幽怨地道：「平哥哥，你替我推拿一會好嗎？我好像真氣有些滯阻，只怕傷得不輕……」

辛平「啊」了一聲，忙跪地替她緩緩推宮活血，過了片刻，何琪似乎喘息稍定，忽又問道：「平哥哥，你不會再離開我了吧？」

辛平苦笑道：「妳不要胡想，我何曾離開過妳？」

何琪又道：「那麼，你不恨我用碧鱗五毒毀傷了盧老兒？」

辛平正色道：「妳和他的事與我何干？我為什麼要恨妳？」但他心裡一動，又道：「不過，他和妳並無仇怨，這件事全因我才生出誤會，妳如是真和我好，就應該設法替他解毒，不要無緣無故結這仇家……」

何琪冷哼道：「我才不呢！那老兒處處跟我作對，總想使你離開我。」

辛平忙道：「決無此事，妳不要……」

何琪好像不耐多言，用力搖著頭道：「好啦，好啦，請你不要再替他說話了，他直呼我師父的名字，單憑這一點，已是死有餘辜，何況，我根本不會解毒，就算想幫他也無從幫起，生死由他去吧，咱們何必替他煩神。」

辛平無言可答，只好默然，又過了一個多時辰，天色已漸破曉，何琪卻因傷後睏倦，沉沉睡去，辛平凝視著她那秀麗的面龐，嫵媚的唇角，心裡竟對這如花般的少女生出無法言述的厭惡。

他緩緩從她身邊站起來，愁思澎湃，無法自已，猶疑半晌，突然從懷裡取出盧鈞給他的三粒「太心丸」，毅然取了一粒，吞入腹中。

他決心要離開這狠毒的伴侶了，雖然她對他是那麼癡心而眷戀。

但當他走到洞口，突然心中一動，忖道：「碧鱗五毒」能解蠱毒，我何不順便帶走，也省得她再用這些東西害人？

於是，他重又躡足回到何琪身邊，先將身上的糕餅乾糧取下放在地上，準備留給何琪在山中食用，然後輕輕掀起她的右邊衣袖，小心地撕開那隱密的封袋……

那知他手指剛觸及袋口，突覺眼前綠影一閃，那混身碧綠的蜈蚣竟從密袋中電射而出，張開毒螯，在他左手食指上狠狠咬了一口！

辛平但覺指上一麻，嚇得身上冷汗立冒，慌忙縮手疾退，舉起左手看時，食指早已紅腫了起來，一絲赤線，迅速地向腕間延伸，赤線所至，頓時麻痺失去了知覺。

他不禁機伶伶打了個寒戰，不敢再留，踉蹌奔出洞口，翻身跨上黑龍駒，一抖馬韁，催馬便走。

馬兒才奔出十餘丈，左手那赤色毒線竟已蔓延過手腕「太淵穴」，眼看便要浸到「曲池」大穴，辛平知道無法遲延，忙運右手中食二指，猛力封閉了「曲池」穴道，撕下一條衣襟，對左臂緊緊紮住。

他低頭催馬疾馳，不久又來到那山谷谷口，倉皇奔進山谷，一面放聲叫道：「盧老前輩，盧老前輩……」

谷中四處回音，全是此起彼伏一片「盧老前輩」的呼叫聲音，但除了那空山迴盪之外，竟未聞盧鈞回答。

他駭然忖道：「難道他已經死了……？」

想到這裡，心中一陣顫抖，忙抖絲韁，疾撲向那小屋！

小屋早已變成一堆殘瓦斷樑，灰燼殘堆中發出陣陣焦臭，昨天還好端端一棟精緻的小屋，如今已化作亂土，辛平大聲呼叫道：「盧老前輩，你在哪兒啊！」

呼聲未落，卻聽見一個低沉無力的聲音答道：「小兄弟，我在這兒……」

辛平循聲前去，但見右側三丈外一株大樹下，盤膝坐著一個披頭散髮，血肉模糊的老人，那老人頭部低垂，亂髮直垂下來，一隻右手和一隻左腳，均已被刀砍斷，雪地上一灘鮮血，殘肢斷體尚在地上，但從那棄斷的肢體上，卻流著一片墨綠色的黑水。

這便是盧鈞嗎？辛平簡直不敢相信自己的眼睛，他翻身下了馬，畏怯又叫道：「盧……盧老前輩……？」

那老人緩緩抬起頭來，亂髮撥開，露出一張蒼白而憔悴的面孔，果然正是神醫盧鈞。

辛平心頭狂跳，忙奔上去，急聲問道：「老前輩，你怎麼會變成了這個模樣了？」

盧鈞黯然道：「唉！小兄弟，能留得這條殘命，已算萬幸，料不到那碧鱗五毒竟然這般厲害。」

辛平驚道：「你被五毒咬傷，怎會手腳都……」說到這裡，忽然覺得不妥，連忙住口。

盧鈞道：「一手一腳，是老夫自己斬斷的，我自知無法解得這奇毒，若不趁早斷去，等到毒性攻心，那時便只有死路一條了。」

辛平慌忙低頭看看自己左臂，不禁失聲叫起來：「啊呀！這毒性果然厲害，封閉穴道竟阻它不住，這該怎麼辦呢！」

盧鈞睜目一看之下，臉上越發蒼白，沉聲道：「小兄弟，你怎也被那丫頭的毒物咬傷了？」

辛平便將自己想盜取五毒的事說了一遍，盧鈞神色大變，埋怨道：「唉！你怎能這般傻來，碧鱗五毒天下無藥可救，你要是不離開她，或許她戀你情癡，會設法保全你一條小命。」

辛平哭喪著臉道：「她說過，連她自己也不會解毒的方法，何況我已經下了決心，寧可死，也不願再跟她一起了。」

盧鈞嘆道：「這樣雖好，但你身中二種奇毒，無法解救，何況她也未必甘心將你放過！」

辛平道：「我已服下老前輩所賜太心丸，一月之內，也許能設法解掉蠱毒……」

盧鈞略作沉吟，頷首說：「也只好冒險一試了，你那坐騎既然快捷，便煩你立刻上路，向東北去有座開元寺，你快去見一位姓雲的老前輩，要他儘速趕回來，就說是我託你的，這事十分火急，你在途中務必不可耽誤。」

辛平點點頭，道：「可是老前輩，你怎麼辦呢？」

盧鈞道：「我雖然失去一手一足，總算留得性命，只要不死，便能尋出剋她這毒物的方法，你暫時不必顧我了。」

辛平道：「但你老人家行動已經不便，何不讓我送你老人家到開元寺去呢？」

盧鈞毅然道：「你如能在一日之內將他接來，老夫承恩不淺，目下我還能自顧，你不要再作耽誤了。」

辛平含淚道：「好！我就遵從前輩的訓示去了！」

他剛轉身，盧鈞忽又將他叫了回來，用僅餘的一隻左手，取了三支金針，迅速地插在他左臂「青靈」、「小海」、「極泉」三處穴道上，然後揮揮手道：「你快些去吧！這三枚金針，足可延阻你臂上毒性兩個時辰不發，你如能早早見到雲老前輩，或許他能對你有所幫助。」

辛平熱淚盈眶，想起前次在客店中也是盧鈞用金針逼住蠱毒，才救了自己一命，不想這一次他自己命在旦夕，仍不忘用金針逼毒，生怕自己會途中毒發死去，這種仁心義膽，便是親生父母，也不過如此，想到這裡，淚珠忍不住滾滾直落。

他懷著滿腔感激之心，依依不捨的上了馬背，步步回頭出了谷口，正欲催馬快奔，忽聽一聲斷喝：「喂！那小子給我站住！」

這一聲暴喝，恍如平空起了一聲霹靂，辛平嚇了一跳，回頭見是個滿頭銀髮的老人，正負手斜立在山谷側面，凝目注視著自己。

那老人穿一件灰色大袍，背負包裹，一雙眼神冷若寒冰，鷹鼻薄唇，神情十分陰鷙冷酷，仔細向辛平打量半晌，方才緩緩移步走了過來，冷冷問道：「這匹黑馬是你自己的麼？」

辛平以爲他叫住自己有何大事，不想竟爲了這句話，登時不悅，也冷冷答道：「不是我的，牠肯讓我騎著嗎？」

老人冷冷道：「是你的就好，我老人家現有要事急須趕路，你把牠暫借給我老人家用一用。」

辛平心中大怒，冷冷一笑，道：「要是我不願意借呢？」

那老人臉色一沉，道：「我老人家活了一輩子，還沒有誰敢對我老人家說一個不字……」

辛平大聲道：「抱歉得很，在下剛剛就說了一個不字，現在還要再說一次，你趁早不要妄想。」

老人聞言似乎微微一驚，突然冷哼兩聲，道：「好個不知死活的小蠢物，我老人家倒不信你有三頭六臂。」話聲才落，也不見他屈腿作勢，竟如行雲流水般欺了上來，左臂疾抬，逕扣辛平的手臂。

辛平雖然毒傷未去，卻被那老人激得怒從心底，滿腔悲憤，恨不得盡都發洩在這老傢伙身上，猛地一砸馬腹，黑龍駒倏忽橫移數步，同時「嗆」然一聲，翻腕撤出肩上長劍……

但那老人手指堪要搭上辛平的左臂，掃目瞥見他臂上腫毒之狀和插在穴道上的三枚金針，頓時神色一動，竟先自縮手退開三步，沉聲叱道：「好小子，你臂上綠色蜈蚣的毒傷是從哪裡來的？趁早實說。」

辛平暗地忖道：「你這老東西倒眼尖，一眼便認出這是綠色蜈蚣咬傷。」只不知他是什麼來路？於是道：「你既知道這是綠色蜈蚣所傷，難道不知綠色蜈蚣是誰的東西麼？」

那老人叱道：「碧鱗五毒天下無雙，除了琪兒，誰還配有，你在哪裡遇見到琪兒，還不快說？」

辛平聽了這話，這一驚真是非同小可，驚呼失聲道：「你……你是……你是……？」

老人暴喝道：「你知道我老人家是誰？」

辛平未加思索，衝口叫道：「你是何宗森……」

他脫口呼出「何宗森」三個字，突然記起這老怪物平生最惡人直呼他的名字，慌忙住口。

但是，這句話顯然已被那老人聽見，卻見他臉上竟浮起一抹笑容緩緩說道：「小子，你的膽量可說不小呀……」

卅五 金童情傷

辛平脫口呼出「何宗森」三個字，突然記起這老怪物平生最惡人提他姓名，人若犯了忌諱，必以歹毒手段殘殺無赦，嚇得連忙住口！

誰知那何宗森一直冰冷的臉上，卻反而展現出一抹微笑，緩緩說道：「唔！你的膽量，可算不小！」

那一笑，非但絕無絲毫和藹之意，更似在冰山之上，再籠上一股寒流，使人不期然從心底冒出一股強烈的寒意，就像一個待決囚犯，在刑場上見到劊子手的冷酷笑容一樣。

辛平心裡一寒，不由自主向後疾退數步，道：「老前輩，我不是有意直呼你的名諱……」

何宗森跨近一步，陰冷的笑道：「不要緊，你便是存心直呼老夫姓名也不要緊，老夫何德何能，焉能禁止人家直呼我那賤名呢。」

他一面說著，一面緩緩向辛平欺近，言談之間，又近了三五尺。

辛平自知一句錯出，禍患已生，何宗森笑容愈是舒暢，出手也愈是毒辣，可憐他身受毒傷，所餘的求救呼援的時間本已不多，盧鈞更在谷中奄奄待救，偏巧一出谷口，便撞上這難纏的老毒物。

脫身既不易，動手也無法取勝，命運之神好像早已替他安排了惡運，不容他再作掙扎！

何宗森面含毒笑，業已緩步欺到他身前四尺以內，辛平只覺死亡的陰影，也一步一步緊迫著他，使他有些喘不過氣來……

他畏怯地向後又退了兩步，叫道：「你……你準備把我怎麼樣呢？」

何宗森揚起右手，掌腕之下，隱隱閃著一條碧綠色的細線，吃吃笑道：「我能把你怎樣呢？不過叫你吃點小小苦頭，嘗嘗那目無尊長的應得報償。」說著屈指一彈袖口，但聽「嗖」地輕響，掌中已多了一條慘綠色的猙獰怪蛇。

他兩手分握著那綠色小蛇的頭和尾，一面不住地扭動揉弄，一面陰笑道：「我要讓牠在你肚腸之中，漫遊七天七夜，一口一口咀嚼爬行，歷盡胃臟肝肺，最後攻心，方才要你性命。不過，有一點你大可放心，你我既無大仇深怨，我同意在你死去之後，內腑縱已潰爛，卻留你一個完整的全屍。」

辛平聽得毛骨悚立，步步後退，兩手手心緊握著兩把冷汗，目不轉睛瞪著那醜惡的小蛇，雙腿都忍不住有些顫抖。

那綠色小蛇被何宗森不停地揉弄，彷彿似有怒意，毒信頓吐，發出一陣輕微的「虎虎」之聲。

漸漸地，那綠色曲扭的影子好像愈來愈大，鮮紅的舌尖，更逐漸移近辛平面前，他眼裡儘是那醜惡的綠色影子，耳際不絕地充斥著何宗森那可怖的笑聲。綠影、笑聲；笑聲、綠影……這些恐怖的色彩和聲音，不停地旋繞著他，在他腦海中交織成一曲令人毛骨悚立的「死亡之曲」！

辛平秉承著父親的堅毅個性，年紀雖小，傲骨天成，生死之事原不在意中，但如今當他面對著世上最毒的綠蛇，想到那七日七夜鑽心蝕骨的痛楚，也不由一陣陣感到無法自制的顫抖。

這一刹那，他忽然想到爹爹和媽，林汶和林玉，高大哥，以及那向來疼愛他的梅公公……這些可親可愛的人，他將永遠再難相見，而且，當他悄然死在這荒山野谷之地，他們甚至永遠找不到他的屍體，讓他寂寞地隨著泥土而風化！

十餘年短促的生命，像一個渺小的泡沫，只是那麼輕微的一聲，便從此隨風而散……

同時，他也想到了谷裡待援的盧鈞，山洞中負傷的何琪，還有開元寺的雲老前輩……這些，他已經無能爲力，是恩是怨，刹那間便將一筆勾消。

何宗森已經站在他面前，陰冷的笑聲，在他耳邊盪漾，他黯然抬起頭來，觸目一驚，原來何宗森正緩緩舉起左手，那碧綠的蛇頭，距他鼻尖已不到五寸！

青蛇頻頻吐動的舌頭，眼看便要碰著他的鼻頭，他甚至已經可以聽見那蛇信捲動時發出的

「獵獵」聲響……

然而，辛平突然拋棄了畏怯之心，淡然笑道：「你不必再裝模作樣了，要殺便殺，我早該死在你徒兒手中，現在被你殺死，說來也是一樣的！」

何宗森陡地笑容一沉，叱道：「你若能說出琪兒所在，老夫破例讓你橫劍自刎，落個痛快俐落！」

辛平道：「她現在一個山洞裡，身負內傷，正在調息……」

何宗森臉色頓變，厲聲喝問：「那山洞在哪裡？是誰打傷了她？」

辛平道：「誰打傷了她，這個恕我不能奉告，至於那調養的山洞，在下倒可領你前往！」

何宗森左臂一伸一抖，毒蛇「颼」地縮回袖裡，飄身退了半丈，叱道：「姑且饒你多活半日，還不趕快帶路！」

辛平長長吁了一口氣，這條命總算暫時從鬼門關拾了回來，他雖然明知等見到何琪，老怪物仍然放不過自己，但至少多一刻光陰，總多一分脫身的機會。

他一面盤算，一面向黑龍駒走去，何宗森陡叱道：「你倒很會享受，命在旦夕，還要騎馬？」

辛平道：「那山洞離此不近，若要快些，自是乘馬方便。」

何宗森奸滑地晃身上前，冷笑道：「很好，咱們就同騎一乘，大可省些力氣吧！」大約他也知道黑龍駒是匹千里名駒，怕牠一旦放開腳程，自己會追趕不上。

辛平剛登馬鞍，那何宗森身如鬼魅掠身也上了馬背，探出一隻手掌輕搭在辛平腰際，冷冷說道：「乖乖駕馬，不要胡思亂想，老夫舉手投足之間，均能令你挫骨揚灰！」

辛平心裡一陣涼，滿臉希望都不禁煙消雲散，輕嘆一聲，催馬上路。

他深知何宗森這話半點不假，單只他那一身奇毒，坐在自己身後，自己說什麼也不敢輕舉妄動，脫逃之念，豈不成了泡影了？

黑龍駒仍是那樣快捷，不消多久，便奔回山洞之外。

何宗森坐在馬背上凝目打量那山洞片刻，突然冷哼一聲，道：「好小子，果然在我老人家面前要起花槍來，這洞裡死寂沉靜，哪會有人？」

辛平忙道：「一點也沒有錯，你瞧那洞前一滴滴紅印，便是何琪姑娘負傷回來時，滴落的鮮血，她必定是傷情轉重，昏迷過去了。」

何宗森道：「那麼你去喚她出來，老夫在洞口等你。」

辛平無奈，只得下馬，何宗森又將他叱住，吩咐道：「無論她在與不在，限你即刻出來，若敢故作遲延，別怪老夫要痛下毒手。」

辛平應聲走向山洞，心裡卻禁不住也有些奇怪起來，按說何琪傷勢並不太重，不久前還跟自己談過許多話，然後沉沉睡去，莫非是自己離開之後傷勢轉重，怎會聽不見蹄聲人語，睡得這樣深沉？

懷著滿肚狐疑，行到洞口，他不禁猶豫起來，忖道：「要是何琪已經離開，我進洞去尋她不到，那可怎麼辦才好？難道束手退出洞來，領受那毒蛇鑽心的慘刑……？即使她仍在洞中，見了我這三番兩次偷偷離開她的人，不知將會如何傷心和痛恨？她雖然手段毒辣一些，但對我一片真情，那卻是永遠無法抹滅的事實！」

他一想到何琪那幽幽的容顏，癡癡的目光，心裡便愧然生悔，遲疑了好幾次，才鼓足勇氣鑽進山洞洞口——

洞裡火堆早就熄了，窒人的青煙，充斥在每一個角落，辛平放眼搜索，果然看見洞底壁角下，有一個蜷臥的人影。

他輕輕叫道：「琪妹妹！琪妹妹！」

那人靜臥不動，也沒有回答，就像是一具死屍。

「難道她死了！」這個念頭在辛平腦中閃電般掠過，頓時令他毛髮悚立，駭然失措，連忙騰身撲了上去。

但當他方要觸摸到那人身邊，卻突然一驚縮手，敢情那人並非何琪，竟是個氣絕多時的中年和尚。

那和尚濃眉大眼，像貌極是猙獰，身上僧袍鬆敞，露出一身橫肉，一隻手握著褲頭，一雙手仍作撐拒之狀，手裡還緊緊捏著一塊紅色布條，齜牙裂嘴，死狀份外恐怖。

辛平又駭又詫。暗想這和尚怎會死在此地？何琪又到哪裡去了呢？難道說是這凶僧趁何琪傷重之際，意圖不良，才被何琪弄死在這兒？

他不由俯下身子仔細檢視一遍，果然在那和尚屍體之上，發現了四五處紅腫的傷痕，傷口遍佈在胸腹手足等處，卻沒有一處是在背面的。

這證明他的猜想極爲可能，他不知從那裡冒出一臉怒火，抬腿一腳，狠狠將那和尚的屍體踢得連滾了好幾滾，啐罵道：「呸！下賤的東西，死在這裡，連山洞也污了。」接著又飛起一腿，將那和尚踢出洞口！

何宗森正在洞外守候，忽聽洞裡傳出喝罵之聲，剛一錯顧，陡裡一團巨大的黑影直飛了出來，他未及細想，掌勢一翻，便向那黑影劈出一掌！

但聽一聲暴響，那黑影兩個翻滾，直向樹間斜坡下滾去，何宗森忽然心中一動，暗想：「別是那姓辛的小子吧？」

他側耳傾聽，洞裡又無聲息，一驚之下，更起疑心，一頓足，人如箭矢般向那黑影滾落之處撲去……

辛平踢飛了和尚的屍體，黯然步出洞外，但他一見何宗森竟向坡下追去，忽然心念疾轉：「這時不走，更待何時！」

這念頭才如電光石火般掠過，辛平猛一頓足，早掠上黑龍駒，兩腿用力磕著馬腹，急叫道：「龍駒！龍駒！還不快跑！」

那何宗森本是疑心生暗鬼，及待認出那黑影不過是具屍體，沉聲大喝，人如巨鳥又掠了回來，叱道：「小子，想往哪裡逃！」

老毒物身法可說夠快，叱聲一落，人也搶回洞口，怎奈這時黑龍駒業已起步，昂首疾沖，早奔到十餘丈外，任他何宗森銜尾窮追，也已經來不及了。

何宗森氣得暴跳喝罵，盡力展開身法，流星趕月似的一路緊迫下來，眨眼間，人和馬都遠遠奔離開洞口，消失在亂山荒嶺之中。

太陽已高高爬上山巔，泰山腳下，迷濛著一層清晨特有的濃霧。

濃霧像雲層般包裹著山腳，好像將這聳立的東嶽浮在雲端裡，旭日照射著霧氣，幾經折射，化出許多燦爛的色彩。

謎一般的霧，謎一般的山，謎一般的世界。

晨霧中，從山上星丸飛瀉似疾奔來一條矮小的人影，一身灰衣，滿沾晨露，這人急急地向山下奔著，臉上遍布著氣憤怒容！

他一面在濃霧中放腿疾奔，一面口裡不停地喃喃罵道：「他媽的，天下和尚全不是好人，我老人家這大年紀，偏偏又上了和尚一次惡當。和尚！和尚！我抓住你要叫你好看……」

這人狀似瘋癲，一面罵一面跑，不消片刻，已到了山腳下的小市集上，毫不猶豫地便竄入那家唯一的酒店，猛拍著桌子，叫道：「水煎包子！來兩籠！愈快愈好！」

店裡夥計還揉著惺忪睡眼，喏喏連聲應著！

「客倌！務請耐心等一等，天剛亮，爐裡火還沒有生呢！只是耽待一會，不久就好！」

那矮子探手一把，將夥計揪了過來，厲聲叱道：「我問你，大戢島在哪兒？你趕快說！」

夥計更是丈二金剛，摸不著頭腦，哭喪著臉道：「大戢島？小的從未聽說過這個地方……」

「蠢物！蠢物！」那矮子推開夥計，又拍著桌子：「水煎包子！愈快愈好！」

那夥計一面咀咒起來得太早，撞上了凶煞餓鬼，一面揉著被捏痛的手臂，匆匆起火揉麵，忙著做包子。

矮子見等不及，推桌而起，罵道：「我老人家還要趕路，你不能快一些嗎？」

夥計道：「老客，東西得現做，怎能快得了，這可不比屎脹了上茅坑，一用力就能屙出來！」

那矮子不再言語，手起掌落，「篷」然一聲，將一張桌子拍得粉碎，大步便向店外跑。

但他剛走出酒店，忽聽一陣驟雷似的蹄聲，由遠而近，剎那到了面前，有人大聲叫道：

「閃開！閃開！馬來了！」

那矮子陡聽這呼聲，臉上忽然露出一絲欣喜之色，低聲道：「咦！怎會是他？」

心念才動，肩頭微晃，人已掠到街心，這時候，一騎快馬由北向南疾衝而至，待那馬上的人瞧見街上橫站著這矮老頭，收勢不及，奮力一提絲韁，那馬兒陡地騰空躍起，竟從矮子頭上越過！

矮子低喝一聲：「站住！」左臂一伸一縮，快擬雷閃般一把扣住那馬兒尾巴，「嘿」地吐氣開聲，腳下定樁一沉，竟活生生將一匹狂奔中的駿馬一帶而住，那健馬引頸長嘶一聲，四蹄頓止，馬上一個男孩卻被前衝之力拋了下來，「叭」地跌落地上。

霧氣迷離之中，那小孩從地上一滾躍起，急聲叫道：「求你快放了我，姓何的就要追來了！」

矮子笑道：「姓何的是什麼東西？有師父在，你還怕誰？」

小孩仰面一看，嚇得連退了三步，失聲道：「啊！是……是你？」

矮子道：「正是我！娃兒，什麼人追你，你快跟師父說，我替你出氣。」

原來那小孩正是辛平，他好不容易從何宗森掌握中脫身逃下山來，不想冤家路窄，又碰上死纏著要自己做徒弟的邪王仇虎，心裡一急，險些哭出來，低聲求道：「矮伯伯，你早些放了我吧，我有個姓何的對頭正緊迫在後面，被他追上，他一定會殺死我……」

仇虎怒目一睜，道：「真有這種事？是誰這樣大膽？竟敢殺我的徒兒？你不要怕，讓師父去會會他。」

辛平苦著臉道：「你不知道，他……」

「他」字方出口，驀聞一聲厲喝，濃霧中風馳電掣追來一個人，辛平機伶伶打個寒戰，不由自主的躲向仇虎身後，低聲道：「喏！就是他！」

仇虎橫身擋在辛平前面，凝目向何宗森上上下下打量了一陣，嘴唇一掀，不屑地道：「就是你這蠢物要殺我的徒兒？我看你是活得嫌膩了吧？」

何宗森正怒火難熄，見一個矮子挺身護衛著辛平，心裡本已暴怒，再聽這矮子口氣竟比自己還要狂，生像根本沒把自己放在眼中，他狂傲一生，何曾受過這種氣，不由氣極反笑，仰面一陣哈哈大笑！

仇虎叱道：「有什麼好笑？敢情你心裡還不服氣嗎？」

何宗森狂笑數聲，道：「矮子，你既是他師父，少不得老夫一併成全了你師徒二人，但你這蠢物口出惡言，藐視老夫，我若見你便殺，那末免太便宜了你。」他大約只見仇虎容貌，卻不知仇虎年紀更在他之上，是以口口聲聲自稱老夫。

仇虎倒覺好笑，道：「那麼，依你的意思，要叫我這個矮子如何死法，才稱你心意呢？」

何宗森狠毒地咬咬牙，道：「老夫要叫你遍嘗百毒鑽腦的滋味，叫你熬受世上諸般苦處，然後將你碎屍萬段，凌遲處死。」

仇虎聳聳肩，道：「呀！這麼厲害的滋味，我倒還沒有嘗過哩！」

何宗森大袖一抖，欺身而進，叱道：「好！我就叫你嘗嘗！」

他這是怒極之下出手，不但招式詭辣，而且落手狠毒無比，大袖展動，袖角振起獵獵勁風，籠罩著仇虎正面各處大穴。

仇虎輕輕推開辛平，傲然不避，揚手便是一拳，迎面直搗過去。

何宗森罡氣才動，忽覺一股暗勁猛撞過來，跟自己的內力一觸，「蓬」然脆響，頓時拿樁不住，向後連退了三步。

他今生可說第一次碰上如此高手，一招之間，便將自己震退，心裡不禁暗生警惕，冷冷向仇虎看了幾眼，卻見他行若無事，正睇著自己微笑。

何宗森毒念已動，兩隻大袖相交一拂，袖口下垂，繞身遊走半圈，眼中灼光激射，注視著仇虎一動也不動。

仇虎被他看得心頭微震，忖道：「這老兒一雙眼睛，怎會如此陰毒……？」這個念頭尚未轉完，陡聞何宗森一聲大喝，人若飄風，閃身又上！

辛平在旁邊看見，忍不住大聲叫道：「當心，他袖口藏有毒物……」

何宗森嘿嘿兩聲冷笑，左袖向外一揮，一絲綠色細線，電射而出，撲向仇虎面前。

邪王仇虎悚然微驚，急切間翻掌一撥，一式「移花接木」，隨手揮出。

他這種「移花接木」手法，不愧是一種巧妙絕倫的秘學，何宗森的綠色毒蛇被那牽引之力一帶，不由自主飛向側面，「叭」地摔在地上，無奈那毒蛇乃是活的，落地之後身子一曲一弓，又向仇虎腳踝上纏了過去。

辛平失聲叫道：「當心，那蛇還在腳下……」

仇虎低頭一望，赫然看見一條通體碧綠的小蛇，正緊緊纏在自己腳足踝上，那三角形的蛇頭，已經竄進褲腳之中。

他心裡一陣發毛，探手抓住那小蛇的尾巴向外一扯，誰知卻僅僅扯下了一段蛇身，那蛇頭死命咬著小腿，竟然扯牠不下來。

腿上一陣奇癢攻心，仇虎心知已被蛇毒所侵，暴怒之下，雙拳齊出，奮力擊出兩股無形拳風。

半空中響起「波波」兩聲脆響，何宗森揮掌急封，直被那強猛的拳風打得踉蹌退出丈餘遠近，心裡一陣血氣翻湧，「哇」地噴出一大口鮮血！

何宗森嘴角掛著污血，冷笑著指一指仇虎，道：「矮鬼，你已中了老夫綠蛇之毒，三日之內，難逃活命。」

仇虎閉氣封住右腿穴道，怒目叱道：「區區一點毒傷，怎在仇某心上，老匹夫可敢再戰幾招？」

何宗森明知自己內傷極重，無力再戰，嘿嘿冷笑兩聲，道：「老夫只等三日後來替你收屍，此刻且讓你稱狠片刻，在你致死之際，你記住老夫隨時來叫你嘗嘗那百毒鑽腦的情形就是！」

話落時一聲叫嘯，轉身隱入迷漫濃霧之中。

辛平驚魂方定，他本可借此機會飛馬逃走，但當他看見仇虎臉上隱隱露出痛苦之色，心裡一陣難過，忍不住輕輕走上前去，問道：「老伯伯，你覺得怎麼樣了？」

仇虎朗聲笑道：「這點小傷，算得了什麼……」但方說到這裡，忽然住口，微詫地道：「怪事！這毒物怎的封阻不住，竟能透過閉穴？」

辛平忙跪在地上，掀起他的褲腳，屏目一驚，那蛇頭仍然留在創口之上，腿上赤色毒線，則已蔓延過了膝蓋。

他失聲叫道：「不好，一定得趕快取下蛇頭來，否則牠毒牙陷在肉上，更不好阻止毒性延伸了。」可是他卻深知這蛇頭上奇毒無比，是以不敢伸手去替仇虎取下來。

仇虎一探手，抽出了辛平肩上長劍，自己用劍尖挑落了蛇頭，撕了一塊衣襟，胡亂纏住傷口，笑道：「娃兒，你的手臂上也是被這種毒蛇咬傷的嗎？」

辛平點點頭道：「我是被另一種蜈蚣咬傷的，那蜈蚣和這毒蛇一般毒，聽說天下無藥能救……」

仇虎笑道：「有趣！有趣！咱們師徒門代代單傳，如今師徒二人都中了毒傷，難道一脈到此，便從你我而絕了麼？」

辛平低頭不語，心裡對這位毛遂自薦的師父，卻已有了幾分好感。

仇虎突然一把拉住辛平的手臂，激動地道：「啊！我忘了告訴你一件大事，爲師在泰山之上，已經打聽到昔年少林寺三個禿驢中，有一個還沒有死，現在躲在一個海島上，我這就帶你去找他，你總該相信我的話是真的了吧？」

辛平聽了，長嘆一口氣道：「現在你和我都身中奇毒，最多還能再活三天，便尋到那少林高僧，又如何呢？」

仇虎果然也是一怔，半晌才道：「你且略等一會，讓我試試用內功之力，看是不是能把毒液逼出體外。」說著，便當街盤膝而坐，默默行功起來。

辛平注視著他約有半盞熱茶之久，見他頭上冉冉冒出一縷白茫茫的蒸氣，與四周霧氣一觸，距離頭部三尺以內，濃霧竟緩緩旋轉起來，就像有一股強勁的氣流，繞著仇虎流動。

漸漸地，那霧氣流轉愈來愈快，不片刻已形成一縷旋風，濛濛濃霧捲成一束漩渦，在仇虎頭上倏起倏落，迅速地凝結，又悄然散去。

辛平駭然忖道：「這矮伯伯一身功力，當真已達化境，這等凝虛成形的功夫，別說爸爸，只怕連平凡上人也辦不到。」

他連忙低頭注視仇虎腿上創口，只見那包纏著的布襟早已一片潮濕，而且四周散發著濃厚的腥惡之氣。

辛平看得又驚又喜，不知不覺也替他暗暗著急起來，輕輕將長劍撤出鞘來，立在街心，替他護衛。

因爲他知道，仇虎此時天人交會，正在緊要關頭，成功失敗，端在這片刻之間，這個時候，是萬萬不能受絲毫外界的侵擾的。

又過了半盞茶時間，仇虎頭頂冒出的霧氣愈來愈濃，創口上也滲上許多污血，臭惡之氣更盛，然而，仇虎臉上卻現出無比痛苦的神色。

辛平一顆心狂跳不已，正不知該如何才好，驀地一陣細碎的腳步聲，隔著濃霧，緩緩行了過來……

仇虎所坐的地方正在大街正中，這時天色大明，偶有行人經過，原本是意料中的事，但辛平神志緊張，慌忙橫劍迎著那腳步聲，低聲喝問：「是什麼人？快止步。」

腳步聲悠然而止，片刻之後，一個輕輕的聲音問道：「是平哥哥嗎？」

辛平猛地一震，後退一步，失驚道：「妳……妳是……」

霧氣一陣盪漾，刹時現出一張遍佈蹙容的秀麗面孔，猩紅的衣衫，破碎支離……那不是何琪是誰？

何琪緩緩從霧中走出來，像一個縹緲的幽靈，立在辛平面前，兩人怔怔互視良久，才聽她黯然一嘆，道：「平哥哥，想不到又能碰上你了！」

辛平耳聞那如泣如訴的語聲，突感以前對她千種厭恨，剎那間都化作了烏有，慌忙棄了長劍，張臂將她抱住，泣道：「琪妹妹，我對不起妳，我對不起妳……」

何琪臉上浮起一片苦笑，似滿足又似怨尤，嘆道：「平哥哥，我知道我配不上你，所以，你走了，我也……唉！過去的事別提了吧，你既討厭我，以後我不會再纏你了……」

辛平用手掩住她的嘴，道：「是我對不起妳，我不該偷偷離開那山洞，琪妹妹，那和尚他……」

何琪忽然打斷他的話頭，驚呼道：「呀！他怎麼了？你瞧……」

辛平猛回頭，卻見仇虎正氣喘如牛，臉上一片蒼白，豆大的汗珠，滾滾向下直落……

何琪閃身掠到仇虎跟前，看了一會，蹙眉說道：「他是被綠色毒蛇咬傷，怎能運功逼毒呢？這一來毒氣隨著氣血回收內腑心臟，再救治就難了！」

辛平聽了這話，頓感手足失措，道：「琪妹妹，妳看看還有辦法救嗎？」

何琪鳳目連轉，沉吟道：「救自然還能救，只是很費事，這人不是你的對頭嗎？你怎會反跟他一起呢？」

辛平一時也把自己與仇虎的淵源說不清楚，只道：「如果能救，請妳快設法救救他吧！他曾經兩次救過我的命，如今我才明白他並不是個壞人。」

何琪點點頭，道：「好吧，既是你這麼說，我看你份上，替他解了綠蛇之毒，你先散去他的功力，不可讓他再運功抗拒藥力。」

辛平忙在仇虎「靈台」穴上輕拍一掌，仇虎哼了一聲，閉目憩然睡去，何琪到酒店中取來一壺熱酒，從懷裡取出龍眼大三粒藥丸，用酒化開，灌進仇虎口裡。

片刻之後，仇虎腹中一陣雷鳴，呼吸又形促迫，何琪迅速地掀起衣角「颼」地輕響，射出一隻全身碧綠的異種蜥蜴來。

那碧綠色的蜥蜴昂首環顧一眼，尾巴擺了幾擺，似被仇虎腿上毒味所引，毫不猶豫便爬到創口上，低頭吸吮起來。

仇虎汗如雨下，不住輕哼，神情似乎十分痛苦，辛平不安地問：「琪妹妹，這樣不礙事嗎？」

何琪搖頭笑道：「蜥蜴雖毒，卻能克制蛇毒，放心吧！我不會害他的。」

辛平不禁慚愧地低頭看看自己臂上毒傷，心裡忖道：「不知這蜥蜴能不能解得我臂上的蜈蚣之毒？」

他暗計兩個時辰已經快要過去，盧鈞施用金針，曾說過只能延阻兩個時辰毒性不發，現在何琪雖在跟前，但他卻難以啓齒，求她也替自己解臂上的毒創。

何琪好像看透他的心事，溫聲問道：「平哥哥，我送給你的綠色蛤蟆呢？」

辛平一愣，吶吶答道：「啊，那盒子……那盒子被我不小心弄丟了。」

何琪嘆道：「可惜把那珍貴的東西給弄掉了，你這臂上之毒，用那一對蛤蟆，恰巧可以解得。」

辛平垂首無語，暗責道：「唉！我怎的竟未想到這一點，白白將一對蛤蟆放在盧鈞懷裡，竟沒有用來解毒。」

又過了盞茶之久，仇虎腿上創口已泛起一片白色，何琪收了蜥蜴，用淨水替他洗滌乾淨，低聲問辛平道：「他的毒算是除清了，只是他曾經強運真氣逼毒，難免尚有餘毒留在內腑，我雖用藥丸替他化解內毒，必須要靜養三天，三天以後沒有變化，那時才算痊癒。」

小鎮上只有一家簡陋的旅店，辛平無可奈何，只好將仇虎安置在那家客店之中，自己陪著何琪到酒店裡用了些食物，便急急回到店裡看顧仇虎。

這半天，辛平都在提心吊膽之下度過，他守護著仇虎寸步不敢擅離，決心在自己毒發之前，盡心盡力，替仇虎護衛守候。

但是，奇怪的是，眼睛睜過了晌午，臂上毒傷竟毫無發作的象徵，細察之下，那紅腫之狀，反而好像較前消退了許多。

辛平暗呼怪事，到了半後申刻，臂上腫毒盡退，已經察不出絲毫痛楚，他百思不解其中緣故，獨自躺在床上，心情鬆懈，似要入睡。

朦朧間，好像覺得何琪推門而入，癡癡站在床前，含淚道：「平哥哥，我要去了！」

辛平一驚，奮力想從床上爬起來，但人不由心，竟覺四肢無力伸動，心裡著急，忙道：「琪妹妹，妳不要走！你不要離開我！」

何琪含淚而笑，道：「我細細想了許久，天下沒有不散的筵席，你我遲早總是要分開的，何況，你心裡還那麼厭惡我呢！」

辛平叫道：「不！我從今以後再不會厭惡妳了，我願意永遠跟妳在一起……」

何琪淒然笑道：「以前我常常只替自己想，從來不替別人著想，行事難免偏激毒辣，但自從見到你，你竟三番兩次冒了生命的危險，一心要想離開我，我才知道，一個人的心，不是強迫脅持可以得到的！」

辛平道：「琪妹妹，妳能這樣想，真是難得，妳幹嗎又要走了呢？」

何琪道：「你知道我師父已經趕到東嶽來了麼？」

辛平點點頭道：「這個我早已知道……」

何琪長嘆一聲，道：「所以我不能再留，要是被他找到，他不但不會放過我，同時也放不過你們。」

辛平急道：「咱們不要怕他，今天他已經跟仇老前輩……」

「你不用說，我也知道，我臨去之前，能夠替你們解去奇毒，療治傷勢，總算抵償了我從前虧待你的地方。」

辛平驚問：「琪妹妹！妳已經替我解了毒……」

何琪頷首道：「我在你的食物中暗放了解藥，蜈蚣之毒已經解了，但你體內的蠱毒，我卻只能用藥物延阻它，三年之內，不會發作，唉！這是我今生最大的憾事，一定要由我自己來補償，平哥哥，你不會恨我嗎？」

辛平忙搖頭道：「不！我就算蠱發而死，也決不再恨妳了。」

何琪又道：「不過，我知道在苗疆野人山巫水谷，乃是天下蠱物發源的地方，三年之內，我一定設法到那兒替你取來解蠱的藥，親送到沙龍坪。」

辛平忍不住熱淚奪眶而出，剎那間千言萬語湧塞在胸頭，不知該從何處說起，只顧招手叫道：「琪妹妹，妳不要走，妳不要走……」

何琪從懷裡取出一隻方形玉盒，放在辛平床頭上，笑道：「這是我送給你的東西，盒裡分作五格，各有盒蓋，分置著天下難求的『碧鱗五毒』，有了這幾樣東西，你就不會中毒受傷了……」

說到這裡，忽又甜甜一笑道：「這一次你可別再轉送給人家了，五毒俱備，天下至毒已盡在此盒，盼你能妥善收藏，萬萬不要輕易糟蹋了東西。」

她雖是面帶微笑，但說到最後幾句，雙目中卻已淚水盈盈，話一說完，掩面轉身，匆匆推門而去……

辛平如癡似呆，怔怔躺在床上，奮力掙動手腳，竟始終如中夢魘，手腳全都無法移動，只大叫道：「琪妹妹！琪妹妹！妳不要走……」

不知過了多久，辛平從迷濛中驚醒過來，一翻身坐起，遍體出了一身冷汗，細細回味，何琪的話，仍猶在耳，夢中情境，歷歷如在目前，他探手到床頭上一摸，赫然果有一隻方形玉盒，放在那兒。

他知道事情不會是假的了，何琪已滿懷愁思，離他而去，他與她相逢是那麼偶然，如今一別，竟如夢中。

辛平抱著玉盒，星目含淚，憶起何琪待他諸般柔情，忍不住放聲痛哭起來。

他曾經視她如蛇蠍，決心要遠遠避開她，但現在一旦離別，卻悲愴大慟，淚若斷線珍珠，滾滾而落，人生真是奇幻莫測的了。

夜色緩緩降臨大地，窗外東嶽巍峨的山巔愈來愈模糊了，辛平兀自癡癡依在窗前，目不轉睛，凝視著遙遠的遠方。

一日雖盡，第二個明天仍將再來，但離去的人兒，卻不知何年何月，方能重見？

他淚眼朦朧，但懶得舉手去擦拭，只喃喃重覆念了兩個字：「三年！三年……」

請續看《長干行》（四）

New Open

在各方書友引頸期盼下，風雲書網隆重開幕！

為感謝舊雨新知多年來的支持
將舉辦特惠書展及一連串優惠活動
請密切注意網站最新消息！

風雲書網：
http://www.eastbooks.com.tw

官方部落格搶先熱烈開站：
http://eastbooks.pixnet.net/blog

·無極作品集

★ 購買套書85折優待 ★

穿越時空的迷離幻境，奇情遐想的魔力世界

新一代武俠奇幻大師，以其無人能及的跳躍式思維，獨具風格的優美文筆，連創十幾部長篇奇幻奇情精品。其筆下的異幻世界，常常把讀者們帶進疑幻似真的奇幻江湖恩怨之中而欲罷不能。特別是對那錯亂時空的奇幻描寫，更讓人不知不覺沉醉於梟雄霸氣縱橫、英豪傲骨撐天、俠女柔情萬縷的奇幻時空之中；他以自己對奇幻時空的獨特觀感，創造一個奇幻異想的熱潮。

炎黃戰神傳說（1~6冊） 15X21cm 單冊$240

十萬戰俘揮手間盡數坑殺，爲愛可以血洗天下

他兇殘冷酷——十萬戰俘揮手間盡數被坑殺。他瘋狂霸道——為破雄關，竟火焚百萬蒼生。他深情至性——為愛可以血洗天下……他兇殘冷酷，他內心狂熱，他深情至性；驚世駭俗的戰鬥力，如一隻浴火鳳凰，一個讓人不敢小覷的人物終於脫穎而出，造就了不可一世的炎黃帝國和不朽的戰神傳說！

升龍帝業傳說（1~6冊） 15X21cm 單冊$240

一個不可小視的天才，究竟如何升龍？如何建立霸業？

他，一個狂妄的王者，一個瘋子般的魔人，更是一代偉大的帝王；升龍登峰是他終極目標，建立不朽帝業是他唯一使命……從小就背負著眾人的期待與巨大的壓力，在強敵環伺、風雲詭譎的王宮內廷中驚險求生，更周旋於爾虞我詐之中，享盡人間至極之苦，幾經折磨、歷經淬鍊，終成一代狂魔，締造曠世王國！

小魔傳奇之魔旅（1~3冊） 15X21cm 單冊$220

媲美西方《哈利波特》，東方的世紀奇幻奇情小說！

風月帝國（1~8冊） 15X21cm 單冊$220

用兵如神的軍事才華，聞所未聞的奇幻戰爭

邪仙（1~6冊） 15X21cm 單冊$220

奇幻大師無極首部仙俠巨作隆重登場!!

國家圖書館出版品預行編目資料

長干行／上官鼎作. -- 初版. --臺北市：
風雲時代, 2009.09
冊； 公分

ISBN: 978-986-146-576-0（第1冊：平裝）. --
ISBN: 978-986-146-577-7（第2冊：平裝）. --
ISBN: 978-986-146-578-4（第3冊：平裝）. --
ISBN: 978-986-146-579-1（第4冊：平裝）. --

857.9 98009960

風雲武俠經典 ⑩

書名 **長干行（三）步步驚魂**

作者 上官鼎
封面原圖 明人入蹕圖（原圖爲國立故宮博物館典藏）
封面影像處理 蕭麗恩

發行人 陳曉林
出版所 風雲時代出版股份有限公司
地址 105 台北市民生東路五段 178 號 7 樓之 3
風雲書網 http://www.eastbooks.com.tw
官方部落格 http://eastbooks.pixnet.net/blog
E-mail h7560949@ms15.hinet.net
服務專線 (02)27560949
傳真 (02)27653799
郵撥帳號 12043291

執行主編 劉宇青
封面設計 風雲編輯小組

法律顧問 永然法律事務所 李永然律師
北辰著作權事務所 蕭雄淋律師

出版日期 2009年10月
訂價 240 元

總經銷 成信文化事業股份有限公司
地址 台北縣新店市中正路四維巷二弄2號4樓
電話 (02)22192080

ISBN 978-986-146-578-4

行政院新聞局局版台業字第 3595 號
營利事業統一編號 22759935